Wolfsrebell

Buch 4
Aloha Shifters: Perlen des Verlangens

von Anna Lowe

Übersetzung aus der englischsprachigen
Originalversion ins Deutsche durch
Franziska Humprey

Umschlaggestaltung:
Kim Killion

Inhaltsverzeichnis

Kapitel 1

„Du und Sophie seid also verabredet, was?", fragte Dell.

Chase fuhr den Highway an der Küste hinunter und hielt sich an die Geschwindigkeitsbegrenzung von fünfundsechzig Kilometern pro Stunde. Er ignorierte Dell und sein süffisantes Grinsen.

Ja, er und Sophie waren verabredet und er zählte bereits die Stunden, Minuten und Sekunden. Die Sache war nur, dass es ihm leichter fallen würde, sich in seine Wolfsgestalt zu verwandeln und zu zeigen, wie er sich fühlte, als es in Worte zu fassen. Er würde wie wild mit dem Schwanz wedeln und sich vor lauter Freude ein paarmal im Kreis drehen. Dann würde er ein paar Rollen machen und herumspringen wie ein betrunkenes Känguru.

Aber er war in Menschengestalt und das machte die Sache kompliziert. Menschen redeten gerne. Was seltsam war, weil sie nicht immer meinten, was sie sagten. Natürlich war Dell ein Freund und ebenfalls ein Gestaltwandler. Aber Dell hatte eine Gabe für das Reden, während Chase, nun ja... er hatte sie nicht.

Gefährtin, murmelte die Wolfsseite in ihm und träumte schon wieder.

„Ja", murmelte er abwesend.

Chase grinste, während er weiterfuhr. Er liebte Sophies ehrliches Lächeln und die Art und Weise, wie sie immer strahlte, wenn sie ihn entdeckte. Ihr dickes, kastanienbraunes Haar, das jeden Tag anders geflochten war. Ihre wachsamen Rehaugen, die nur für ihn zu leuchten und zu funkeln schienen. Tiefe, waldgrüne Augen, die ihn an die Wälder zu Hause erinnerten.

Er stieß einen liebeskranken Seufzer aus, schaute auf die Uhr am Armaturenbrett und korrigierte seinen Countdown von Neuem. Acht Stunden, zweiunddreißig Minuten und fünfzig Sekunden bis zum wichtigsten Moment seines Lebens.

„Was habt ihr denn geplant?", fragte Dell.

Chase kratzte sich das Ohr – eine der einfachen Freuden seiner Menschengestalt, weil er dazu nicht auf seinem Hintern sitzen und versuchen musste, es mit seiner Hinterpfote zu erreichen. Dann zuckte er mit den Schultern. Die Details seiner Verabredung waren nicht so wichtig, solange er mit Sophie zusammen sein konnte. Sie hatte etwas von einem Spaziergang gesagt. Oder war es eine Fahrt zum Nakalele Blowhole? So oder so würde es ganz sicher großartig werden.

Bis auf die Tatsache, dass ihm bereits seit diesem Morgen ein Gefühl der Vorahnung im Nacken saß. Das Gefühl von Gefahr, die sich anschlich. Er schnupperte in der Luft. War es echt oder ein falscher Alarm? Da er ganz unter Wölfen aufgewachsen war, verwirrte ihn die Menschenwelt oft. Und seit er und seine Brüder sich von der Spezialeinheit zurückgezogen und auf Maui niedergelassen hatten, rangen sie stets damit, ein Gefühl des Friedens mit dem Bedürfnis ständiger Wachsamkeit in Einklang zu bringen. Die Welt war voll von skrupellosen Feinden, die jederzeit und überall zuschlagen konnten.

War heute einer dieser Tage? Chase schnupperte in der salzigen Luft und versuchte, sich zu entscheiden.

„Führst du Sophie zum Mittagessen aus?", fragte Dell. „Oh, ich habe eine Idee. Du kannst mit ihr ins Lucky Devil gehen." Der Löwengestaltwandler lachte über seinen eigenen Witz.

„Auf gar keinen Fall", knurrte Chase. Er mochte vielleicht nicht viel über die menschliche Welt wissen, aber er wusste, dass er mit der Frau, die er liebte, bei ihrer ersten Verabredung nicht an seinen Arbeitsplatz gehen sollte.

Acht Stunden, einunddreißig Minuten... murmelte sein Wolf.

„Ich bin mit Anjali dort gewesen, bevor wir zusammengekommen sind." Dell ließ eines dieser *Ich bin ja so verliebt*-Grinsen aufblitzen. „Oh, warte. Habe ich dir schon erzählt, was Quinn – das beste Baby der Welt – heute Morgen gemacht hat?

Es war das Niedlichste überhaupt. Wir sind aufgewacht, Anjali und ich, und Quinn lag auf meiner Brust..."

Normalerweise hätte Chase zugehört, aber seine Gedanken schweiften immer wieder zu Sophie zurück. Vom ersten Moment an, als sie sich getroffen hatten, hatte er sofort gewusst, dass sie sein Schicksal war. Ein Blick, ein Schnuppern – und sein Schicksal war besiegelt gewesen.

Die Menschen hatten Schwierigkeiten damit, die Person zu identifizieren, mit der sie für immer zusammen sein sollten, und die Hälfte der Zeit irrten sie sich. Aber Wolfsgestaltwandler wussten es aus tiefstem Herzen und bis in die geheimsten Ecken ihrer Seelen. Sie wussten es auf eine absolut sichere Weise, wie es kein Mensch jemals könnte.

Das Problem war nur, dass er Sophie schon vor Monaten kennengelernt und immer noch keinen Weg gefunden hatte, wie er es ihr erklären sollte. Menschen wussten nichts von Schicksalsgefährten und da er selbst nicht gerade ein Poet mit Worten war... Chase' Brüder und Dell hatten ihn angespornt und ermutigt, den nächsten Schritt mit Sophie zu machen. Aber die Sache war die, dass keiner von ihnen realisierte, wie instabil sein Halt an seiner menschlichen Seite war. Die Nähe zu Sophie machte seinen Wolf ganz wild und er hatte Angst, dass er zu schnell zu weit gehen würde.

„Dann hat Quinn sich herumgerollt und *Ba-ba. Ba-ba* gesagt – ist das nicht süß? Also habe ich *Ka-Quinn* gesagt und sie sagte wieder *Ba-ba* und Anjali sagte..."

Dell schwafelte über eine weitere seiner *Ich liebe meine Gefährtin und mein Baby so sehr*-Geschichten. Nicht, dass Chase es dem Kerl vorwerfen würde... Zum Teufel, wenn er selbst eine Gefährtin und ein Kind hätte...

Er räusperte sich und konzentrierte sich auf die Straße. Dieser Traum würde sich niemals erfüllen, wenn er Sophie nicht zuerst für sich gewinnen würde. Und er konnte Sophie nicht für sich gewinnen, wenn er sie bei ihrer Verabredung nicht beeindruckte. Und er würde sie niemals beeindrucken, wenn er weiter so nervös war. Verdammt, warum fühlte er sich so unausgeglichen?

Er schnupperte erneut in der Luft und unterbrach Dell dann mit einem knappen: „Spürst du das?“

Dell schaute sich um. „Was soll ich spüren?“

„Es ist, als ob irgendetwas nicht stimmt. Als wäre etwas nicht in Ordnung.“

Dell schnüffelte herum und schüttelte dann den Kopf. „Das Leben könnte nicht besser sein, Mann. Du bist nur nervös wegen deiner Verabredung. Mach dir keine Sorgen. Es wird toll werden.“

Chase war nervös, aber das erklärte nicht das Gefühl des bevorstehenden Untergangs.

Dell klopfte ihm auf die Schulter. „Beruhige dich, Wolf.“

Chase runzelte die Stirn. Genau das war der springende Punkt. Die meisten Gestaltwandler wurden von ihrer menschlichen Seite dominiert, aber er war in der Wildnis als Sohn einer Vollblutwölfin aufgewachsen. Er hatte sich seinen Brüdern in der Menschenwelt erst als Teenager angeschlossen. Und selbst nach all diesen Jahren überwältigte es ihn manchmal immer noch.

„Wie dem auch sei, dann hat Quinn etwas ganz Unglaubliches getan“, fuhr Dell fort. „Sie küsste mich und sagte *Da-da*. Nicht *Ba-ba* – *Da-da*! Ist das nicht wunderbar?“

„Wunderbar“, murmelte Chase, der mit dem verbeulten Pick-up Truck etwas langsamer wurde, um nach einem Parkplatz am Stadtrand zu suchen.

Wenn es zu menschlichen Siedlungen kam, war Lahaina ziemlich nett. Nicht zu groß und nicht zu laut. Manchmal wurde es von Touristen überlaufen, aber die meisten Menschen waren entspannt und freundlich. Nicht wie an anderen Orten, an denen er gewesen war.

Das Beste an Lahaina war jedoch die Tatsache, dass er Sophie dort kennengelernt hatte und sich darauf verlassen konnte, sie fast jeden Tag zu sehen. Sie betrieb den Smoothie-Wagen in einem Park am Meer und als er vor ein paar Monaten eines Tages dort vorbeigekommen war…

Seine Brust wurde heiß, als er sich an diesen Moment erinnerte. Es hatte sich angefühlt, als hätte sich die Schwerkraft plötzlich verdreifacht, denn er hatte sich kaum bewegen können. Er konnte lediglich den Kopf drehen. Und noch bevor er Sophie entdeckt hatte, hatte er sich bereits verliebt. Nur aufgrund der Schwingungen, die sie ausstrahlte. Sie war ein Sonnenstrahl, der durch die Wolken brach und ihn mit allem erfüllte, wonach er sich sehnte. Hoffnung. Interesse. Einer neu entdeckten Lust am Leben.

„Hey Mann, hör auf zu träumen", ermahnte Dell ihn, als er mit dem Wagen fast von der Straße abkam. „Ich habe eine Gefährtin und ein Kind, die zu Hause auf mich warten, weißt du."

Chase lenkte seine Aufmerksamkeit schlagartig zurück auf die Straße. „Tut mir leid."

Tut mir nicht leid, fiel sein Wolf ein. *Nicht, dass ich an meine Gefährtin gedacht habe.*

Innerhalb von Sekunden wanderten seine Gedanken zurück zu Sophie. Es war sogar so weit gekommen, dass er sich in der Stadt wohler fühlte als zu Hause, schlicht und ergreifend, weil Sophie dort war. Und er konnte sie dort nicht einfach nur sehen, sondern sich auch mit ihr unterhalten. Sie hatten sogar einmal miteinander getanzt und seine Seele erhob sich immer noch, wenn er daran zurückdachte. Er hatte seine Augen geschlossen, sie in seine Arme gezogen und ihren himmlischen Duft gerochen. Vielleicht sollten sie es bei ihrer Verabredung noch einmal mit dem Tanzen versuchen.

Oder spazieren, sagte sein innerer Wolf. *Oder den Mond anzuheulen. Das wäre auch schön.*

Er seufzte. Den Mond anzuheulen kam nicht infrage. Aber spazieren wäre schön.

Abgesehen von diesem unbehaglichen Gefühl, das immer schlimmer wurde.

Sie parkten schließlich und gingen die zehn Häuserblocks zu ihrer Brunch-Schicht im Lucky Devil zu Fuß. Chase war in dem Restaurant am Meer für die Sicherheit zuständig und Dell bediente die Bar. Chase schaute nach links und rechts. Auf den ersten Blick schien die Stadt ganz normal zu sein. Ladenbesitzer traten aus den im Kolonialstil gebauten Gebäuden an beiden Seiten der Straße hinaus und stellten bunte Schilder auf. Auf einem Dach wehte eine hawaiianische Flagge mit ihren roten, weißen und blauen Streifen im Wind. Die Straßen waren nass und sauber, da sie gerade erst abgespritzt und gereinigt worden waren. Mit anderen Worten, ein ganz normaler Morgen.

„Warum die Eile, Mann?", fragte Dell.

Chase runzelte die Stirn. Er joggte fast und konnte nicht genau sagen, warum. Nur, dass sein Instinkt ihm sagte, er sollte sich bewegen –, und zwar schnell.

Dell lachte und schlenderte gemütlich weiter, während Chase vorauseilte. „Ach richtig. Du willst dir vor der Arbeit noch einen Smoothie holen. Ein Smoothie und ein Blick auf dein Mädchen. Ich weiß, wie das ist, Mann."

Chase fing an zu joggen und ließ Dell hinter sich. Woher sollte Dell denn bitte wissen, wie sich das anfühlte? Seit Dell Anjali kennengelernt hatte, hatte er viele Stunden mit seiner Schicksalsgefährtin verbracht. Er konnte jeden Tag mit einem Blick in ihre Augen beginnen und beenden. Chase hingegen sah Sophie nur ein- oder zweimal am Tag. Und das ganz kurz. Sophie zu sehen war der Himmel, aber sich von ihr zu verabschieden, war die Hölle. Der einzige Grund, warum er es so lange ausgehalten hatte, war die Tatsache, dass er ihre Nähe spüren konnte, wenn er bei der Arbeit war.

Er streckte seine gedanklichen Fühler aus und suchte nach Sophies heller, sonniger Ausstrahlung. Er konnte sie nicht sehen und er konnte ihre Gedanken auch nicht lesen, aber er konnte sie spüren und das fühlte sich immer gut an.

Er schloss die Augen für eine Sekunde und runzelte dann die Stirn. Er konnte nichts anderes wahrnehmen, als das verzweifelte Bellen ihrer Hunde.

Böse. Böse. Böse, bellten sie alarmiert.

Seine Schritte gerieten ins Stocken, bevor er sich fing und vorwärtsstürmte. Was zum Teufel war los?

„Hey, Mann. Wo brennt's denn?", rief Dell hinter ihm.

Chase ging von seinem Lauf in einen vollen Sprint über. Die satten grünen Blätter des Stadtparks flatterten wie an jedem anderen Tag im Wind, aber je näher er kam, desto mehr konnte er die Panik der Hunde spüren.

Böse. Böse. Verschwinde von hier.

Chase rannte nun, so schnell er konnte, und raste um die Ecke, wo er schlagartig zum Stehen kam. Dort drüben bei einem Baum, wo die Hunde angebunden waren, stand Sophie. Der Smoothie-Wagen, in dem sie arbeitete, war nur ein paar Schritte von ihnen entfernt. Alles ganz normal, oder?

Und dann, *BUMM!* Eine Explosion zerriss die Luft und Sophie wurde zurückgeschleudert. Seine Sophie, weggeschleudert wie eine Stoffpuppe. Das Abbild einer Szene, die er in Kriegsgebieten schon viel zu oft gesehen hatte, die er sich jedoch nie und nimmer auf Maui hätte vorstellen können.

„Sophie!", brüllte Chase und stürmte los.

Kapitel 2

Sophie hatte ihre morgendliche Arbeitsschicht mit einem stirnrunzelnden Blick auf ihr Handy begonnen. Von allen Personen, von denen sie aus heiterem Himmel eine Nachricht hätte erhalten können, war David Orren wirklich der Letzte, von dem sie erwartet – oder sich gewünscht – hätte, dass er sich meldete.

Hallöchen, Sophie. Ich bin zu Besuch auf Maui. Wir müssen uns wirklich einmal treffen. Es gibt so viel zu erzählen. Der guten alten Zeiten wegen.

Sie schaute finster. Wenn ihre Kindheit so gut gewesen war, warum versuchte sie dann so sehr, sie zu vergessen? Auch David, den Jungen von nebenan, der es mit seiner Art irgendwie immer übertrieben hatte.

Sie ballte die Hände wie damals, als sie seinem aufgezwungenen Kuss entkommen war. Dann löschte sie seine Nachricht und schaltete ihr Handy aus. David mochte an ihr interessiert sein, aber sie hatte sicher kein Interesse an ihm.

Sie drückte die Schultern durch und erinnerte sich, zu lächeln. Dies würde ein großartiger Tag auf Maui werden und nichts würde ihn ruinieren. Sie war mit Chase Hoving verabredet, dem Mann, in den sie schon seit Monaten verliebt war. Und ganz Maui schien mit ihr zu feiern. Die Sonne glitzerte auf dem Meer, die Palmen wiegten sich sanft und die Morgenbrise war klar und frisch.

Warum waren ihre Hunde dann so beunruhigt?

„Coco. Darcy. Boris – Aus!" Sie schnippte mit den Fingern.

Sie brachte die Hunde jeden Tag mit nach Lahaina und normalerweise waren sie vollkommen zufrieden damit, im Schatten eines nahe gelegenen Baumes zu faulenzen, während sie im Smoothie-Wagen arbeitete. An einem guten Tag bereitete sie bis zu zweihundert Obst-Smoothies zu, es gab also eine Menge vorzubereiten.

Aber die Hunde knurrten und zerrten weiter an ihren Leinen, so dass sie keine andere Wahl hatte, als sich vom Smoothie-Wagen abzuwenden und sie zu beruhigen. Bislang hatte niemand je etwas dagegen gehabt, dass sich ihre Hunde in diesem Park am Meer aufhielten, aber wenn sie weiterhin solchen Lärm machten, würde sie mit Sicherheit Probleme bekommen.

„Coco! Boris! Darcy! Beruhigt euch."

Aber die Hunde, die sie aus einem Tierheim gerettet hatte, schauten nicht einmal in ihre Richtung. Sie waren alle auf etwas – oder jemanden – in der Nähe der Hinterseite des Smoothie-Wagens fixiert.

„Ich habe es euch doch gesagt. Es ist nichts", murmelte sie.

Das Trio bellte schon seit gut fünf Minuten – in etwa seit dem Zeitpunkt, als sie ein Kratzen an der Außenseite des Wagens gehört hatte. Aber selbst jetzt, als sie noch einmal nachschaute, konnte sie nichts Ungewöhnliches entdecken. Eine Reinigungskolonne war wie jeden Morgen im Park unterwegs, leerte die Mülltonnen und harkte die riesigen Blätter der Brotfruchtbäume zusammen.

Mit erhobenem Finger warnte sie die Hunde. „Das reicht jetzt."

Coco wedelte kleinlaut mit dem Schwanz. Darcy hörte auf zu knurren, fletschte aufgrund der imaginären Gefahr jedoch weiterhin die Zähne. Für Darcy, der jeden als Feind ansah, war das jedoch normal. Boris bellte noch einmal und starrte Sophie wie zur Bestätigung an.

„Würdet ihr endlich still sein?"

Sie versuchte, streng zu klingen, aber es fiel ihr schwer. Coco, ein räudiger kleiner brauner Mischling, war in der Vergangenheit vernachlässigt worden und das zeigte sich in ihrem verzweifelten Wunsch, es Sophie stets recht zu machen. Darcy, der Jack Russell Terrier, war trotz seiner geringen Größe ein geborener Kämpfer. Und Boris war ein schlanker, sanftmütiger Windhund, der selten auch nur ein Kläffen von sich gab. Was regte ihn jetzt also auf?

Sophie drehte sich um und erstarrte. Was war das für ein Schatten, der sich hinter dem Smoothie-Wagen bewegte? Ein Anflug der Angst durchzuckte sie, bevor sie sich wieder fing. Verdammt, sie hatte nicht vor, paranoid zu werden. Die Welt war nicht der gefahrenvolle Ort, den zu fürchten sie gelehrt worden war. Es gab auch Schönheit und Hoffnung. Es war alles nur eine Frage der Perspektive. Und sie war fest entschlossen, eine positive Sichtweise beizubehalten. Koste es, was es wolle.

„Seht ihr? Alles ist in Ordnung." Sie streichelte die Hunde, um sie langsam zu beruhigen. Boris und Coco drängten sich aneinander und wetteiferten um die beste Position in der Nähe von Sophies Beinen. Darcy starrte unterdessen weiter in die Ferne. Seine Augen blitzten vor Wut und Hass auf.

„Ist schon gut, ihr Lieben." Sie streichelte ihnen über das struppige Fell. „Also, hört mal. Ihr müsst jetzt still sein, sonst kann ich euch nicht mehr mit zur Arbeit bringen."

Das ließ sogar Darcy ernüchtern und Coco zog ihren Schwanz zwischen den Beinen ein. Sie mochten ihre Worte nicht verstanden haben, aber die Warnung in ihrer Stimme war nicht zu überhören.

„Also beruhigt euch. Es wird ein toller Tag werden. Ein schöner Tag. Wollt ihr wissen, warum?" Coco wedelte mit dem Schwanz und drängte sich näher.

„Nun, erstens sind wir auf Maui, das ist ohnehin schon toll", erklärte Sophie. „Und zweitens bin ich mit Chase verabredet."

Ihr Herz klopfte heftig bei dem Gedanken. Eine Verabredung. Eine richtige Verabredung mit Chase! Sie sehnte sich schon seit Wochen nach dem ruhigen, stillen Mann mit den dunklen, geheimnisvollen Augen.

Coco neigte den Kopf und ihre Ohren schlackerten, als wollte sie sagen, *Wochen?*

Sophie seufzte. In Ordnung, es waren eher Monate gewesen. Sie hatte versucht, den Mut aufzubringen, Chase um eine Verabredung zu bitten, aber wie sich herausstellte, war er ihr zuvorgekommen.

Sophie, möchten Sie mit mir ausgehen? hatte er gefragt und war dabei von einem Fuß auf den anderen geschwankt, während er ein wenig errötete. Er hatte die Hände tief in seine

Taschen geschoben und sich hoffnungsvoll auf die Lippe gebissen.

Der Mann konnte innerhalb eines Wimpernschlags von einem *muskulösen Krieger* zu einem *schüchternen, unschuldigen Jungen* werden und keine der beiden Verhaltensweisen war aufgesetzt.

Das wäre wirklich schön, hatte sie in der Woge der Euphorie geschafft zu antworten, die ihre Wangen brennen und ihr Herz höherschlagen ließ.

Sie umarmte Boris und durchlebte die Freude dieses Moments noch einmal. Chase wollte mit ihr ausgehen – mit ihr!

Also ja. Es würde ein toller Tag werden. Vielleicht sogar der beste in ihrem Leben. Denn ganz ehrlich, sie war nicht nur in Chase verknallt. Sie war Hals über Kopf in ihn verliebt und das schon vom ersten Tag an. Als sie Chase das erste Mal gesehen hatte, war ihr ganz warm geworden. Er hatte ihr mit seinem haselnussbraunen Blick in die Augen gesehen und war wie angewurzelt stehen geblieben, um sie von der anderen Seite des Parks aus anzustarren. Jemand hätte genauso gut Dutzende von Magneten aufstellen und sie beide in ihrem Kraftfeld einfangen können. Also wow. Vielleicht gab es wirklich so etwas wie Liebe auf den ersten Blick.

In Gedanken konnte sich Sophie ein Dutzend verschiedene Wege vorstellen, ein geistreiches Gespräch mit Chase zu beginnen. Aber leider war sie nicht wie die Heldinnen in ihren Lieblingsbüchern, die immer etwas Schlaues zu sagen wussten. Im wirklichen Leben wurde ihr Mund trocken, ihre Zunge verkrampfte sich und sie konnte nicht einmal einen Pieps von sich geben. Glücklicherweise war auch Chase kein so geschickter Redner wie einige der Liebhaber in ihren Büchern. Tatsächlich sagte er kaum ein Wort, obwohl seine Augen stets leuchteten und strahlten, wenn er sie betrachtete. Eine verdammt gute Sache für ihren Job im Smoothie-Wagen...

Hi, hatte er gesagt, als er an diesem ersten Tag auf sie zu gekommen war.

In Wahrheit war er von Dell in ihre Richtung gestoßen worden, aber jeder Schritt nach dem ersten war sein eigener freier

Wille gewesen. Schnelle, eifrige Schritte, die mehr sagten als seine Worte.

Hi, hatte sie geantwortet und war dankbar für ihren Tresen gewesen, der ihre wackligen Knie verbarg.

Sie hatten eine Weile einfach nur dagestanden und sich in die Augen geschaut. Und sich zutiefst, verzweifelt, hoffnungslos ineinander verliebt.

Und sie wären vielleicht auch nicht viel weiter als *Hi* gekommen, wäre da nicht Chase' Freund Dell gewesen, der neben ihm vorgetreten war und einen Smoothie bestellt hatte. Ganz entspannt und lässig, als wäre es irgendein beliebiger Tag und nicht der tollste Moment in Sophies Leben gewesen.

Ich hätte gern einen Tropical Swirl, bitte. Was willst du, Chase?

So hatte sie auch Chase' Namen erfahren. Gott weiß, dass sie nie selbst den Nerv gehabt hätte, ihn danach zu fragen. Und selbst dann brauchte sie noch drei Wochen, um den Mut aufzubringen, *Hi, Chase* zu sagen.

Zwei Silben statt einer. Das war doch ein Fortschritt, oder?

Chase hatte von einem Ohr zum anderen gegrinst und zurückgeflüstert, *Hi Sophie.*

Also ja, sie waren die Dinge langsam angegangen, denn sie hatte auf die harte Tour gelernt, welche Fehler ein Mädchen machen konnte. Fehler wie David.

Sie schob ihr Handy – und die hässlichen Erinnerungen – tiefer in ihre Tasche und konzentrierte sich stattdessen auf das Gute.

Zu Beginn war sie Chase gegenüber misstrauisch gewesen, so wie sie es bei allen Menschen war. Aber je besser sie ihn kennenlernte, desto mehr vertraute sie ihren Gefühlen. Allein in seiner Nähe zu sein, machte sie glücklich und jedes Mal, wenn er lächelte, wollte sie am liebsten Purzelbäume schlagen. Er arbeitete ein paar Häuserblocks vom Smoothie-Wagen entfernt, was bedeutete, dass sie ihn fast jeden Tag sehen konnte. Und an den Tagen, an denen sie ihn nicht sah... Nun ja, an denen träumte sie von ihm. Oft.

Sie war vielleicht nicht der mutige, durchsetzungsfähige Typ. Aber das war Chase auch nicht – abgesehen von den Situationen, in denen sie ihn und seine Freunde in einem ihrer dunkleren Momente gesehen hatte. Die Erkennungsmarken, die sie um ihre Hälse trugen, deuteten auf einen militärischen Hintergrund hin. Der zeigte sich auch in ihren wachsamen Blicken und dem muskulösen Körperbau. Die meiste Zeit über waren sie ziemlich entspannt, aber gelegentlich versetzte sie etwas in Alarmbereitschaft. Sie wurden von einem rohen, schwelenden Hauch von *Etwas* umgeben, das Passanten zur Seite eilen ließ.

Aber sobald das, was sie beunruhigt hatte, vorüber war, wurden sie wieder zu den netten normalen Typen, die jeder liebte. Dell war der überaus beliebte Barkeeper im Lucky Devil. Sein Hollywood-Lächeln und sein fast löwenhaftes Äußeres waren ein Teil seiner Anziehungskraft und die Frauen fielen bei seinem Anblick praktisch in Ohnmacht. Chase arbeitete als Türsteher am Eingang und war genauso attraktiv, aber auf eine ganz andere Art und Weise. Seine Anziehungskraft entsprang seiner ruhigen, bescheidenen Art und seinem verwegenen guten Aussehen – ganz zu schweigen von seinem schlanken, durchtrainierten Körperbau. Er sah stets so aus, als wäre er gerade erst von einer langen, Expedition auf Leben und Tod in der Wildnis zurück in die Zivilisation gekommen. Sein braunes Haar war leicht zerzaust und seine haselnussbraunen Augen erschienen, angesichts des Trubels, aufgeschreckt zu sein. Manchmal waren seine Worte ein wenig klobig und seine Manieren übervorsichtig, als hätte er Angst, etwas zu verpatzten.

„Er ist so niedlich", sagten die meisten Frauen.

„Hinreißend", gurrten andere.

Wie ein moderner Tarzan, der sich nach Jahren im Dschungel langsam an die Zivilisation anpasste, dachte Sophie. Gott sei Dank fiel er nicht auf die flatternden Augenlider von Frauen herein, die versuchten, sich ihren Weg in sein Bett zu flirten. Chase schien an niemandem interessiert zu sein – außer an ihr.

Sophies Wangen wurden rot. Der gütige, höfliche, niedliche Chase mochte sie – die gute, alte Sophie! – und sie war noch am selben Nachmittag mit ihm verabredet.

Sie gab jedem der Hunde einen letzten Klaps. „Ich muss wieder an die Arbeit."

Dann richtete sie sich auf, neigte den Kopf zurück und genoss das Sonnenlicht, während sie das herzförmige Medaillon rieb, das sie stets um ihren Hals trug. Mit einem Lächeln ging sie wieder auf den Smoothie-Wagen zu.

Aber ihre Nackenhaare stellten sich alarmiert auf und eine tiefe, düstere Stimme flüsterte in ihrem Kopf.

Stopp. Nicht.

Nicht was? wollte sie fragen. Sie hielt inne und musterte den Smoothie-Wagen. Das Sonnenlicht funkelte über die silbernen Seiten und schimmerte auf den Rundungen der Propangasflaschen an einem Ende. Nichts sah verkehrt aus, aber irgendetwas *fühlte* sich ganz sicher verkehrt an.

„Mach dich nicht lächerlich", murmelte sie. Sie war nach Maui gekommen, um der Angst und dem Misstrauen zu entfliehen, mit denen sie aufgewachsen war. Sie befand sich auf einer Mission, alles Negative aus ihrem Kopf zu verbannen.

Aber Coco winselte und Boris packte ihr Hosenbein, um sie zurückzuziehen. Darcy streckte sich vor und fletschte seine Zähne vor einem unsichtbaren Feind.

„Dumme Hunde", seufzte Sophie.

Nun, zumindest hatte sie vorgehabt, dies zu sagen. Aber gerade als sie *dumme* halb ausgesprochen hatte, wurde die Luft von einer Explosion zerrissen. Der Smoothie-Wagen schwankte und das Donnern dröhnte in ihren Ohren. Eine Hitzewelle rauschte durch die Luft und schleuderte sie zurück. Sie flog rückwärts und schlug hart auf dem Boden auf. Die Hunde brachen in hysterisches Gebell aus, als die Welt um sie herum dunkler wurde.

Wau wau wau wau, bellten sie, dass ihr schwindlig wurde.

„Sophie? Sophie!", rief jemand.

Aber sie sah nichts als Sterne und fühlte nichts als Schmerz.

Kapitel 3

Eine Hitzewelle durchströmte Chase' Körper und eine Flut von schrecklichen Bildern schoss durch seinen Kopf. Er hatte schon viele Explosionen miterlebt und keine davon war gut gewesen. Nicht einmal die, die von den guten Jungs ausgelöst wurden.

Aber scheiße. Die waren alle in Kriegsgebieten gewesen. Wie zum Teufel konnte so etwas hier passieren?

Eine Frau schrie. Schritte hasteten über den Boden. Alle Vögel im nahe gelegenen Banyanbaum flatterten auf einmal los und schnatterten alarmiert.

„Sophie!" Er stürzte los.

Mit unbeholfenen, ruckhaften Bewegungen kämpfte sie sich auf die Beine, aber ihre Knie gaben nach. Er griff nach ihrem Arm und stützte sie ab.

„Chase?", flüsterte sie und hielt sich an seinem Arm fest. Sein Herz überschlug sich fast in seiner Brust. Sie war am Leben! Er hatte sie noch nie mit so weit aufgerissenen Augen gesehen und ihre Hände zitterten heftig, aber sie war am Leben.

Sophie stolperte auf das brennende Wrack des Smoothie-Wagens zu. „Oh Gott. Die Registrierkasse. Ich sollte das Geld holen."

Er zog sie zurück. Auf gar keinen Fall. Wenn ihr Lieblingsbuch Gefahr laufen würde, zu verbrennen, hätte er es für sie geholt. Ein Hund, keine Frage. Aber Geld? Definitiv nicht.

Einer der Hunde hatte sich zu einem verängstigten Bündel zusammengerollt, während Darcy weiter kläffte. Flammen wirbelten um den Wagen herum und machten böse, knisternde Geräusche. Soweit Chase es erkennen konnte, war der kleinere Reservezylinder mit Propangas explodiert. Die größere, primäre Gasflasche stand immer noch inmitten der Flammen.

„Oha!“ Er riss Sophie zurück.

„Warten Sie“, protestierte sie.

Eine Hitzewand streckte sich ihnen entgegen wie die Hand des Todes. Der zweite Gaszylinder würde explodieren und wenn er es tat…

In Deckung, schrie eine Stimme in seinem Kopf. *Sofort!*

Er wirbelte herum und stieß Sophie zu Boden, wobei er ihren Körper mit seinem bedeckte.

„Cha–“, begann sie, aber die zweite Explosion übertönte sie.

Die Schockwelle presste Chase zu Boden und er kniff die Augen zusammen, während er sich einredete, dass Schmerz keine Rolle spielte. Genauso wenig wie das heiße Rauschen des Blutes in seinen Ohren und der unglückliche Winkel seiner Arme, als er so viel von Sophie bedeckte, wie er nur konnte. Kleinere Explosionen blitzten in seinem Kopf auf. Langsam ebbte der Schmerz ab und außer dem Geräusch seines eigenen Atems war nichts mehr zu hören.

Er blinzelte ein paarmal und holte tief Luft. Oha. Was war gerade passiert?

„Chase“, flüsterte Sophie. Oder schrie sie es? Er konnte es nicht sagen. Auf jeden Fall weinte sie und das machte ihn völlig fertig. Eine sabbernde Zunge leckte über die Seite seines Gesichtes und er wehrte sie ab.

Insgesamt hätte er sich elend fühlen müssen, aber mit Sophie, die seinen Kopf wiegte – nun, es fühlte sich ziemlich gut an. Wirklich gut, in gewisser Weise, auch wenn sein Körper nicht ganz derselben Meinung war. Sie hatte ihr Haar zu einem Zopf geflochten, der ihren Kopf wie eine Krone umgab, und er sehnte sich danach, die Hand auszustrecken und es zu berühren.

„Geht es Ihnen gut?“ Sophie streichelte sein Gesicht.

Er lächelte fast, denn er war im Himmel oder zumindest ziemlich nah dran. Er hätte ihr bis in alle Ewigkeit in die Augen starren können. Aber dies waren ein paar höllische Explosionen gewesen und er konnte nicht einfach dort herumliegen und auf Explosion Nummer drei warten.

Jemand kam mit einem Feuerlöscher angerannt und fing an, wie wild zu sprühen. In der Ferne tönten Sirenen. Hätte Chase sich die Ohren zuhalten und wegkriechen können, hätte er es getan. Aber er nahm an, dass Sirenen ein gutes Zeichen waren. Sie bedeuteten, dass Hilfe auf dem Weg war. Das hatte er gleich zu Beginn gelernt, nachdem er aus der Wildnis kam, um mit seinen Halbbrüdern zusammenzuleben. Aber Sirenen waren für ein Gehirn, das wie das eines Hundes verdrahtet war, gleichbedeutend mit blinkenden Lichtern. Und Chase wollte am liebsten heulen, so wie es einer der Hunde gerade tat.

Er rollte sich herum, stemmte sich auf die Knie und stand dann mit Sophies Unterstützung auf. „Es geht mir gut. Was ist mit den Hunden?"

Sophie kreischte und lief hinüber, um den Nächstbesten von ihnen zu umarmen. „Oh, Coco, ist alles in Ordnung?"

Coco winselte, obwohl Chase keinerlei Anzeichen einer Verletzung sehen konnte. Als er sich auf die Gedanken des Hundes konzentrierte, sah er nur Angst, keinen Schmerz. In dem Augenblick, in dem Sophie Coco umarmte, atmete der kleine Hund auf und beruhigte sich.

Chase lächelte sanft. Ja, dieses Gefühl kannte er gut.

„Mein armes Baby." Sophie beugte sich über Boris, das jüngste Mitglied ihres wachsenden Rudels.

Der Windhund wimmerte ebenfalls, aber hauptsächlich genoss er die Aufmerksamkeit. Darcy hingegen knurrte mörderisch in die Richtung des Smoothie-Wagens.

Wolfsgestaltwandler konnten zu einem gewissen Grad die Gedanken von Hunden lesen. Zumindest das, was es zu lesen gab. Was nicht viel war, wenn man einmal von den Grundlagen wie *Ich habe Hunger, Ich bin glücklich* und *Dieser Busch ist der Beste, weil ich ihn mit meinem Urin markiert habe*, absah. Chase hatte einen Vorteil, da er eine reinrassige Wolfsmutter hatte, wodurch es ihm leichter fiel, sie zu verstehen, als den meisten anderen. Trotzdem waren Coco und Boris im Moment ziemlich nutzlos. Alles, was er in ihnen spüren konnte, war Angst. Gemischt mit der Glückseligkeit, die von Sophies Aufmerksamkeit ausgelöst wurde. Aber Darcy war ein zäher kleiner Kerl – so zäh wie die abgebrühtesten Soldaten, die Chase kennengelernt hatte. Seine Gedanken waren ein wenig klarer.

Böser Mann. Böser Mann, bellte Darcy wieder und wieder.

Chase kniete sich hin und folgte dem Blick des Hundes. Aber er sah nichts als Flammen.

Komm schon, Kumpel. Verrate es mir, drängte er und streichelte Darcy.

Darcy fletschte die Zähne und blickte mit einem gehässigen Gesichtsausdruck auf, der sagte, *Ich verrate es dir nur, weil es meinem netten Frauchen helfen wird.*

Chase warf ihm einen strengen Blick zu, der Darcy daran erinnerte, wer der Boss war. In Wahrheit bewunderte er die Hingabe des Jack Russells an Sophie jedoch. Anscheinend hatte der kleine Kerl in der Vergangenheit viel Missbrauch erlebt – oder, wie Chase zu denken begann, er musste miterlebt haben, wie ein anderes nettes *Frauchen* von einem Arschloch-Ehemann missbraucht worden war. Was auch immer Darcy erlebt hatte, es war genug gewesen, um ihn vor Wut und Hass kochen zu lassen. Aber Sophie war Darcys Heldin, sein strahlender Engel, und er würde alles für sie tun.

Also sag es mir, beharrte Chase. *Du willst doch ein guter Hund sein, oder?*

Ein guter Hund zu sein, war für die meisten hundeartigen Geschöpfe der Gipfel des Lebenssinns und Darcy schluckte, als ob er den feierlichsten Schwur der Welt ablegen würde. *Darcy ist ein guter Hund. Darcy liebt sein nettes Frauchen.*

Also hilf mir, deinem netten Frauchen zu helfen. Was hast du gesehen?

Darcys Blick verdunkelte sich und eine Reihe von sich überstürzenden Bildern raste durch seinen Kopf.

Böser Mann.

Chase sah eine Gestalt, die sich über die Propangasflaschen beugte, während Sophie arbeitete. Sie hatte nicht gewusst, in welcher Gefahr sie schwebte.

Durcheinander.

Die Gestalt fummelte an etwas herum. Eine Zündvorrichtung? Chase konnte es nicht genau sagen, denn

Darcys Augen erfassen nur Dinge, die ein Hund verstehen konnte.

Tut meinem lieben Frauchen weh.

Flammen wirbelten herum und Darcy knurrte vor sich hin. Wäre der kleine Kerl groß genug gewesen, hätte er Sophie mit seinem Körper bedeckt, so wie Chase es getan hatte.

Chase wollte unbedingt noch mehr Informationen haben, aber das war alles, was er herauskriegen konnte. Er griff hinunter, um Darcy die Ohren zu reiben, und es brachte ihn schier um, als der Hund zusammenzuckte und davonsprang. Warum konnte der Hund nicht verstehen, dass er ihm nichts Böses wollte? Er seufzte, ließ Darcy etwas Freiraum und begnügte sich damit, ihn mit dem ultimativen Lob zu belohnen.

„Guter Junge.“

Darcy knurrte, bis Sophie zu ihm kam und sein Kinn kraulte.

„Mein armer Süßer“, murmelte sie.

Chase berührte ihren Rücken und versicherte ihr, dass es Darcy gut ging.

„Großer Gott. Geht es euch beiden gut?“, fragte Dell, der an Chase' Seite geeilt kam.

„Gasexplosion. Der Zylinder ist einfach explodiert“, rief ein Umstehender einem anderen zu, als ein Feuerwehrauto vorfuhr. „Eine Art Fehlfunktion.“

Dell starrte Chase an und sandte ihm eine Frage direkt in den Kopf. *Fehlfunktion?*

Chase fing sofort an, den Kopf zu schütteln, aber es verursachte laute Geräusche in seinen Ohren. Die Gasflasche war nicht von selbst explodiert. Jemand hatte daran herumgepfuscht oder einen Zünder installiert.

Dell runzelte die Stirn. *Wer? Warum?*

Chase überflog die wachsende Menge. Das wollte er auch gerne wissen. Aber die Feuerwehrleute liefen herum und forderten ihn, Sophie und Dell mit Gesten auf, zurückzutreten. Außerdem konnte er immer noch nicht klar denken.

„Moment. Die Hunde.“ Sophie fummelte an ihren Leinen herum. Dell half und schon bald kauerten sie sich alle an der Uferpromenade zusammen, während die Feuerwehrleute

Schaum über das Inferno sprühten, das den Smoothie-Wagen verzehrte.

„Oh mein Gott", hauchte Sophie.

Chase musste ihre Gedanken nicht lesen können, um zu wissen, dass sie sich ausmalte, was hätte passieren können, wenn sie nicht aus dem Wagen gestiegen wäre.

Sie drehte sich genau im gleichen Moment zu ihm um, als er sich ihr zuwandte, und innerhalb eines Augenblicks umarmten sie sich. Chase wiegte sie hin und her und kämpfte gegen ein Brennen in seinen Augen an.

Geht es dir gut? fragte Dell und nutzte die mentale Verbindung, die sich nahestehende Gestaltwandler miteinander teilten.

Chase kniff die Augen zusammen. Ja, weil es Sophie gut ging. Nein, weil es so knapp gewesen war. Was, wenn er sie verloren hätte? Er hielt sie ohne ein Wort zu sagen fest. Die Hunde scharrten sich um ihre Füße und bildeten eine pelzige Schutzmauer.

„Hey, Kumpels", murmelte Dell den Hunden zu. „Lasst ihnen etwas Platz."

Aber die Hunde rührten sich nicht und selbst eine Katze wie Dell musste verstehen, warum. Sie beschützten die Frau, die sie liebten. Sie waren bereit, ihr Leben für Sophie zu geben, wenn es sein musste.

Genau wie ich, schwor Chase und hielt sie weiter fest. *Genau wie ich.*

Kapitel 4

Sophies Herz überschlug sich und erschreckende Gedanken rauschten durch ihren Kopf. Was, wenn sie im Smoothie-Wagen gewesen wäre, als die Gasflasche explodierte? Was, wenn die Hunde verletzt worden wären?

Aber in dem Moment, als sie in Chase' Arme fiel, spürte sie nur noch Erleichterung. Sie vergrub ihr Gesicht an seiner Schulter und nahm längere und tiefere Atemzüge. Es fühlte sich so an, als wäre Chase wie für sie gemacht, denn alles passte perfekt zusammen. Seine Schulter war genau auf der richtigen Höhe und sie konnte ihre Arme bequem um seinen Hals schlingen. Seine Brust hob und senkte sich im Takt mit ihrer und er hielt sie sicher und fest in seiner Umarmung. Sie atmete ein und genoss seinen frischen, holzigen Duft. Die Hunde drängten sich um ihre Knöchel und das Feuer knisterte im Hintergrund. Aber ihr Geist blieb angenehm leer.

„Ähm, Leute... “, murmelte Dell.

Chase bewegte sich nicht und Sophie wollte es auch nicht. Aber die Polizei stürmte herbei und sie löste sich widerstrebend von ihm.

„Miss... Miss... “, rief ein Polizist.

Chase trat vor und versperrte den Weg. Die Hunde taten es ihm nach, fletschten ihre Zähne und Sophies Herz wurde warm. Sie war so lange allein gewesen. Ein Niemand, um dessen Existenz sich keine Seele sorgte. Jetzt war sie von Liebe umgeben. Eine massive Wand aus Liebe, die ihr zeigte, wie besonders sie war.

Der Polizist trat zurück und sah bei Weitem nicht mehr so selbstbewusst aus wie noch einen Moment zuvor. „Immer mit der Ruhe, Leute. Sie müssen einen sicheren Abstand halten, Miss. Und dann möchte ich, dass Sie Ihre Hunde zurückpfeifen.“ Ihr Blick fiel kurz auf das Trio, konzentrierte sich aber hauptsächlich auf Chase. „Ich möchte Ihnen gern ein paar Fragen stellen, bitte.“

Sophie warf einen Blick auf das wütende Feuer und biss sich auf die Lippe.

„Natürlich“, schaffte sie es schließlich, zu sagen. Sie hielt Chase' Hand die ganze Zeit fest umklammert.

Sie entfernten sich ein paar Schritte. Weitere Polizisten und Feuerwehrleute trafen ein, errichteten Absperrungen und hielten die wachsende Menschenmenge zurück. Der erste Beamte nahm ihren Namen, ihre Anschrift und ihre Schilderung des Vorfalls auf. Aber ein paar Fragen wandelten sich zu einem regelrechten Beschuss – nicht nur von einem Beamten, sondern von einem zweiten und dann einem dritten. Sophie musste immer wieder wiederholen, was geschehen war, und Tränen schnürten ihr schließlich die Kehle zu. Coco sprang in ihre Arme und zitterte vor Angst. Sophie konnte es nur zu gut nachempfinden.

„Haben Sie heute Morgen irgendwelche ungewöhnlichen Vorkommnisse bemerkt?“

Sie hätte fast geschnaubt. Abgesehen von der Explosion, die sie hätte töten können?

„Welche Rolle spielen Sie, Sir?“, fragten sie Chase, der eine knappe Antwort knurrte.

„Ich habe die Explosion gehört und kam angerannt.“

Sophie drückte seine Hand. Chase ließ es so einfach klingen. Aber sie hatte noch nie jemanden gehabt, der zu ihr gerannt gekommen war.

„Haben Sie einen Geruch bemerkt oder irgendetwas, das ungewöhnlich war?“, drängte der Polizist weiter.

„Sind Sie sich sicher, dass Sie niemanden gesehen haben?“, fragte ein anderer.

Sie tat ihr Bestes, um ihnen zu antworten, aber die Fragen waren unerbittlich und es fühlte sich an, als würden die Sirenen sie anheulen. Chase stand an ihrer Seite und sah so aus, als würde er gleich ausrasten. Sie hatte Angst, was passieren könnte, wenn er es tat. Dell war zur Seite beordert worden, und die Fragen gingen immer weiter, bis einer der Beamten einen Schritt zu weit ging.

„Haben Sie heute Morgen oder zu irgendeinem anderen Zeitpunkt etwas an den Gaszylindern verändert oder sie anderweitig manipuliert?"

Sophie starrte ihn an. „Manipuliert? Was wollen Sie damit andeuten?"

Der Polizist – ein großer, sonnengebräunter *Haole* – blinzelte und trat einen Schritt zurück.

Sophie stemmte die Hände an die Hüfte. *Nein, ich bin kein Schwächling,* wollte sie bellen. *Ich versuche nur, nett zu sein. Aber bedrängen Sie mich und Sie bekommen genau das hier.*

Sogar Chase riss den Kopf herum und für einen Moment fühlte Sophie sich wie auf dem Gipfel der Welt. Doch dann blieb ihr Blick an dem brennenden Wrack des Smoothie-Wagens hängen und sie wäre fast zu Boden gesackt. Der Wagen war zerstört. Es war ein Wunder, dass niemand verletzt worden war. Aber trotzdem. Dieses Feuer war ein bedrohliches, böses Ding, das die schöne Landschaft von Lahaina verschandelte. War es irgendwie ihre Schuld?

Glücklicherweise trat eine weibliche Polizistin – eine hübsche Inselschönheit, die Sophie als eine Freundin von Chase erkannte – mit einem aufmunternden Lächeln nach vorn. „Ich bin Officer Dawn Meli. Leute, lasst mich das hier regeln."

Die anderen Beamten wichen zurück und gaben Sophie etwas Luft zum Atmen. Auch Chase entspannte sich ein klein wenig.

„In Ordnung, atmen Sie tief durch", sagte Officer Meli. „Und fangen Sie noch einmal ganz von vorne an. Ein letztes Mal, ich verspreche es."

Es fiel ihr leichter, mit Officer Meli zu sprechen, die tatsächlich zuzuhören schien, während Sophie berichtete. Als sie fertig war, grübelte Officer Meli über verschiedene Szenarien nach.

„Könnte es ein Unfall gewesen sein?"

Sophie überlegte. Theoretisch ja, aber der Wagen und all seine Systeme wurden regelmäßig geprüft.

„Fremdverschulden? Gibt es Konkurrenten dieses Geschäfts?"

Sophie runzelte die Stirn. Es gab ein paar. Aber niemanden, der auf solche Gewalt zurückgreifen würde. „Nicht, dass ich wüsste. Aber ich denke, Sie sollten das besser den Besitzer fragen, Mr. Lee."

Officer Meli machte sich eine Notiz und senkte dann ihre Stimme. „Was ist mit Ihnen? Haben Sie irgendwelche Probleme? Gab es Drohungen?"

Chase ballte die Fäuste. „Warum sollte es jemand auf Sophie abgesehen haben?"

Officer Meli hob die Hände. „Ich sage ja nicht, dass es der Fall ist. Aber ich muss es fragen. Ist irgendjemand auf Rache für irgendetwas aus?"

Sophie erblasste. „Nein. Auf gar keinen Fall."

„Ein Ex-Freund, der sich vielleicht vor den Kopf gestoßen fühlen könnte?"

In einem früheren Leben hätte Sophie vielleicht gedacht, *Schön wär's*. Aber seit sie Chase kennengelernt hatte, war ihr einziger Wunsch, mehr Zeit mit ihm zu verbringen.

Sie schüttelte den Kopf und Officer Meli drängte weiter. „Was ist mit Geld? Gibt es diesbezüglich Probleme?"

Sophies Magen drehte sich um. Geld? Sie hatte das Thema schon eine Weile gemieden, weil sie noch nicht bereit war, sich mit der Nachricht auseinanderzusetzen, die sie kürzlich erhalten hatte.

Sie antwortete vorsichtig. „Ich bin niemandem etwas schuldig, falls Sie das meinen."

Als Officer Meli nickte und weitermachte, atmete Sophie auf. Nach ein paar weiteren Fragen klappte Officer Meli ihr Notizbuch zu. „In Ordnung. Das war es für den Moment. Vielen Dank für Ihre Kooperation. Wir werden Sie heute Nachmittag für einen vollständigen Bericht auf dem Revier brauchen."

Sophies Herz wurde schwer. Ein noch ausführlicherer Bericht als der, den sie gerade gegeben hatte?

Aber Officer Meli lächelte und versprach, dass es nicht zu schlimm sein würde. Dann wandte sie sich an Chase. „Kümmerst du dich um sie?"

Schwang da ein Hauch von Neckerei in der Stimme der Beamtin mit? Sophie konnte es nicht genau sagen.

„Darauf kannst du wetten", grunzte Chase. Sophie wurde es innerlich ganz warm.

In dem Moment kam Dell mit den Hunden hinüber und lachte, als Darcy an der Leine zerrte. „Da haben Sie sich ja einen richtigen Tiger geangelt."

Sophie umarmte Darcy und hoffte, dass er niemanden gebissen hatte.

„Ich brauche die Autoschlüssel." Chase streckte die Hand aus.

Dell schaute ihn an, als wollte er dies infrage stellen, aber Chase knurrte nur und Dell zog die Augenbrauen hoch. „Bist du dir sicher, dass du alles im Griff hast, Mann?"

Chase griff nach den Schlüsseln und packte Sophies Hand fester. „Ich habe alles im Griff."

Er machte eine kleine Geste und die Hunde fielen im Gleichschritt ein. Sie alle folgten sozusagen ihrem Alpha. Auch Sophie folgte mit immer noch zittrigen Knien. Chase führte sie mitten durch die Menge und an ein paar Reportern vorbei, die sie vielleicht verfolgt hätten, wäre Dell nicht direkt einen Schritt hinter ihr gewesen.

„Ich habe alles gesehen", verkündete er laut, so dass es alle hören konnten. „Fragen Sie nur."

Alle Aufmerksamkeit richtete sich schlagartig auf Dell und Sophie atmete erleichtert auf. Chase schaute mit einem Seufzer zurück. „Ja, Dell ist gut mit solchen Sachen."

„Nun, Gott sei Dank für ihn." Sie nahm Chase' Hand und bedeckte sie mit ihren beiden Händen. „Aber vor allem bin ich froh, dass Sie da waren."

Er strahlte und zog sie in entgegengesetzte Richtung des Stroms der Schaulustigen, die auf das Feuer zusteuerten. Kurze Zeit später kamen sie bei seinem Pritschenwagen an.

„Wohin?", fragte er.

Sie blinzelte ein paar Mal. Zunächst einmal zum Wagen. Manchmal fuhr Chase einen schicken, roten Ferrari. Zu anderen Zeiten war er mit diesem ramponierten Toyota Pritschenwagen unterwegs. Das Lustige daran war, dass er den Unterschied selbst nicht zu bemerken schien, und dafür liebte sie ihn. Nun, sie liebte ihn für eine Menge Dinge.

Langsam zwang sie sich, sich zu konzentrieren. Wohin wollte sie? Nach Hause oder an den ruhigen Ort, an den sie sich zum Nachdenken zurückzog? Und, Moment – sie musste auch an Chase denken.

„Was ist mit der Arbeit?"

Er neigte den Kopf. „Arbeit?" Er sprach es nicht aus, *Ich erwähne es nur ungern, aber Ihre Arbeit ist gerade in die Luft geflogen,* aber seine Augen suggerierten es.

Sie lachte. „Nein, ich meine Ihren Job."

„Dell wird jemanden finden, der für mich einspringt."

Sie musterte ihn eine Sekunde lang. Es wäre schön, Freunde zu haben, die einem in den schlimmsten – oder in den besten – Zeiten zu Hilfe kamen. Doch dann wanderte ihr Blick zu den Erkennungsmarken, die Chase um den Hals trug. Dell hatte ebenfalls welche. Sie hatte nie nach den Details gefragt, wo und wann sie gemeinsam gedient hatten, aber es war offensichtlich, dass sie eine Menge zusammen durchgemacht hatten.

Chase stand schweigend da und wartete auf ihre Antwort. Ihr Herz schlug erneut höher. Er war so ruhig. So beständig. So begierig darauf, zu helfen. Was hatte sie getan, um ihn zu verdienen?

Dann räusperte sie sich. „Würde es Ihnen etwas ausmachen, ein Stück die Küste hinaufzufahren?"

Sein Blick sagte, dass er für sie bis zum Mond und zurück fahren würde und sie verliebte sich von Neuem in ihn. Dann beugte er sich hinunter und hob Boris wie einen Sack Kartoffeln in die Höhe, um ihn auf die Ladefläche des Pritschenwagens zu heben. Coco sprang an Sophies Knie hoch und bettelte darum, ebenfalls dabei sein zu dürfen. Währenddessen wandte sich Chase Darcy zu, der knurrte.

„Du kannst knurren, so viel du willst, kleiner Kerl", murmelte Chase. „Ich bin hier der Boss."

Eine Sekunde später fügte sich der grummelnde Darcy, als er von Chase hochgehoben und auf die Ladefläche gehievt wurde. Der kleine Terrier wagte es nicht, Chase zu beißen, aber seine Würde war eindeutig angekratzt.

„Guter Hund." Sophie streichelte ihn, während sie jede Leine sicherte. „Du bist mein guter Hund."

Es schien zu helfen und einen Augenblick später fuhren sie, Chase und die Hunde auf dem Highway in Richtung Norden.

„Wohnen Sie hier oben?", fragte Chase, nachdem sie ein paar Meilen gefahren waren.

Sie deutete über ihre Schulter zurück. „Nein, in die andere Richtung. Aber wenn Ihnen die Fahrt nichts ausmacht… "

„Es macht mir nichts aus", sagte er leise.

Mit jeder Minute, die verging, entspannte sich Sophie ein wenig mehr. Chase tat es ebenfalls. Waren das türkisfarbene Wasser und der reine blaue Himmel für ihn genauso beruhigend wie für sie? Genoss er das Gefühl der Weite ebenso sehr, wie sie es tat? Der erste Teil der Küste war von Hotels und Apartmentblöcken geprägt, aber sobald sie das vornehme Resort an der Kapalua Bay hinter sich gelassen hatten, erstreckte sich unbebautes Gelände. Auf Mauis Inlandseite, der *Mauka* Seite, erhoben sich die Hänge höher und weiter und reichten bis in einen Wolkenschleier hinauf. Auf der *Makai* Seite konnte man die wunderschöne Honolua Bay sehen und in der Ferne den langen, schlanken Umriss von Molokai erkennen.

Die Straße schlängelte sich in Kurven dahin und gerade als Sophie daran dachte, Chase zu bitten, kurz anzuhalten, setzte er den Blinker und tat genau das.

„Ist das in Ordnung?", fragte er sie.

„Perfekt", flüsterte sie und blickte auf den Ozean hinaus. Vor dem Pritschenwagen befand sich ein Gewirr von Wildrosen und sie konnte den himmlischen Duft riechen. Dahinter erstreckte sich der Pazifik bis zu einem verschwommenen weit entfernten Punkt am Horizont, an dem sie Wasser und Himmel nicht mehr voneinander unterscheiden konnte.

„Das ist der Grund, warum ich nach Maui gekommen bin", flüsterte sie.

Chase neigte den Kopf und wartete genauso, wie es die Hunde taten, wenn sie sonst niemanden zum Reden hatte.

Sie winkte vage. „Die Schönheit. Der Frieden. Eine Erinnerung an alles Positive auf der Welt."

Zu ihrer Erleichterung fragte er nicht, was der Gegensatz für sie sein könnte. Er nickte nur, als wüsste er genau, was sie meinte.

„Was hat Sie hierher verschlagen?", wagte sie, einen Moment später zu fragen.

Wie immer dachte Chase über seine Worte nach, bevor er sich auf nur zwei von ihnen festlegte. „Ein Job."

„Im Lucky Devil?"

Er lachte und ein wenig mehr Spannung löste sich von ihnen beiden. „Das ist nur ein Nebenjob. Ich arbeite als Sicherheitsmann auf einem privaten Anwesen."

Das hatte sie gehört, aber sie war sich nicht sicher gewesen, ob es stimmte. Erklärte das den Ferrari?

Ein Dutzend Fragen schwirrten ihr im Kopf herum, aber sie sprach keine einzige davon aus. Spielte es eine Rolle, wo Chase wohnte oder welches Auto er fuhr? Was sie wirklich interessierte, war er. Der echte Chase.

„Gefällt es Ihnen hier?", fragte sie.

Er blickte in die Ferne. „Es gefällt mir gut genug."

Einen Moment lang dachte sie, das wäre alles, was er sagen würde. Aber wie durch ein Wunder führte Chase seinen Gedanken weiter aus.

„Als wir hier ankamen, wollte ich nur nach Hause nach Montana. Aber dann... "

Sie wartete, genauso wie er wartete, wenn sie sprach. Aber es schien alles zu sein, also hakte sie irgendwann nach. „Was dann?"

Sein Kehlkopf wippte und er schaute sie an, dann zu Boden, und wurde plötzlich schüchtern.

„Dann habe ich Sie getroffen."

Um ihr Herz hätten ein Dutzend weiße Tauben flattern können, sie hätte es nicht bemerkt – so sehr wirkten seine Worte auf sie. Ihr Atem stockte, als sie ihm in die Augen schaute. „Ich bin wirklich froh, dass ich Sie getroffen habe."

„Ich bin auch sehr froh", flüsterte er.

Es war einer dieser perfekten, *fast an etwas Unglaubliches grenzenden* Momente, die sie oft miteinander teilten. Wenn sie doch nur wüsste, was sie danach sagen sollte.

Chase, ich mag Sie wirklich. Das wäre ein guter Anfang gewesen, aber ihre Kehle war wie zugeschnürt und sie konnte nicht sprechen. Nicht einmal, um zu fragen, *Mögen sie mich?*

Nun, er musste sie mögen. Schließlich hatte er sich mit ihr verabredet. Aber ein Teil ihres Verstandes weigerte sich immer noch, sich eines so niedlichen – und überaus heißen – Kerls für würdig zu halten. Und ihre Zweifel überkamen sie erneut. Dennoch, die Art, wie er sie ansah – *wirklich* ansah, als wäre sie eine Blume, die es wert war, gemalt zu werden – sagte, *Sophie, ich mag Sie auch sehr.*

Ihre Stimmung stieg und sie lächelte und fühlte sich schöner als je zuvor. Der Vordersitz des Pritschenwagens war nicht sehr breit und es war nur allzu leicht, sich vorzustellen, wie sie zu ihm hinüberrutschen und ihn küssen würde.

Und wow. Fast umzukommen, musste ihre Hemmungen beseitigt haben, denn sie rutschte tatsächlich hinüber, um ihn zu küssen. Es war, als hätte sie eilig eine Liste von Dingen geschrieben, die sie in ihrem Leben tun wollte, und musste so viele Punkte abarbeiten, wie sie nur konnte. Nummer 3, *Innehalten und an den Rosen riechen.* Nummer 2, *Zeit mit den Menschen verbringen, die sie liebte.* Nummer 1, *Chase küssen...*

Chase beugte sich ebenfalls vor und ehe sie sich versah, berührten sich ihre Nasen in Erwartung eines Kusses. Einen Moment lang hielten sie beide inne und genossen die süße Unschuld dieses Eskimokusses. Dann zuckten Chase' Lippen und Sophie begann, den Abstand weiter zu verringern, als–

Wumm! Ein Lastwagen raste vorbei und brachte den Pritschenwagen zum Wackeln. Die Hunde brachen in wildes Gebell aus. Chase und Sophie zuckten zurück und wandten sich dem Tumult zu.

„Entschuldigung." Sophie verbarg ihre purpurroten Wangen. „Sie sind manchmal ein bisschen laut."

Chase starrte sie wortlos an und alle möglichen Emotionen huschten durch seine Augen. Sehnsucht, so als hätte er sich diesen Kuss von ganzem Herzen gewünscht. Bedauern, weil er seine Chance verpasst hatte. Entschlossenheit, es so schnell wie möglich nachzuholen.

Dann ließ er ein winziges Lächeln aufblitzen, das sagte, *Nächstes Mal.*

Sophie lächelte zurück. *Genau, nächstes Mal.*

Chase lachte leise und jagte die Verlegenheit damit einfach davon. „Zu bellen ist das Beste", sagte er. „Das und auf der Ladefläche eines Pritschenwagens zu fahren."

Sie grinste. „Sie kennen sich wirklich gut mit Hunden aus."

Chase räusperte sich und ließ den Wagen wieder an. „Das könnte man so sagen."

Er fuhr weiter und folgte der Küstenlinie. Kurze Zeit später verengte sich die Fahrbahn und wurde zu einer kurvenreichen Einbahnstraße, auf der es nicht viel Verkehr gab. Die Landschaft wurde wilder, verworrener und andere Autos waren nur noch selten zu sehen. Als sie schließlich den Kilometerstein achtunddreißig erreichten, winkte Sophie, um Chase aufzufordern, anzuhalten.

„Nakalele Blowhole", sagte er und erkannte die Stelle.

Sie nickte. „Ich liebe es hier draußen."

Es war ein rauer, felsiger Ort – nicht einer, den die meisten Leute auf eine Liste der besten Orte auf Maui setzen würden. Aber es gab eine Menge Platz und ausreichend Abgeschiedenheit, so dass es ein guter Ort zum Nachdenken war.

Die Hunde sprangen auf der Ladefläche des Pritschenwagens herum und waren aufgeregt, weil sie auf Entdeckungstour gehen wollten. Sophie ließ sie hinunterspringen und Chase folgte ihr im Gleichschritt, als sie einen gewundenen Pfad zur felsigen Küste entlanggingen. An dieser raueren, ungeschützteren Seite von Maui zerrte der Wind an Sophies Oberteil und Haaren. Aber etwas an diesem Ort ließ sie immer wieder hierher zurückkehren.

Sie pfiff, um sicherzustellen, dass die Hunde in der Nähe blieben, und wanderte zu einem Felsen, der ein paar hundert Meter vom Blowhole entfernt war. Immer noch nah genug, um es zu beobachten und darauf zu warten, dass es ausbrach, aber weit genug entfernt, um etwas Platz für sich selbst zu haben und der Handvoll Besucher aus dem Weg zu gehen, die von diesem Anblick angelockt wurden. Sie ließ sich auf einem Felsen nieder und hörte zu, wie die Wellen gegen das Ufer schlugen.

Alle paar Minuten spritzte es aus dem Blowhole, so als würde ein Wal zum Atmen an die Oberfläche kommen. Feiner Nebel sprühte über die Gegend. Chase setzte sich neben Sophie hin und sie konzentrierte sich auf seine beruhigende Ausstrahlung.

„Sind Sie sich sicher, dass es Ihnen gut geht?", flüsterte Chase nach einer Weile.

Sie nickte, aber eine Sekunde später brannten Tränen in ihren Augen, als alles erneut über sie hereinbrach. Die Hunde hatten versucht, sie zu warnen, aber sie hatte nicht auf sie gehört. Sie hätte getötet werden können und die Hunde ebenfalls. Oder schlimmer noch, schrecklich verbrannt. Dann waren da noch die Fragen von Officer Meli gewesen, die ihr nun immer noch im Kopf herumschwirrten.

Haben Sie irgendwelche Probleme? Gab es Drohungen?

Nicht, dass sie sich dessen bewusst gewesen wäre. Aber plötzlich war sie sich nicht mehr so sicher. Sie hatte ihr Zuhause im Streit verlassen, was vielleicht keine so große Sache gewesen wäre, wenn sie aus einer normalen Familie an einem normalen Ort stammen würde.

„Hey." Chase beugte sich vor, um sie zu umarmen, als die Tränen zu einer Flut wurden.

Sie kniff die Augen zusammen und versuchte, die Erinnerungen zu verdrängen. Die jüngsten und auch die, die schon weit in der Zeit zurücklagen. Stattdessen konzentrierte sie sich auf Chase. Auf seine starken, sicheren Arme. Auf sein ruhiges Schweigen, das ihr erlaubte zu weinen, während er ihr das Gefühl gab, dass alles in Ordnung war.

Sie weinte noch ein wenig länger und ließ alles heraus. Die Angst. Den Schock, wie eine Verdächtige verhört zu werden. Den schrecklichen Anblick der Flammen. Nach und nach wuschen die Tränen all das fort, bis sie nur noch schniefte und bekümmert war. Langsam löste sie sich aus Chase' Umarmung und wischte sich das Gesicht ab.

„Es tut mir so leid. Das sollte doch so ein schöner Tag werden."

Chase neigte den Kopf erst in die eine und dann in die andere Richtung. „Vielleicht können wir ihn immer noch zu einem machen."

Sie schloss die Augen, weil sie dies kaum glauben konnte. Heute hatte ihr großer Tag sein sollen. Ihre erste Verabredung. Jetzt war alles ruiniert. „Ich wollte Sie küssen und alles."

In der Sekunde, als ihr die Worte herausrutschten, schlug sie sich eine Hand vor den Mund. Hoppla. Sie hatte eigentlich nicht vorgehabt, das laut zu sagen.

Chase riss die Augen leicht auf und ihr Herz wurde schwer. Oh Gott. Was, wenn sie ihn völlig falsch eingeschätzt hatte? Vielleicht wollte er ja nur nett sein, hier mit ihr hinauszufahren. Vielleicht wollte er sich gar nicht mit ihr verabreden.

Sie senkte das Kinn, aber Chase griff danach und hob es hoch, so dass sie ihm in die Augen schauen musste. Ein langsames, schüchternes Lächeln breitete sich auf seinem Gesicht aus. „Wer sagt denn, dass Sie das nicht können?"

Ihr Atem stockte, als ihre Hoffnungen erneut aufstiegen. Er wollte sie küssen!

„Sie meinen, ich darf es?"

Er nickte ernst und sprach mit heiserer Stimme. „Das würde mir wirklich gefallen."

Sie holte ein paarmal tief Luft, denn heiliger Strohsack, ihre Gefühle waren völlig durcheinander. Und nicht nur das, sondern Chase' Augen glühten auch. Oder war das nur ein weiterer Beweis dafür, wie aufgewühlt sie war?

Sie beugte sich vor, um genauer hinzusehen, wurde dann jedoch von seinen Lippen abgelenkt. So nah. So voll. So küssbar.

In der Ferne schwappte eine Welle über die Felsen und machte ein zischendes Geräusch.

Dann küss ihn doch, schien sie zu sagen.

Eine Möwe krächzte über ihr und sagte das Gleiche. Sogar Coco stupste sie an, als wollte sie sie ermutigen.

Dann küss ihn doch, ermahnte sich Sophie selbst.

Sie beugte sich vor, schloss die Augen und streckte sich, bis ihre Lippen sich trafen. Und *wusch!* Das Blowhole brach in nicht allzu weiter Ferne aus, was die Schaulustigen zum Jubeln brachte.

Sophie behielt jedoch die Augen geschlossen und küsste weiter. Sie konnte nicht aufhören. Chase' Lippen waren wie der Rest von ihm – von außen hart, aber innen ganz weich. Und je mehr sie ihn küsste, in desto größeren Runden flatterten die Tauben um ihr Herz. Sie kreisten und kreisten um sie und ließen sie ganz schwindlig werden. Die gute Art von Schwindel, bei dem man jedes Gefühl für Raum und Zeit verlor. Das Blowhole brach erneut aus, aber es klang meilenweit entfernt. Wenn sie den sanften Hauch des Sprühnebels wahrnahm, dann nur auf eine entfernte, märchenhafte Weise. Alle ihre Sinne konzentrierten sich auf den Kuss und darauf, wie gut er sich anfühlte.

Sie hatte das Gefühl, nach Hause zu kommen. Wie in einem Traum. Wie eine ganz neue Zukunft, die sich ihr Stück für Stück offenbarte. Chase berührte ihre Wange und sie öffnete die Lippen. Ihr Herz klopfte wie wild. Vielleicht hatte er recht. Es musste kein schrecklicher Tag bleiben. Sie konnte ihn so gut machen, wie sie ihn haben wollte.

Und verdammt noch mal, wie sehr sie sich dies wünschte. Mehr als sie jemals irgendetwas gewollt hatte.

Also küsste sie den Mann, nach dem sie sich so lange und intensiv gesehnt hatte, genauso wie die letzten Wochen für sie gewesen waren. Ihre Körper kamen sich näher und Sophie fand den Mut, mit einer Hand über seine Rippen zu streichen. Sie drängte sich näher an ihn heran und wurde immer atemloser. Sie fragte sich, wie weit sie bereit war, zu gehen.

Ziemlich weit, wie sich herausstellte, und es schockierte sie selbst, als ihre Hände wie von allein über seinen Hintern glitten. Fast wären sie auch an die Vorderseite gewandert. Auch Chase' Berührungen wurden immer mutiger und...

Schreie ertönten und sie rissen sich voneinander los.

Sophie griff nach Chase' Hand. „Was ist passiert?"

Drüben am Blowhole gab es einen Aufruhr. Sophie schaute sich panisch um und suchte nach den Hunden. Gott sei Dank waren sie noch in der Nähe. Coco und Darcy tobten im Gestrüpp herum und Boris jagte ein Blatt im Wind.

„Oh mein Gott", murmelte Sophie, als ihr bewusst wurde, was passiert war. Ein junger Mann hatte sich zu nah an die Kante des Blowholes gewagt und war von einem Ausbruch umgeworfen worden. Zwei Freunde eilten herbei und zogen ihn in

Sicherheit. Das Trio wich auf eine sichere Entfernung zurück, wo sie schließlich in schallendes Gelächter ausbrachen.

Sophie schüttelte den Kopf. Sie war an diesem Morgen fast getötet worden und fühlte sich innerlich immer noch zittrig. Wie konnten diese Männer einen Beinahe-Tod so lustig finden?

„Dummköpfe", murmelte Chase.

Es gab ein Schild und alles. *Warnung. Halten Sie Abstand zum Blowhole. Gefahr, hineingesaugt zu werden und ums Leben zu kommen.*

„Dummköpfe, die Glück gehabt haben", fügte sie hinzu. Aber wenn man bedachte, was an diesem Morgen passiert war, war sie das eigentlich auch. Was genau bedeutete das also?

Sie dachte einen Moment darüber nach und drängte sich dichter an Chase' Seite. Als sie nach Maui gezogen war, hatte sie sich geschworen, das Leben in vollen Zügen zu genießen. All die Schönheit zu spüren, zu hoffen und zu leben. Das war die Moral von der Geschichte, nicht wahr?

Richtig, sagte sie entschlossen zu sich selbst.

Sie schaute Chase erneut in die Augen und einen Moment später küssten sie sich wieder... und wieder...

Kapitel 5

Chase hatte in seinem Leben schon viele Höhen und Tiefen durchgestanden, aber so etwas wie in den letzten vierundzwanzig Stunden hatte er noch nie erlebt. Er streckte sich unter dem kühlen, frischen Bettlaken und öffnete langsam die Augen. Er fragte sich, ob alles nur ein Traum gewesen war. Aber es war tatsächlich der nächste Morgen und er befand sich wirklich in Sophies Haus – und in ihrem Bett. Sie hatte sich sogar in seine Arme gekuschelt.

Er bewegte seine Hand und strich den Stoff ihres Ärmels glatt. Ja, sie waren angezogen, denn *so* eine Nacht war es nicht gewesen. Er war lediglich hier, um für Sophies Sicherheit zu sorgen.

Also gut, okay – um für ihre Sicherheit zu sorgen und seinen inneren Wolf zu beruhigen, der bei der Explosion völlig durchgedreht war. Der beißende Geruch des brennenden Smoothie-Wagens, die blinkenden Lichter, die heulenden Sirenen – Wölfe kamen mit solchen Dingen nicht gut zurecht. Ein Jahrzehnt beim Militär hatte seine Toleranz für diese Art von Reizüberflutung erhöht, aber das hier war etwas anderes. Das hier war eine Bedrohung für Sophie und es hätte ihn fast um den Verstand gebracht.

Die letzten Monate waren eine Gratwanderung an der Grenze zwischen seinem Mann und seinem Wolf gewesen. Seine Brüder hatten ihn mit Sorge beobachtet, weil sie befürchteten, er könnte seiner Wolfsseite erliegen und zurück in die Wildnis gehen. Aber nachdem er Sophie kennengelernt hatte, war dieser innere Kampf verblasst, und er hatte sich noch nie so fest in der menschlichen Welt verankert gefühlt. Die Ereignisse des vergangenen Tages hatten ihn jedoch wie ein Vorschlaghammer getroffen und sein innerer Wolf hatte erneut damit angefangen, nervös auf und ab zu pirschen.

Sophie ist hier. Es geht ihr gut, versicherte er seinem Wolf, um ihn zu beruhigen, bevor er sich zu sehr aufregte. Er wollte nicht zurück in die Wildnis gehen. Er wollte in der Menschenwelt bei Sophie bleiben.

Langsam und ganz allmählich beruhigte sich sein Wolf, aber er verharrte in höchster Alarmbereitschaft. Das Tier war genauso unruhig wie Darcy, wenn es um Sophie ging.

Chase schaute sich um und tatsächlich stand der Jack Russell Terrier an der Tür. Er hatte die Ohren gespitzt und die Zähne gefletscht, bereit, jeden Eindringling abzuwehren. Und auch Chase gehörte, dem Unmut in den Augen des kleinen Hundes nach zu urteilen, in die Kategorie ‚Eindringling'.

Hey Kumpel, versuchte er. *Wir lieben beide dieselbe Frau. Jetzt mach doch mal halblang.*

Darcy schnaufte und eine Flut von hässlichen Bildern schoss durch seinen Kopf. Sie alle stammten aus einer verschwommenen Vergangenheit.

Chase schüttelte den Kopf. *Das ist ein anderer Mann, der schlecht zu einem anderen Frauchen war. Das bin ich nicht. Schau – schau doch nur, wie glücklich Sophie ist.*

Trotz allem hörte Darcy nicht damit auf, ihn mit seinem *Ich behalte dich im Auge*-Blick anzustarren.

Chase seufzte und wünschte, er könnte den Hund überzeugen. Gleichzeitig hatte er jedoch keine andere Wahl, als ein wenig mehr von seiner Wolfsaura zu zeigen, um den Hund in seine Schranken zu weisen. Er respektierte Darcy, das schon. Aber es konnte nur einen Alpha in Sophies Rudel geben und das war er.

Langsam lehnte er sich zurück und ließ seinen Blick durch den Raum schweifen. Er war vorher noch nie in Sophies Zuhause gewesen und es war schön. Wirklich schön, auf eine leicht baufällige, unkonventionelle Art. Es war eine winzige Hütte mit drei kleinen Zimmern hoch über Lahaina – ein Arbeiterhäuschen aus der Plantagenzeit der Insel.

„Schau mal." Sophie hatte aus dem hinteren Fenster gezeigt, als sie ihn in der Hütte herumgeführt hatte. Er war ganz dicht hinter sie getreten, um besser sehen zu können. „Wenn du hier stehst, kannst du die ganze Kammlinie bis zu den Berggipfeln hinauf sehen."

„Schön", hatte er gemurmelt.

Das üppige, grüne Blätterdach und die zerklüfteten Berge waren schön, aber eigentlich hatte er Sophies Duft gemeint. Ihre Nähe. Das Vertrauen, das sie in ihn setzte.

Sie hatte gesagt, die Hütte gehöre ihrer Tante, aber sie passte wirklich zu Sophie. Die Wände waren mit Bücherregalen vollgestellt und die Veranda voller Blumen. Seine Farbwahrnehmung war nicht besonders gut, aber er war sich ziemlich sicher, dass sie jeden Farbton des Regenbogens abdeckten. Ihr Duft kitzelte ihn schon von Weitem in der Nase. Der Schrank und die Kommode waren mit Sophies Kleidern gefüllt – das konnte er am Stil und am Duft erkennen. Wo die Tante war, wusste er nicht. Er dachte nur an Sophie.

Sie hatten am Vortag Stunden am Blowhole verbracht und auf dem Rückweg etwas zu Mittag gegessen. Er konnte sich nicht einmal mehr an den Geschmack erinnern. Dann hatten sie den größten Teil des Nachmittags im Polizeipräsidium verbracht, wo sie ein weiteres Verhör über sich ergehen lassen mussten. Als Sophie am frühen Abend entlassen worden war – Gott sei Dank hatte Officer Dawn Meli dafür gesorgt, dass die Dinge in Bewegung blieben –, waren sie beide erschöpft gewesen. Und als sie bei Sophie zu Hause angekommen waren...

Bleib bei mir. Bitte bleib bei mir, hatte sie ihn angefleht.

Nach ihrem Kuss am Blowhole hatten sie das förmliche *Sie* endlich durch das viel persönlichere *Du* ersetzt, was Chase die Welt bedeutete.

Zu diesem Zeitpunkt hätte sie ihn mit einer doppelläufigen Schrotflinte verjagen müssen. Aber verdammt, ihre Worte ließen ihn sich großartig fühlen.

Also war er hier und erlebte eine Szene direkt aus seinen Träumen. Nun, eine Szene aus *einem* seiner Träume. Er musste zugeben, dass er in den letzten Wochen eine ganze Reihe nicht jugendfreier Fantasien gehabt hatte, und es war schwer, diese Grenze nicht zu überschreiten. Seit Wochen brannte er darauf, sie zu berühren. Sie zu küssen. Sie als die Seine in Besitz zu nehmen. Und in der Realität war es viel schwieriger, ihr zu widerstehen als im Traum. Sie war ihm so nahe, so schön...

Aber der Instinkt, sie zu beschützen, verdrängte alles andere und so lag er ganz still und mit geschärften Sinnen da. Ohne sie zu küssen, um nicht zuzulassen, dass sein Wolf sich hinreißen ließ. Jetzt war nicht die richtige Zeit dafür.

Und außerdem war eine Nacht, in der er neben Sophie schlief, tausendmal befriedigender als eine der fehlgeleiteten Affären, auf die er sich in der Vergangenheit eingelassen hatte, weil er gedacht hatte, dass Menschen so etwas eben taten. Genau wie Kaffeetrinken, Zeitunglesen oder jede andere Angewohnheit, die er ausprobiert und schließlich wieder verworfen hatte. Aber jetzt, da er seine Gefährtin gefunden hatte...

Er holte tief Luft. Wären die Umstände nicht gewesen, hätte er im siebten Himmel geschwebt – abgesehen davon, dass Coco schnarchend zu Sophies Füßen lag. Das und die Tatsache, dass er von den Ereignissen des vergangenen Tages noch immer überwältigt war.

Sein Herz krampfte sich schmerzlich zusammen. Was, wenn Sophie gestorben wäre?

Er zog sie ein wenig näher an sich. Er hatte den Arm um ihre Taille geschlungen und seine Hand auf den neutralen Bereich ihres Bauches gelegt. Sie schmiegte ihren Rücken an seine Brust und er wünschte, er könnte sie den ganzen Tag so festhalten. Aber es gab zu viel zu tun und zu viele unbeantwortete Fragen, denen er nachgehen musste. Zum einen musste er sich wegen der Arbeit bei Dell melden und dann musste er sich mit Officer Meli in Verbindung setzen. Also entfernte er sich vorsichtig, wobei er sein bestes tat, um Sophie nicht aufzuwecken. Er schwang seine Füße auf den Boden.

„Guten Morgen, Boris", flüsterte er.

Der Windhund wedelte schwach mit dem Schwanz.

Chase kreiste seine Schultern ein paarmal und bemerkte das Buch, das auf Sophies Nachttisch lag – *Hundert Jahre Einsamkeit*. Dann stand er auf und wünschte sich, er könnte genauso aufwachen wie Boris. Mit einer langen, tiefen Dehnung, die die Menschen so treffend als *herabschauender Hund* bezeichneten

– den Hintern nach oben, den Kopf tief hinunter und die Wirbelsäule zu einer schönen langen Linie gestreckt.

Später, versprach er seinem Wolf.

Wie gewöhnlich war er zwischen zwei Welten gefangen. Unter Wölfen war er zu menschlich. Und unter den Menschen war er zu sehr Hund. Was ihn zu einem unfreiwilligen Rebellen machte, der in keine der beiden Welten passte.

Aber in Sophies Nähe schien das alles keine Rolle zu spielen. Zum ersten Mal in seinem Leben wusste er genau, wo er hingehörte.

An ihre Seite, stimmte sein Wolf zu.

Er schaute sich langsam in der Hütte um und stellte sich vor, wie er dort leben würde. Oder noch besser – er stellte sich Sophie in seinem Zuhause vor.

Es würde ihr gefallen, sagte sein Wolf.

Ja, das würde es. Nicht so sehr wegen des Hauses, das noch eine Menge Arbeit brauchte, sondern wegen der Umgebung – die Koakea Plantage. Zehn abgeschiedene Hektar Mauis, die er sich mit einer Handvoll Gestaltwandler teilte, denen er blind sein Leben anvertrauen würde. Verdammt, er könnte ihnen sogar jemanden, der so kostbar war wie Sophie, anvertrauen.

Chase seufzte und begab sich ins Bad. Unterwegs hielt er kurz inne, um zu ihr zurückzuschauen.

Sein innerer Wolf wedelte mit dem Schwanz. *Gefährtin.*

Er verzog die Lippen zu einem Lächeln. Er hatte eigentlich gedacht, Maui würde nur ein weiterer Ort werden, an dem er für eine Weile lebte, aber nicht der Ort, an dem er seine Gefährtin finden würde. Seltsam, welche Spiele das Schicksal manchmal spielte.

Manchmal hatte er das Gefühl, dass Sophie es auch spürte. Aber als Mensch wusste sie nichts von Gestaltwandlern. Wie um alles in der Welt sollte er ihr die Wahrheit beibringen?

Sie mag Hunde, betonte sein Wolf. *Sie wird mich auch mögen.*

Chase kratzte sich an einem Ohr. Diese Logik funktionierte nicht wirklich, wenn es darum ging, sich zu verwandeln. Sophie würde ganz sicher ausflippen.

Aber er hatte dringendere Probleme, um die er sich kümmern musste. Also begab er sich zurück durch das Schlafzimmer und widerstand der Versuchung, stehen zu bleiben und Sophie eine Weile zu beobachten – sagen wir, für den Rest seines Lebens. Die Hunde rührten sich und wollten hinausgelassen werden, also ging er weiter in die Küche und öffnete die Tür. Boris und Darcy huschten so schnell hinaus, wie der Duft von *Kahili*-Ingwer hereinströmte. Chase atmete tief ein. Es gab so viele Orte auf der Welt, an denen ein Mann mit einem Gefühl des Grauens aufwachen konnte. Überfüllte Städte. Vom Krieg geplagte Täler. Öde Wüsten. Maui hatte das gegenteilige Problem – es gaukelte einem ein falsches Gefühl des Friedens vor. Er war in der Nacht mehrmals aufgestanden und hinausgegangen, um sicherzustellen, dass niemand dort herumschlich, der es auf Sophie abgesehen hatte. Alles war ruhig gewesen, aber auch das hatte ihn verwundert. Was – oder wer – hatte die Explosion ausgelöst? Und wenn Sophie nicht das eigentliche Angriffsziel gewesen war, wer war es dann?

„Guten Morgen." Sophies Murmeln ließ ihn sich umdrehen.

Ihm stockte der Atem, so wie es immer geschah, wenn er sie anschaute. Sie hatte ihr Haar für die Nacht offengelassen und es hatte ihn große Mühe gekostet, es nicht zu streicheln. Verdammt, er konnte sich jetzt kaum zurückhalten, sie zu berühren.

Sophie. Sein Wolf wedelte mit dem Schwanz, als sie zu ihm an der Tür hinüberkam.

Das Morgenlicht glitzerte auf dem herzförmigen Medaillon, den sie immer trug, und ihre Augen funkelten mit Wärme. Ihr Lächeln war wie Sonnenschein, der durch die Bäume fiel – sanft, strahlend, natürlich. Ein Geschenk Gottes, wenn man an solche Dinge glaubte.

„Guten Morgen", murmelte er.

Und es *war* ein guter Morgen, weil er ihn mit ihr verbringen konnte.

Sie standen da und starrten einander an. Es reichte ihm aus. Aber die Explosion musste ein Feuer in Sophie entfacht haben, denn sie drückte die Schultern in einer *Was soll's*-Geste durch und trat vor, um ihn zu küssen. Direkt auf die Lippen, mit offenen Augen und allem.

Sein Wolf knurrte innerlich. *Vielleicht ist sie gar nicht so schüchtern, wie du denkst.*

Er schwankte auf seinen Füßen und war zwischen einem verzweifelten Bedürfnis nach mehr und einer lähmenden Angst, zu weit zu gehen, gefangen. Ihre Lippen waren weich und vorsichtig, aber gleichzeitig hungrig, und ihre Brust stieß gegen seine. Er erwiderte den Kuss mit einer winzigen kreisenden Bewegung, die ihr zu gefallen schien, und verdammt. Es war nur allzu leicht, sich vorzustellen, wie er Sophie auf den Küchentisch hob, damit sie ihre Beine um ihn schlingen konnte.

Der Kuss wurde heißer und tiefer, und für ein paar hitzige Sekunden schwelten erotische Bilder durch seinen Kopf. Aber dann schlüpfte Coco zwischen ihnen hindurch und flitzte hinaus. Gott sei Dank.

Er trat zurück und schnappte nach Luft. Welch ein Kuss.

Sophie starrte ihn mit benommenen Augen an, die ihm zustimmten. *Wow. Welch ein Kuss.* Dann wanderte eine Röte über ihre Wangen und die alte Sophie war wieder da – die schüchterne, gehemmtere Version.

Sie räusperte sich. „Möchtest du einen Kaffee? Toast? Ich habe etwas Marmelade eingekocht."

Sie öffnete einen der Schränke, die über dem Küchentresen hingen.

Chase riss die Augenbrauen hoch. „Wow."

Etwas war eines dieser Worte, mit denen er schon Schwierigkeiten gehabt hatte, seit er frisch in die Menschenwelt gekommen war. Es konnte drei oder vier bedeuten, aber auch ein Dutzend. In Sophies Fall bedeutete *etwas* ein Regal nach dem anderen, die alle vollbepackt mit Gläsern waren. Einhundert? Zweihundert vielleicht? Sie alle hatten rot karierte Deckel und Aufkleber, auf denen in ihrer sauberen Handschrift *Guave*, *Papaya* oder *Ananas-Mango* sowie ein Datum geschrieben standen.

Das Rot ihrer Wangen wurde tiefer, als sie murmelte: „Alte Gewohnheiten sind schwer zu brechen."

Er neigte den Kopf. Was genau sollte das heißen?

Während Sophie sich in der Küche zu schaffen machte und ein schnelles Frühstück zubereitete, erzählte sie weiter. „Meine Familie, nun ja… Sie lebten gern autark. Als Selbstversorger."

Chase konnte das nachvollziehen, aber Sophie schaute finster drein, als wäre es nicht die beste Erinnerung.

„Sie haben die Sache allerdings auf die Spitze getrieben. Mein Stiefvater war immer besorgt über die nächste Katastrophe. Ein Atomkrieg. Naturkatastrophen. Die kommunistische Machtübernahme… "

Chase musste zweimal hinhören. Kommunistische Machtübernahme?

Sophie seufzte. „Wir mussten immer vorbereitet sein." Sie öffnete einen weiteren Schrank, um zu zeigen, dass auch dieser mit Vorräten gefüllt war.

Er zuckte mit den Schultern. „Es ist nichts falsch daran, vorbereitet zu sein."

„Indem man Vorräte für fünf Jahre anhäuft?"

Er starrte sie an. Okay, das war vielleicht ein bisschen viel. „Wow. Meine Familie war froh, wenn sie es von einem Winter zum nächsten schaffte."

Hoppla. Sophies neugierigem Gesichtsausdruck nach zu urteilen, hätte er das wahrscheinlich nicht sagen sollen. Seine Gedanken überschlugen sich, während er versuchte, sich zu überlegen, wie er das Leben im Wolfsrudel in menschliche Worte fassen konnte.

„Wir wohnten weit draußen in den Bergen. Wir haben gejagt." Seine Nasenflügel bebten, als die Erinnerungen zu ihm zurückrauschten – Erinnerungen daran, auf der Jagd nach einem Reh auf vier Füßen durch den Wald zu sprinten. Der Nervenkitzel, die totale Konzentration. „Wir haben Fische gefangen." Er konnte das kalte Plätschern des Flusswassers an seinem Bauch spüren und sehen, wie er mit seiner Hundeschnauze die Wasseroberfläche durchbrach. „Solche Sachen."

Sophie nickte, als wäre es völlig normal, also *puh*. Glück gehabt. Aber dann fragte sie nach seinen Eltern und er zauderte. Wie sollte er das erklären?

Meine Mutter war eine Wölfin – eine Vollblutwölfin – in einem Rudel, das in der Bitterroot Range lebte. Mein Vater war ein Myriadengestaltwandler, der jede beliebige Tierform annehmen konnte. Er war für ein paar Monate mit unserem Rudel unterwegs. Gerade lange genug, um meine Mutter zu schwängern, bevor er wieder abgehauen ist.

Anders als die meisten Gestaltwandler wurde er als einziger Welpe im Wurf als Wolf geboren und begann sich erst im Alter von ein paar Jahren, in seine menschliche Form zu verwandeln – sehr zum Schock seines Wolfsrudels. In der Hundeform zu bleiben, war für ihn überlebenswichtig gewesen, aber sich verwandeln zu können, hatte auch Vorteile gehabt. So konnte er beispielsweise seine Rudelkameraden mit seinen menschlichen Händen aus Fallen befreien. Das hatte ihm einen hohen Rang in seinem Wolfsrudel eingebracht. Er hatte aber trotzdem nie so recht hineingepasst. Sein menschliches Leben hatte sich genauso angefühlt – außer wenn er mit Sophie zusammen war. Sie verankerte ihn fest in der menschlichen Welt und ließ ihn davon träumen, endlich einen Ort zu finden, den er Zuhause nennen konnte.

„Meine Mutter mochte die Berge. Mein Vater ist abgehauen, als ich noch klein war", sagte er und beließ es dabei.

Er verzichtete darauf, seinen Vater einen totalen Versager zu nennen und auf den Teil einzugehen, dass er ein *Myriadengestaltwandler* war. Das würde besonders schwer zu erklären sein. Myriadengestaltwandler waren sehr selten und ihre Nachkommen nahmen meist nur eine einzige Tierform an. Das war auch der Grund, warum sein Bruder Connor ein Drache war und Tim ein Bär.

„Du hast einen Bruder, stimmt's? Tim?", fragte Sophie.

Chase nickte. „Halbbruder, aber ja. Genau wie Connor."

Diese beiden waren mit ihrer Bärengestaltwandlermutter aufgewachsen und so gut in die menschliche Gesellschaft integriert, wie es für einen Gestaltwandler nur möglich war. Chase war erst in seinen späten Teenagerjahren aus der Wildnis gekommen, nachdem seine Mutter gestorben war. Friedlich, Gott sei Dank. Das war also geschehen – und die Tatsache, dass seine menschliche Seite schon eine Weile nach ihm gerufen hatte. Trotzdem war die Umstellung die Hölle gewesen und das nicht nur, weil er seine Wolfsfamilie vermisste und sich vom

Lärm und der Hektik der Menschenwelt überfordert fühlte. Die Widersprüchlichkeit der Menschen war genauso schlimm. Sie sagten das eine, taten aber etwas anderes. Sie führten Kriege, um Frieden zu erreichen. Sie bewunderten Mutter Natur, zerstörten jedoch einen schutzlosen Hektar nach dem anderen.

Dennoch hatte er durchgehalten, weil er spürte, dass das Schicksal ihn auf einen Weg lenkte, dem er einfach folgen musste. Im Laufe des nächsten Jahrzehnts hatte er verzweifelt befürchtet, dass das Schicksal ihn vergessen hatte. Aber dann hatte er Sophie getroffen und das Gefühl einer wegweisenden Kraft war stärker denn je gewesen.

Sie ist unser Schicksal, versicherte ihm sein Wolf.

„Was ist mit Dell?", fragte Sophie und riss ihn in die Gegenwart zurück.

Chase runzelte die Stirn. Dell war ein Löwengestaltwandler. Aber verdammt. Das konnte er auch nicht einfach so ausplaudern, nicht wahr?

„Wir haben uns beim Militär kennengelernt. Dieselbe Einheit. Also ist er auch wie ein Bruder für mich." Einer mit einer Mähne und einem Quastenschwanz.

Chase strich sich mit der Hand durch die Haare. Wie sollte er Sophie jemals erklären, dass diese Männer sich jederzeit in ihre Tiergestalten verwandeln konnten?

„Seid ihr alle gemeinsam hierhergekommen?", fragte Sophie.

Er nickte. „Ein Freund hat uns als Sicherheitsteam angeheuert. Es ist ein guter Job an einem schönen, ruhigen Ort."

Dieser Freund war Silas Llewellyn, Drachengestaltwandler und Besitzer des Koa Point Anwesens. Die anderen hatten gehofft, es zu einem langfristigen Einsatz zu machen, aber Chase hatte insgeheim geplant, sobald wie möglich zu seinem Rudel zu Hause zurückzukehren. Zehn Jahre Militärdienst hatten ihm genug darüber gezeigt, wie grausam die Menschen sein konnten. Natürlich hatte er auch Menschen von ihrer besten Seite erlebt – prinzipientreue Soldaten. Heldenhafte Mütter. Bauern, die entschlossen waren, auf der vom Krieg verwüsteten Erde einen Neuanfang zu schaffen. Trotzdem hatte er genug.

Als Wolf im Einklang mit den Jahreszeiten zu leben, wäre einfacher und befriedigender.

Aber dann hatte er Sophie getroffen und alles hatte sich verändert.

Sie nickte und schaute gedankenverloren aus dem Fenster. „Deshalb bin ich nach Maui gekommen. Um mich auf die guten Seiten des Lebens zu konzentrieren, anstatt mir andauernd Sorgen über eine drohende Katastrophe zu machen. Weißt du, was ich meine?"

Oh ja, das wusste er ganz genau. Jeder Ort, an dem es keine Granaten regnete, war gut.

Dann runzelte er die Stirn und erinnerte sich an die Explosion. Genau hier in seinem tropischen Paradies.

Böser Mann. Durcheinander. Tut meinem lieben Frauchen weh, hatte Darcy gesagt.

Chase aß sein Toast auf und erhob sich dann. „Hör mal, ich gehe jetzt besser. Kommst du zurecht?"

Sie nickte ein wenig zu schnell und er konnte die Unsicherheit in ihren Augen sehen. Aber in ihrem Blick schwamm auch Biss und Entschlossenheit – und das in Hülle und Fülle.

Warte nur ab. Sie wird dir noch zeigen, wie zäh sie sein kann, brummte sein Wolf.

Chase hätte nichts dagegen, aber er hoffte inständig, dass es nicht nötig war. Seiner Meinung nach hatte sie schon genug durchgemacht.

„Abgesehen davon, dass ich meinen Boss anrufen muss, ist alles andere kein Problem." Sie versuchte, einen Scherz zu machen, aber ihre Nervosität zeigte sich.

Chase grübelte darüber nach. Mr. Lee. War sein Geschäft das Ziel des Anschlags gewesen, wenn auch indirekt?

Sein Wolf knurrte. *Wie direkt muss es denn sein? Sophie hätte getötet werden können.*

Er würde auf jeden Fall Nachforschungen über Mr. Lee anstellen.

„Dann muss ich jetzt gehen. Aber hör zu. Sei vorsichtig. Ruf mich sofort an, wenn dir irgendetwas auffällt oder komisch vorkommt, in Ordnung?"

Sie nickte und sah dabei verängstigt aus, was ihn schier umbrachte. Aber er würde in ihrer winzigen Hütte keine neuen Informationen aufdecken, also musste er in die Gänge kommen. Er warf Darcy jedoch einen strengen Blick zu.

Hast du das gehört, kleiner Kerl? Lass niemanden in ihre Nähe kommen. Verstanden?

Darcy fletschte die Zähne in einem seltenen Zeichen der Zustimmung. Er mochte Chase vielleicht nicht, aber für Sophie würde er alles tun.

Alles, schwor der ernste Ausdruck des Hundes.

„Warte." Sophie hielt Chase an der Tür auf. „Habe ich mich bedankt? Ich meine es ernst. Danke für alles."

„Das musst du nicht."

„Oh doch, das muss ich. Also wirklich, danke. Für alles. Und trotz allem hatte ich einen schönen Tag. Zumindest den Teil mit dir."

Sie hätte genauso gut ein Feuerwerk in seiner Seele entfachen können, denn Lichtstrahlen erfüllten plötzlich den ganzen leeren Raum darin.

„Und ich habe sogar diesen Kuss bekommen", fügte sie hinzu. „Der war großartig."

Er grinste. „Welcher?"

Sie beugte sich zu ihm. „Jeder Einzelne."

Er wusste nicht, wie er darauf antworten sollte, zumindest nicht mit Worten. Aber seine Beine trugen seinen Körper näher zu ihr und sein Blick fiel auf ihre Lippen. All diese Sehnsucht, die sie in ihm entfacht hatte, musste doch irgendwohin, nicht wahr?

Genau, sagte sein Wolf.

Langsam, ganz langsam, beugte er sich vor und Sophie griff ebenso langsam nach oben. Sie streckten sich genau zur gleichen Zeit zueinander hin. In dem Moment, als sie sich berührten, brachen in seinem Kopf Flammen aus. Nicht die wütenden Flammen des Infernos am Smoothie-Wagen, sondern die gute Art, die ihn vergessen ließ, wo er war, wer er war und in welcher Gefahr sich Sophie befinden könnte.

Ihre Lippen bewegten sich unter seinen und ihre Brust hob sich mit einem Seufzer. Zunächst war ihre Berührung noch zögerlich, aber innerhalb von ein paar Herzschlägen nahm dieser unschuldige Kuss Fahrt auf wie ein führerloser Zug.

Chase versuchte, auf die Bremse zu treten – das tat er wirklich –, aber sein Wolf machte das genaue Gegenteil. Und ehe er sich versah, hatte er Sophie an die Wand gedrückt. Er nahm sie mit den Lippen in Besitz und hielt sie mit den Händen fest, als wollte er sie nie wieder loslassen.

Es schien viel zu grob zu sein. Zu rau. Zu... sexuell. Aber er konnte nicht aufhören, zumal Sophie unter ihm nach mehr wimmerte. Sie strich mit der Zunge über seine Zähne und schlang ihr rechtes Bein an seinem hinauf. Sein Wolf heulte und sein Atem kam in kurzen Stößen. Als wäre er in einem Wirbelsturm gefangen, verlor er jegliches Gefühl für oben und unten, falsch oder richtig. Er spürte nichts außer seinem verzweifelten Verlangen nach Sophie – er brauchte sie.

Dann kläffte Coco Boris an, um ihn vom Futternapf wegzujagen, und Chase und Sophie rissen sich voneinander los.

„Wow", flüsterte sie und schaute ihm noch immer in die Augen.

Er konnte kaum atmen – denken – sich bewegen – er konnte ihr nur zustimmen. „Wow."

Schicksal, flüsterte sein Wolf.

Natürlich war es Schicksal. Sophie gehörte ihm und er gehörte ihr.

Aber dann erinnerte er sich daran, warum er bei ihr war, und was er plante zu tun. Er konnte sich durch nichts davon ablenken lassen, Sophie zu beschützen – nicht einmal von seiner Liebe zu ihr.

„Vertraue mir, wenn ich sage, dass wegzugehen das Letzte ist, was ich jetzt tun will", murmelte er.

Ihre Mundwinkel zuckten nach oben. „Es ist auch das Letzte, was ich will." Dann holte sie tief Luft, als würde sie all ihren Mut zusammennehmen, und schaute ihm direkt in die Augen. „Gestern wäre ich fast gestorben. Und heute fühle ich mich lebendiger als je zuvor. Und das liegt an dir."

Er schmolz erneut dahin und die Teile seiner Seele, die er abzuschirmen begonnen hatte, öffneten sich für sie.

Er küsste ihre Hände. „Ich habe erst zu leben begonnen – wirklich zu leben –, als ich dich traf."

Und so stand er eine weitere volle Minute da und nahm jeden Aspekt seiner Gefährtin in sich auf. Ihre sanfte Berührung. Die Tiefe ihrer grünen Augen. Ihr wunderbarer, blumiger Duft. Unter Einsatz all seiner Selbstdisziplin ließ er schließlich ihre Hände los und trat zurück.

„Bis ganz bald", flüsterte er.

Sophie strich mit dem Finger über seine Hand und ihre Augen funkelten voll Hoffnung. „Bis bald."

Er wandte sich zum Gehen, aber sie rief ihm noch ein letztes Mal nach. „Chase?"

Er kämpfte gegen den Instinkt an, zu ihr zurückzulaufen. Sie festzuhalten und nie wieder loszulassen.

Ihre Stimme wurde leiser und sie schluckte. „Sei du auch vorsichtig."

Kapitel 6

Sophie verbrachte den Morgen mit Gartenarbeit an der Hütte ihrer Tante und versuchte, sich mental auf den Anblick des ausgebrannten Wracks des Smoothie-Wagens vorzubereiten. Sie tat es auch während des langen Spaziergangs nach Lahaina, wo sie ihr Auto am Vortag zurückgelassen hatte. Aber in dem Moment, als sie ankam und einen Blick auf die Szene im Park am Meer werfen konnte…

Sie schnappte nach Luft und wich einen Schritt zurück.

Es war gut, dass sie noch nichts zu Mittag gegessen hatte, denn ihr Magen rumorte. Die glänzenden, silbernen Seiten des Smoothie-Wagens waren zu einem verkohlten, aschfarbenen Häufchen geschmolzen und Glasscherben bedeckten die Straße. Das bunte Blumenlogo war verbrannt und mit Ruß bedeckt und aus *Sunshine Smoothies* wurde *Sunshine Smoo*. Anstatt Kunden mit dem Versprechen von frischem Obst anzulocken, hatte der Wagen eine Schar von Schaulustigen angezogen. Sophie starrte angewidert, als eine Touristin ein Selfie davor knipste. Hatte die Frau etwa vor, dieses Bild in ein Album zusammen mit Wasserfällen und Palmen zu stellen?

„Um Himmels willen", murmelte Sophie und wandte sich ab.

Aber das hielt weder den verbrannten Geruch davon ab, in ihre Nase zu steigen, noch das Geräusch von müßigem Geplapper, das an ihre Ohren drang.

„Wie aufregend! Er ist explodiert", sagte jemand.

Sophie schnaubte. Aufregend? Sie hätte getötet werden können.

„Was hat es verursacht?", fragte ein weiterer Gaffer.

Sophie spitzte die Lippen. Sie hatte die meiste Zeit des Abends damit verbracht, sich das Gleiche zu fragen.

„Brandstiftung? Ein defekter Generator? Wer weiß", erwiderte jemand.

Drohungen? Rache? Geld? Officer Melis Kommentare hallten in Sophies Gedanken wider.

Nervös tippte sie mit ihren Fingern an ihre Seite. Es wäre unheimlich schön, herauszufinden, dass es nichts von alledem war.

Man kann niemandem trauen, nirgends und zu keiner Zeit. Die Stimme ihres Stiefvaters vermischte sich in ihrem Kopf mit der von Officer Meli.

Sophie schloss die Augen. Sie war nach Maui gekommen, um dieser paranoiden Denkweise zu entkommen. Eigentlich hatte sie den Smoothie-Job nur deshalb angenommen, weil er ihr half, die Welt ein bisschen besser zu machen. Zumindest in einem kleinen Rahmen. Lachte das Schicksal sie etwa aus?

Die Meeresbrise spielte mit einer Haarsträhne, die sich aus ihrem mit vier Strängen geflochtenen Zopf gelöst hatte. Sie holte langsam Luft. Nein, das konnte nicht sein. Welche Macht auch immer das Universum regierte – Gott? Mutter Natur? Schicksal? – Sie musste daran glauben, dass auch diese Macht weinte.

Ein Abschleppwagen piepte und fuhr rückwärts auf das verkohlte Wrack zu, um es abzutransportieren.

„Nein", flüsterte sie. Sie war in der vagen Hoffnung hergekommen, nach Beweisen für etwas Ungewöhnliches zu suchen. Aber das konnte sie nicht tun, wenn der Smoothie-Wagen abgeschleppt wurde.

Ein Polizist wies den Abschleppwagen an eine Seite und sie trat vor, um ihn aufzuhalten. Aber jemand bewegte sich in der Ferne und ließ sie innehalten. Dieser rotgesichtige Mann war ihr Boss, Mr. Lee, der Besitzer von Sunshine Smoothies. Ein Mann, der offensichtlich auf dem Kriegspfad war. Er stürmte direkt auf sie zu und zeigte mit einem anklagenden Finger auf sie. Nein, Moment. Er stapfte direkt zu ihr hinüber und drückte ihr eine Hand auf die Schulter. Und das fest.

Ohne nachzudenken, streckte Sophie die Hand aus, riss ihren Ellbogen hoch und...

„Oha“, brüllte Mr. Lee, als sie seinen Arm wegstieß.

Sie fing sich eine halbe Sekunde, bevor sie einen Tritt folgen lassen konnte. *Oha*, war genau richtig. Offensichtlich funktionierte ein Teil des Trainings, zu dem ihr Stiefvater sie gezwungen hatte. Trotzdem runzelte Sophie die Stirn. Sich zu verteidigen war schön und gut. Aber den Arm ihres Bosses wegzuschlagen?

Mr. Lee starrte sie überrascht an. „Jetzt werden Sie mal nicht frech.“

Frech? Sophie wünschte, sie könnte ihm *frech* zeigen. Aber nette Mädchen liefen nicht herum und schlugen Leute zusammen, nicht wahr?

Mr. Lee funkelte sie an. „Jetzt sagen Sie mir, was passiert ist. Was zum Teufel haben Sie getan?“

Sie war so überrumpelt, dass sie keinen Pieps sagen konnte. Zum Glück dröhnte eine tiefe Stimme hinter ihr eine Antwort für sie.

„Sie hat überhaupt nichts getan.“

Sophie wirbelte herum und entdeckte Chase, der auf sie zukam. Ihr persönlicher Lanzelot, der den Tag rettete. Sie waren an diesem Morgen getrennte Wege gegangen und sie hatte nicht damit gerechnet, ihn schon so früh wiederzusehen. Aber es war verdammt gut, dass er hergekommen war. Mr. Lee war ohnehin nicht gerade der einfachste Mensch und jetzt...

„Sehen Sie sich meinen Wagen an!“, brüllte er.

Chase knurrte regelrecht. „Ja, sehen Sie sich ihn an. Sophie hätte getötet werden können.“

Er verschränkte die Arme vor der Brust und sah so bedrohlich aus, dass Mr. Lee zurückschreckte. Aber als Sophie genauer hinsah, konnte sie sehen, dass Chase vor Zorn praktisch zitterte. Vielleicht hatten diese verschränkten Arme mehr damit zu tun, seine Wut unter Kontrolle zu halten, als jemanden einzuschüchtern.

Sie legte ihre Hand auf Chase' Arm und versuchte, ihn zu beruhigen. „Es geht mir gut. Alles ist in Ordnung.“

„Nun, mein Wagen ist nicht in Ordnung“, schnauze Mr. Lee.

Der Polizeibeamte trat ein Stück der verkohlten Stoßstange zur Seite und sie klapperte über die Straße. Der Abschleppwagen fing an, an dem Wrack zu zerren, und der Lärm ließ Sophies Boss für eine Weile verstummen. Nun, sein Mund bewegte sich zwar weiter, aber Sophie konnte über das Heulen des Trucks hinaus kein Wort hören. Stattdessen konzentrierte sie sich auf Chase, der von dem Lärm zusammenzuckte, sich jedoch nicht rührte. Dankbar für seine Unterstützung drückte sie seine Hand und er zwang sich ihr zuliebe, ein kleines Lächeln aufzusetzen. Dann huschte sein Blick zu einem Punkt hinter ihrer Schulter und er nickte jemandem zu. Sophie drehte sich um und sah, wie Dell sie an die Stelle hinüberwinkte, an der er stand.

„Hallöchen.“ Dell ließ sein übliches Grinsen aufblitzen. Mit einer Hand klopfte er Chase auf die Schulter. Die andere hielt er fest um das Baby geschlungen, das bequem in einer Babytrage an seine Brust geschnallt war. „Kommt hier hinüber und weg von dem Gestank.“ Er schmiegte das Baby enger an sich.

Dells Partnerin Anjali stand an seiner Seite und sie griff mit beiden Händen nach Sophie. „Sie armes Ding.“ Sie war in den letzten beiden Monaten, seit sie nach Maui gezogen war, um bei Dell zu sein, Stammgast bei Sunshine Smoothies geworden. „Geht es Ihnen gut?“

Sophie nickte schnell. Nun, *so* gut ging es ihr nicht, aber was sollte sie sonst sagen?

„Wie können wir helfen?“, fragte Dell.

Chase knurrte. „Helft mir, diesen Trottel dort nicht zwischen meinen Klauen zu zerreißen…“

Dell unterbrach ihn mit einem strengen Blick und einem schroffen, heiseren Laut. „Kein Problem. Überlasse ihn uns.“

Klauen? Sophie blinzelte.

„Nein“, sagte Anjali, als Mr. Lee herbeigestürmt kam. „Überlasst ihn mir.“

Sophie fragte sich, was Anjali wohl tun könnte. Mr. Lee war wütend und es war alles ihre Schuld.

„Mein Wagen ist ein Totalschaden. Was zum Teufel haben Sie getan?“, bellte er.

„Ich habe gar nichts getan“, beharrte Sophie. „Ich bin nur kurz hinausgegangen, um nach den Hunden zu sehen...“

„Sie haben ihn unbeaufsichtigt gelassen?“, kreischte er.

Drei Schritte zählten wohl kaum als *unbeaufsichtigt*, aber was sollte sie denn sagen?

„Sie sollten besser hoffen, dass meine Versicherung dafür aufkommt“, fuhr er fort.

Anjali räusperte sich. „Deckt Ihre Versicherung Personenschäden ab?“

Mr. Lee starrte sie an. „Was meinen Sie damit?“

„Sie wissen schon, für den Fall, dass einer ihrer Angestellten beschließt, Sie zu verklagen“, sagte sie, ach so unschuldig.

„Mich verklagen? Wofür?“

Anjali zuckte mit den Schultern und schaute Dell an. „Was hat die Polizei vermutet? Defekte Sicherheitstechnik?“ Sie tadelte ihn. „Wann haben Sie den Wagen das letzte Mal inspizieren lassen?“

Mr. Lee zauderte und Anjali warf Sophie einen *Jetzt haben wir ihn*-Blick zu.

„Ich verstehe“, sagte Anjali. „Nun, es wäre wirklich schade, wenn Sophie sich entschließen würde, Sie zu verklagen.“

„Aber es geht ihr gut“, beharrte Mr. Lee.

Und Sophie verzog das Gesicht. Ja, es ging ihr gut. Nicht, dass es ihren Boss zuvor interessiert hätte.

„Genau“, sagte Anjali. „Und wenn Sie ihr versichert haben, dass sie immer noch einen Job hat, wird sie sicher weniger dazu geneigt sein, zu klagen.“

„Ja.“ Dell drückte eine Hand auf Mr. Lees Schulter, was ihn zusammenzucken ließ. „Warum sorgen Sie nicht dafür, dass sie versteht, wie leid es Ihnen tut?“

„Wie leid?“, schnauzte Mr. Lee. Dann drückte Dell zu und er zog eine Grimasse. „Richtig. Tut mir leid.“

„Das Wichtigste ist, den Betrieb wieder aufzunehmen“, fuhr Anjali fort. „Sie haben doch sicherlich einen anderen Wagen, den Sie an diesen Standort verlegen können.“

„So einfach ist das nicht.“

Dell schnaubte. „Es ist doch ein Truck, nicht wahr? Das heißt, Sie können ihn bewegen?" Er ahmte eine Fahrbewegung nach.

Anjali nickte. „Wenn ich es richtig verstehe, besitzen Sie eine ganze Flotte davon."

Es stimmte – Mr. Lee hatte fast ein Dutzend davon überall auf Maui verteilt.

„Und da Lahaina ein so lukrativer Ort ist...", fuhr Anjali fort.

„Sehr lukrativ", murmelte Dell, ohne seinen Griff zu lösen.

„... bin ich sicher, dass sie unsere Sophie bald wieder bei der Arbeit haben werden", sagte Anjali. „Außerdem – ich sage das nur ungern, aber denken Sie einmal nach – Sie haben diese ganze kostenlose Publicity. So krank es auch erscheinen mag, sind selbst schlechte Nachrichten gute Publicity."

Mr. Lees Augen bekamen einen ganz anderen Glanz. „Publicity, was?"

Sophie schaute zwischen Dell und Anjali hin und her. Ihre *Guter Bulle/böser Bulle*-Masche funktionierte. Und was noch wichtiger war, war die Tatsache, dass Chase' Blick von *unmittelbar bevorstehendem Mord* zu *Ich könnte den Kerl – vorerst – am Leben lassen* übergegangen war. Und wow. Es war ein gutes Gefühl, ein ganzes Team auf ihrer Seite zu haben.

Der Abschleppwagen ließ seinen Motor aufheulen und zerrte das Wrack des Trucks davon. Einen Moment lang schauten sie alle zu. Schon bald waren die einzigen verbleibenden Spuren des Unfalls – Verbrechens? – nur noch ein verkohlter Fleck Erde und ein paar Glasscherben, die bedrohlich in der Sonne glänzten.

Sophie runzelte die Stirn. Sie konnte nur der Reaktion der Hunde nach urteilen. Vielleicht war die Explosion ein Unfall gewesen.

Aber ihr Nacken kribbelte, als eine kleine Stimme murmelte, *Vielleicht aber auch nicht.*

„Sie brauchen so schnell wie möglich einen neuen Wagen hier. Und eine zuverlässige Mitarbeiterin, die ihn führt. Wie Sophie", sagte Anjali.

Sophie hielt den Atem an. Was würde ihr Boss sagen?

Er schwankte, aber als er einen Blick auf Chase warf, der immer noch sehr finster aussah, willigte Mr. Lee ein. „Ich könnte vielleicht einen Ersatzwagen bringen."

„Perfekt." Dell gab Mr. Lee einen kräftigen Klaps auf den Rücken, so dass der Mann ein paar Schritte zurückwich. „Wie bald können Sie ihn hierhaben?"

Mr. Lee zog sein Handy heraus und wandte sich ab, während Sophie noch immer über die Überzeugungskraft von Chase' Freunden staunte.

Anjali tätschelte ihr die Schulter. „Sie wollen Ihren Job doch behalten, oder? Wenn nicht, können wir Ihnen sicher helfen, etwas anderes zu finden."

Sophie schloss die Augen. Sie waren alle so nett. Sie hatte gar keine Ahnung, wo sie anfangen sollte.

„Ich weiß nicht", murmelte Chase. „Was ist, wenn es nicht sicher ist?"

Sophie schüttelte sich leicht. Höchstwahrscheinlich war die Explosion ein Unfall gewesen. Und was ihren Job anging, so wäre sie froh, ihn behalten zu können. Die Kunden waren nett, die Aussicht war toll und die Bezahlung – nun, zumindest deckte sie ihre Ausgaben. Ganz zu schweigen davon, dass sie durch die Lage des Wagens in Chase' Nähe war.

„Ich bin mir sicher, dass es in Ordnung ist. Also ja, ich würde gern so schnell wie möglich wieder arbeiten."

Mr. Lee legte auf und drehte sich zu ihr um. „Ich kann in zwei Stunden einen Wagen von Makena Beach hierherbringen lassen."

„Zwei Stunden?" Sophie musterte Dell, der sich mit einem unschuldigen Gesichtsausdruck abwandte. Wow! Wie fest hatte er die Schulter ihres Bosses gepackt?

„Wollen Sie den Job oder nicht?", schnauze Mr. Lee.

„Natürlich will ich ihn", sagte sie instinktiv. Jeder brauchte einen Job, nicht wahr? Aber dann traf es sie wie der Schlag. Technisch gesehen, brauchte sie den Job vielleicht gar nicht. Zum ersten Mal in ihrem Leben würde sie wahrscheinlich genug auf dem Bankkonto haben, um ihre Ausgaben zu decken... Nun, zumindest für eine sehr lange Zeit. Allerdings hatte sie diese Neuigkeiten erst vor Kurzem selbst erhalten und diese neue Realität musste erst einmal einsinken. Sie war noch nicht bereit, jemandem davon zu erzählen – noch nicht einmal Chase.

Sie nickte schnell. „Ich liebe meine Arbeit bei Sunshine Smoothies", sagte sie, verzichtete jedoch darauf, hinzuzufügen, *Auch wenn ich einen anderen Boss bevorzugen würde.*

„Also gut. Halten Sie sich bereit, sofort anzufangen, sobald der Wagen hier eintrifft. Ich bin bereit, Ihnen noch eine Chance zu geben. Aber wenn irgendetwas passiert... "

Sophie schluckte. Was, wenn etwas passierte?

Chase sah ebenso verunsichert aus, aber Anjali schenkte ihr ein ermutigendes Lächeln, so dass sie sich dumm vorgekommen wäre, das Angebot abzulehnen.

„Es wird nichts passieren", sagte Sophie mit mehr Zuversicht, als sie fühlte.

Dutzende von Menschen tummelten sich in der Gegend, aber ihr Blick blieb an einem hängen. Ihr Blut gefror zu Eis in ihren Adern. Sie hob den Kopf, um genauer hinzusehen. Moment mal. Konnte das wirklich...?

Aber der Mann verschwand um eine Ecke und sie konnte sich nicht sicher sein. Sie war so aufgewühlt, dass sie natürlich in die alte Gewohnheit zurückverfiel, jeden zu verdächtigen. Was nur zeigte, wie unzuverlässig ihre Instinkte im Moment waren.

„Sind Sie sich sicher, Sophie?", murmelte Dell.

Sie schüttelte sich leicht. „... Ja. Ich bin mir sicher. Es ist alles in Ordnung."

Zumindest hoffte sie das.

Anjali tippte Dells Arm unauffällig an und er schaute sie verwirrt an. Dann räusperte er sich und wich zurück. „Gut. Wie wäre es, wenn wir euch beiden eine Minute zum Reden geben?"

Anjali führte ihn zur Seite und ließ Sophie mit Chase allein. Nun, so allein, wie eine Frau mit einem Mann in einem öffentlichen Park voller Touristen und Polizisten sein konnte. Chase sah angespannter aus, als sie ihn je zuvor gesehen hatte und es war auch wirklich kein Wunder. Sie hatte bereits festgestellt, dass er Menschenmengen und Lärm hasste. Vielleicht ein Überbleibsel seiner Kindheit in den Bergen? Oder hatte die Explosion hässliche Erinnerungen an seine Zeit beim Militär heraufbeschworen?

Sie griff nach seiner Hand und wandte sich dem Ozean zu, um sich auf eine friedlichere Szene zu konzentrieren.

„Du brauchst nicht zu beweisen, wie stark du bist", flüsterte er.

Sophie spitzte die Lippen. Tatsächlich musste sie das. Sie hatte sich geschworen, ihr Leben nicht mehr von Angst bestimmen zu lassen, nicht wahr?

„Es ist wirklich alles in Ordnung", sagte sie und versuchte, auch Chase zu überzeugen. Je länger sie in seine haselnussbraunen Augen blickte, desto sicherer fühlte sie sich. Nicht in Bezug auf die Arbeit oder irgendetwas anderes in der großen, bösen Welt, sondern in Bezug auf Chase.

Ich liebe dich, wollte sie sagen. *Das tue ich wirklich.*

Ihre Wangen wurden heiß. Liebte er sie auch?

Seine Augen blitzten auf und noch ehe sie sich versah, küssten sie sich. Zuerst ganz leicht, dann intensiver, ja verzweifelt sogar. Als wäre die Liebe eine Waffe, die alles Böse in der Welt besiegen konnte. Ein Hoffnungsschimmer, der alle Zweifel verbrennen konnte. Sie küsste ihn von ganzem Herzen und aus tiefster Seele. Chase tat dasselbe und hielt sie fest.

In seinen Armen fühlte sie sich sicher. Zufrieden. Vollständig. Aber die verdammte Außenwelt weigerte sich, zu verschwinden.

„Chase", rief Dell. „Entschuldige, Mann, aber meine Schicht fängt gleich an und wir müssen reden."

„Reden?", murmelte Chase und schaute kaum in Dells Richtung.

„Reden." Dell nickte entschlossen.

Sophie runzelte die Stirn. Dell und Chase waren Männer der Tat, nicht großer Worte. In diesem Kontext hätte *Reden* ein Geheimcode der Spezialeinheit für alles Mögliche sein können, wie *Planen. Ermitteln.* Vielleicht sogar *Rache nehmen.*

Sie hielt Chase' Hand fest und zögerte, ihn loszulassen.

„Mach dir keine Sorgen", beruhigte Anjali Chase mit einem Lächeln. „Ich werde bei Sophie bleiben und ihr zwei werdet euch bald wiedersehen."

Ihre Worte waren ein Versprechen, so als wüsste sie, wie sehr sich Sophie nach Chase Nähe sehnte – nein, sie brauchte. Trotzdem zögerte Sophie. Am liebsten hätte sie sich Chase geschnappt, ihn mit nach Hause gezerrt und sich wieder diesem Kuss hingegeben. Aber andererseits musste sie sich zusammenreißen, wenn sie schon bald wieder arbeiten sollte. Das und sie musste immer noch mit den Hunden Gassi gehen, die zu Hause auf sie warteten.

Sie holte tief Luft und nickte. „Vielen Dank für alles." Sie riss ihren Blick von Chase los und schaute erst Dell und schließlich Anjali an, weil sie ihnen so viel schuldete. Dann blickte sie noch einmal zu Chase und täuschte ein tapferes Lächeln vor. „Wir sehen uns bald, in Ordnung?"

Chase war genauso wortkarg wie immer, aber schließlich flüsterte er: „In Ordnung."

Sophie zwang sich, Anjali zu folgen. Gleichzeitig nahm sie alle Energie zusammen, die sie hatte, um Chase eine mentale Nachricht zu schicken. Es war albern, zu hoffen, dass er sie irgendwie hören würde, aber sie versuchte es trotzdem.

Bis ganz bald. Ich liebe dich.

Irgendwie fühlte sie sich schon beim Gedanken daran besser und ging mit Anjali davon. Aber einen Moment später wirbelte sie noch einmal herum. Sie dachte, sie hätte Chase direkt in ihren Gedanken antworten gehört.

Ich liebe dich auch.

Anjali zog sie weiter und Sophie stolperte auf wackligen Füßen davon. Hatte sie es sich nur so sehr gewünscht, um zu glauben, dass sie diese Worte gehört hatte, oder war es tatsächlich so gewesen?

„Haben Sie sich jemandem schon einmal so nah gefühlt, dass Sie seine Gedanken lesen konnten?", fragte Sophie mit gedämpfter Stimme.

Anjali ließ ein geheimnisvolles Lächeln aufblitzen. „Glauben Sie mir, dieses Gefühl habe ich ständig."

Kapitel 7

Chase schüttelte leicht den Kopf, so wie er es vielleicht tun würde, wenn er nach dem Schwimmen Wasser im Ohr hatte. Vielleicht war es ein Fehler gewesen, Sophie zu küssen, denn er konnte kaum noch klar denken. Verdammt, er konnte auch kaum noch geradeausschauen, und alles, was er riechen konnte, war ihr himmlischer Rosen-Tulpen-Duft. Seine Lippen kribbelten immer noch und sein Blut fühlte sich zu dick an, um durch seine Adern zu fließen.

Unsere Gefährtin zu küssen ist kein Fehler, knurrte sein Wolf.

Nun, nein das nicht, aber wie sollte er sie beschützen, wenn er nicht herausfand, was vor sich ging?

„Geht es dir gut, Mann?", fragte Dell.

Chase hielt seinen Blick fest nach vorn gerichtet. Nicht wirklich, nein. Aber das wollte er nicht zugeben. Jedes Mal, wenn er Sophie verlassen musste, heulte sein Wolf. So sehr, dass es ihm Angst machte, denn es wurde immer schlimmer. Sein Wolf wollte sie unbedingt für sich beanspruchen und es wurde immer schwieriger, sich zurückzuhalten.

„Hör mal. Sie ist sicher. Anjali wird bei ihr bleiben und Hailey kommt auch, um zu helfen", sagte Dell.

Immerhin etwas. Er war nur eine kurze Zeit von Sophie getrennt und sie würde in guten Händen sein. Anjali war eine Löwengestaltwandlerin und Hailey, die Gefährtin seines Bruders Tim, war eine Bärengestaltwandlerin. Und das bedeutete, dass die beiden nicht nur nach Ärger Ausschau halten konnten – sie wären auch in der Lage, Sophie vor jeder Bedrohung zu beschützen, die sich ergeben könnte.

Seine Nerven beruhigten sich ein wenig. Es war gut, Teil eines starken Rudels zu sein. Er hatte nicht einmal um Hilfe bitten müssen. Anjali und Hailey hatten sich ohne ein Wort selbst darum gekümmert.

Also würde es Sophie vorerst gut gehen. Aber Chase konnte nicht eher ruhen, bis er überzeugt davon war, dass die Explosion nicht das Ergebnis von Sabotage war.

Dell führte ihn die Treppe hinauf ins Lucky Devil, wo Tim von einem Tisch in der Ecke winkte. Sie waren nicht zum Arbeiten gekommen, sondern um zu besprechen, was jeder von ihnen in seinem Teil der Ermittlungen bisher herausgefunden hatte.

Tim grüßte sie mit einem Nicken, beugte sich vor und kam gleich zur Sache. „Du hast mit Dawn gesprochen, nicht wahr?"

Chase nickte. Ja, er hatte an diesem Morgen mit Officer Meli gesprochen, aber sie hatte nicht viel zu berichten gehabt. „Sie hat gesagt, dass die Polizeiexperten eine erste Überprüfung durchgeführt und keine Hinweise auf einen Zünder gefunden haben."

Sein Bruder nickte. „Ich habe gestern am späten Abend ebenfalls einen Blick darauf geworfen."

Chase und Dell beugten sich beide vor. Sie hatten Vertrauen in die Polizei von Maui, aber niemand der örtlichen Einheit hatte so viel Erfahrung mit Sprengstoff wie Tim.

„Und?", hakte Dell nach.

„Nichts." Tim schüttelte den Kopf. „Ich konnte nichts finden, was bedeutet, dass es wahrscheinlich ein Unfall war. Ein Zufall."

„Wahrscheinlich?", schnaubte Chase. *Wahrscheinlich* war nicht gut genug, wenn es um die Sicherheit seiner Gefährtin ging. Konnte Tim das nicht sehen?

„Es hätte eines echten Experten bedurft, um einen Zünder anzubringen, den wir nicht entdecken können", sagte Tim. „Amateurarbeit erkennt man selbst an einem Wrack wie diesem aus meilenweiter Entfernung. Und wie stehen die Chancen, dass wir es mit jemandem zu tun haben, der so viel Erfahrung hat?"

Dell sah zweifelnd aus. „Der einen Smoothie-Wagen ins Visier nimmt? Ich würde sagen, nicht sehr hoch."

Chase runzelte die Stirn. *Nicht sehr hoch* war kaum gleich null.

„Es besteht die Möglichkeit, dass jemand das Geschäft schädigen wollte", sagte Dell. „Mr. Lee ist offensichtlich nicht gerade der netteste Typ. Aber ich bin bisher auf nichts gestoßen – keine Mitarbeiterbeschwerden, keine starke Konkurrenz. Niemand, der ein Motiv hätte, so etwas Extremes zu tun."

Chase starrte in sein Getränk. Er war an diesem Morgen bereits zu demselben Schluss gekommen, obwohl es noch ein paar weitere Spuren gab, denen er nachgehen wollte.

„Was ist mit Mr. Lee?", fragte Dell.

Tim schnaubte. „Meinst du, er würde seinen eigenen Wagen in die Luft jagen?"

Dell zuckte mit den Schultern. „Vielleicht will er das Geld von der Versicherung einkassieren. So etwas in der Art."

Chase begann, aufzustehen, und war schon bereit, zu Sophie zurückzueilen. Aber Tim hielt ihn auf. „Die Wahrscheinlichkeit ist wirklich gering."

„Nicht gering genug", knurrte Chase.

Dell schob sein Glas näher, als könnte Chase in so einem Moment daran denken, etwas zu trinken. „Entschuldige. Ich wollte dich nicht verunsichern. Ich versuche nur, die Dinge zu durchdenken. Wir werden uns diesen Blickwinkel ansehen, aber ich würde mir keine Sorgen machen. Anjali ist bei Sophie und in höchster Alarmbereitschaft."

Tim starrte nachdenklich auf den Ozean hinaus. „Vielleicht zäumen wir das Pferd von hinten auf, wenn wir über das Motiv reden. Wir wissen nicht einmal, ob Sabotage im Spiel war."

„Die Hunde haben gesehen, dass sich jemand hinter dem Wagen zu schaffen gemacht hat", erinnerte Chase ihn.

Tim sah nicht überzeugt aus. „Die Frage ist doch, was sie tatsächlich gesehen haben."

Chase presste die Lippen zu einer festen Linie zusammen. Er musste zugeben, dass das alles ziemlich vage gewesen war. „Es ist schwer zu sagen, aber Darcy war sich so sicher. Irgendein

Typ hat sich in der Nähe des hinteren Teils des Wagens zu schaffen gemacht.“

Tim und Dell schauten einander an und dann wieder zu Chase. „Ich bin mir sicher, dass er es gut meint, aber hat Sophie nicht selbst gesagt, dass sie dachte, die Putzkolonne wäre in der Nähe unterwegs gewesen? Für einen Hund sehen die alle gleich aus.“

Chase ballte die Fäuste und war schon bereit, zu erwidern, *Aber Darcy war sich sicher. Wirklich sicher.* Genauso wie auch er sich sicher gewesen war, dass etwas nicht stimmte, auch wenn er nicht genau hatte sagen können, was es sein könnte.

Aber er konnte es in Tims Augen sehen. Sein Bruder glaubte Darcy nicht. Sie glaubten *ihm* nicht.

„Und was ist mit dir?“, fragte Dell. „Du hast das Gelände abgesucht. Irgendeine Spur von irgendwem oder etwas?“

Chase schüttelte den Kopf. Er hatte jeden Winkel des Parks unter die Lupe genommen und seine scharfen Wolfssinne eingesetzt, um Gerüchen und Spuren zu folgen. Aber es gab in diesem Park jeden Tag Hunderte von Besuchern und nichts war überaus auffällig, besonders nicht bei dem beißenden Geruch des Feuers.

„Nichts“, gab er zu.

„Hailey und ich haben den Park auch nach Gerüchen abgesucht“, sagte Tim. „Aber wir konnten auch nichts finden.“

Chase’ Stimmung verdunkelte sich. Bären hatten die schärfsten Nasen der Welt und seine eigene war ebenfalls sehr empfindlich. „Wenn wir doch nur etwas hätten, was uns einen Anhaltspunkt liefert. Einen Verdächtigen, einen Hinweis.“ Dann könnte er nach dieser speziellen Fährte suchen, anstatt nach der Nadel im Heuhaufen.

„Alles, was wir wirklich haben, ist die Erinnerung des Hundes“, betonte Tim.

„Ich sage es nur ungern, aber ist Darcy nicht ein bisschen gestört?“, fragte Dell.

Chase knirschte mit den Zähnen. Das Gleiche konnte man über jeden von ihnen sagen. Weder er, noch seine Brüder, noch Dell gaben es gerne zu, aber zehn Jahre aktiver Militärdienst hatte jeden von ihnen gezeichnet. Maui hatte sehr geholfen, ihnen ein Gefühl des Gleichgewichts wiederzubringen, und die Tatsache, dass seine Brüder und Dell ihre Gefährtinnen gefunden hatten, hatte ebenfalls sehr geholfen. Und verdammt. Wenn Darcy schon als ein bisschen gestört galt, was war dann mit ihm selbst? Manchmal hatte er immer noch das Gefühl, dass er mehr Wolf als Mensch war.

„Was willst du damit sagen?" Chase versuchte, die Bitterkeit aus seiner Stimme zu verbannen.

Dell riss die Hände hoch. „Tim sagt ja nur, dass es keine Beweise für Sabotage gibt."

Chase wollte etwas erwidern wie, *Welche Beweise gibt es für Liebe?* Das würde sie dazu bringen, innezuhalten und nachzudenken. Liebe war völlig irrational und trotzdem real. Genauso wie Angst.

Tim musste seine Gedanken gelesen haben, denn er stupste Chase zur Beruhigung gegen die Schulter. „Es ist nicht so, dass wir dir nicht glauben, Mann. Es ist nur einfach so, dass es nicht viel gibt, worauf wir uns stützen können. Das und..." Sein Blick wanderte zu Dell, der den Rest übernahm.

„Hör mal, du magst Sophie. Und das sehr. Das ist uns klar. Und es ist verdammt beängstigend, die Frau, die man liebt, in Gefahr zu sehen."

Tim nickte grimmig. „Glaube mir, wir wissen das."

Chase kämpfte dagegen an, seine Eckzähne ausfahren zu lassen. Wussten sie es? Jeder dieser Männer war mit seiner Gefährtin in Situationen gewesen, in denen es um Leben und Tod gegangen war, aber keiner von ihnen hatte es mit einer Phantombedrohung zu tun gehabt.

„Was ist mit Sophie?" Tim tippte nachdenklich auf den Tisch.

Chase zog die Stirn in Falten. Was meinte sein Bruder damit?

„Niemand hat sie bisher überprüft. Du weißt schon, um zu sehen, ob jemand hinter ihr her sein könnte."

Dell lachte laut auf. „Hinter Sophie? Mann, das ist ja fast so, als würde man fragen, wer es auf Bambi abgesehen haben könnte. Sie hat doch auf gar keinen Fall Feinde. Das hat sie selbst gesagt, oder?"

Chase nickte. Aber verdammt. Er fing an, sich das Gleiche zu fragen.

Tim zuckte mit den Schultern. „Ich sage es ja nur. Es ist ein weiterer Aspekt, den wir untersuchen könnten."

„Nein", bellte Chase.

Er hatte nicht vorgehabt, so laut oder entschieden zu klingen, aber die Schärfe in seiner Stimme ließ die beiden anderen Männer zurückschrecken.

Tim streckte die Hände nach oben. „Tut mir leid, Mann. Aber denk mal darüber nach. Wenn wir die Sache gründlich analysieren wollen, müssen wir uns auch ihren Hintergrund ansehen."

Chase hatte bereits darüber nachgegrübelt. Aber es fühlte sich nicht richtig an, Sophie zu überprüfen – zumindest nicht ohne ihre Erlaubnis. Selbst ein Außenseiter wie er kannte diesen Teil des menschlichen Sozialkodex. Sie würde ihm nie wieder vertrauen, wenn er hinter ihrem Rücken herumschnüffelte.

„Ich werde sie fragen", murmelte er schließlich.

Dell und Tim schauten sich mit hochgezogenen Augenbrauen an, beließen es aber dabei. Ein langes, unangenehmes Schweigen folgte.

„Hör mal, wir prüfen auch andere Blickwinkel", versicherte Tim ihm, nachdem er eine Minute lang schweigend an seinem Getränk genippt hatte. „Aber wenn es keine Beweise gibt, ist es nur eine Frage der Zeit, bis Silas uns verbietet, uns weiterhin mit der Sache zu beschäftigen."

Silas Llewellyn war der Drachengestaltwandler, dem das Koa Point Anwesen und die Koakea Plantage gehörten – sozusagen der Big Boss, der stets ein Auge auf die Entwicklungen in der gesamten Gestaltwandlerwelt behielt.

Chase zog eine fragende Augenbraue hoch und Tim murmelte mit kaum hörbarer Stimme: „Ein Drachentöter ist auf freiem Fuß."

Dell stöhnte. „Nicht das schon wieder."

Chase ignorierte ihn. Dell hatte eine Art, Dinge abzutun, aber Chase konnte sich nicht dazu durchringen, mit solchen Sachen so sorglos umzugehen. „Ist das eine echte Bedrohung?"

Tim schaute grimmig. „Klingt ganz danach."

Dell schnaubte. „Drachen. Sie kämpfen immer um die Weltherrschaft."

Er scherzte nur halb und Chase wusste das. Alle Gestaltwandler kämpften auf die eine oder andere Weise gegeneinander, aber Drachen hatten den Ruf, epische Fehden und Konflikte zu führen, die sich über Generationen erstreckten.

Tim schüttelte den Kopf. „Das ist anders. Es ist kein Drache, der gegen Drachen kämpft. Es ist jemand – oder etwas –, der es auf Drachen abgesehen hat. Um sie, einen nach dem anderen, auszuschalten."

Chase hatte von Silas' Sorgen gewusst, aber er war in den letzten Wochen ehrlich gesagt zu sehr mit Sophie beschäftigt gewesen, um das Thema zu verfolgen. Er wusste nur, dass die Anzahl an mysteriösen Drachentoden im Laufe der letzten Jahre zugenommen hatte. Hatte es jemand auf Drachen als Spezies abgesehen oder steckte eine Strategie hinter dem Wahnsinn des Mörders? Silas hatte Kontakte auf zwei Kontinenten, die der Sache nachgingen. Offensichtlich war er besorgt.

Dell starrte in sein Glas. „Drachentöter. Ist eine alte Legende zum Leben erwacht oder ist das alles nur Quatsch?"

Die Art, wie er das sagte, ließ Chase erschaudern. Er hatte Drachenangelegenheiten nie allzu viel Aufmerksamkeit geschenkt. Zumindest nicht, wenn sie nicht seinen ältesten Bruder betrafen. Aber Connor war nie in die fortwährenden Melodramen der traditionellen Drachenwelt verwickelt gewesen und außerdem konnte er gut auf sich selbst aufpassen. Aber mit Cynthia und Joey als Teil ihres zusammengewürfelten, kleinen Gestaltwandlerclans waren die Dinge jetzt anders.

Chase dachte an die ersten, ungewissen Tage, als sie nach Maui gezogen waren, zurück. Zu Beginn waren seine Brüder mit Cynthia angeeckt, aber mit der Zeit hatte sie den Respekt aller gewonnen. Cynthia war für sie alle wie eine Schwester geworden und Joey ein geliebter Neffe. Was bedeutete, dass Drachenangelegenheiten nun auch Chase' Angelegenheiten waren. Cynthia hatte zwar nie irgendwelche Details verraten, aber es war klar, dass sie sich vor einer bösen Macht versteckte, die vor nicht allzu langer Zeit ihren Gefährten das Leben gekostet hatte. Könnte das der geheimnisvolle Drachentöter gewesen sein?

Chase biss die Zähne zusammen. Sophie sprach davon, einer Welt voller Angst und Misstrauen zu entfliehen. Aber verdammt. Es war die meiste Zeit ziemlich unausweichlich.

„Niemand weiß es wirklich", sagte Tim. „Was ich sagen will, ist, dass wir nur begrenzte Ressourcen haben – vor allem Zeit. Und du mein lieber Bruder sparst dir besser die Mühe, einen Phantombomber zu jagen, der vielleicht gar nicht existiert."

Chase kratzte sich frustriert über das Ohr – die alte Wolfsgewohnheit kam wieder durch. „Und was soll ich stattdessen tun?"

Dell grinste. „Gewinne diese Frau für dich. Ich schwöre, ich habe noch nie einen Mann gesehen, der so langsam ist wie du."

Chase hielt die Lippen versiegelt. Zu warten, war eine Qual gewesen, aber auf andere Weise auch gut. Er hatte Sophie Stück für Stück kennengelernt und jeder Moment, den er mit ihr verbringen durfte, war wie ein Schatz.

„Das und die andere Sache", sagte Tim in einem ernsteren Tonfall.

Dell riss den Kopf herum. „Welche andere Sache?"

Chase tat sein Bestes, um seine Krallen nicht im Tisch zu versenken, während Tim es näher ausführte. „Chase' altes Rudel zu Hause in Montana."

Dells Stimme wandelte sich zu einem grimmigen Flüstern. „Gibt es Ärger?"

Chase verzog das Gesicht. Es gab immer irgendwelchen Ärger. Aber ja. Dies war eine ganz neue Bedrohung.

„Wilderer", sagte er und wünschte, seine Stimme würde nicht so heiser klingen.

Wilderer waren eine regelmäßige Bedrohung und Wolfsrudel trauerten um jeden Verlust eines geliebten Mitglieds. Aber diese neue Bedrohung hatte ein ganz anderes Ausmaß. Es handelte sich um eine größere, konzentrierte Gruppe von Jägern, die das Gebiet auskundschaftete. Eine Gruppe, die weit über wütende Ranger oder Betrunkene, die blind in der Dunkelheit herumschossen, hinausging.

Es waren bislang nur Gerüchte, aber Chase war alarmiert. Wölfe konnten solchen Dingen nicht auf den Grund gehen, aber ein Gestaltwandler wie er konnte in die Gegend reisen und Nachforschungen anstellen. Wie real war die Bedrohung? Wer war darin verwickelt und warum? Dann könnte er darüber nachdenken, welche Maßnahmen er ergreifen konnte, um die Drecksäcke zu stoppen – oder im schlimmsten Fall sein Rudel in ein sichereres Gebiet zu verlegen.

Er schloss die Augen. War es nicht egoistisch, auf Maui zu bleiben und seine eigenen Interessen zu verfolgen, wenn sein Heimatrudel ihn mehr denn je brauchte?

Sophie ist kein Interesse, knurrte sein Wolf. *Sie ist unsere Gefährtin.*

„Scheiße", murmelte Dell und war zur Abwechslung einmal ganz ernst. „Wenn es regnet, schüttet es."

Chase verzog das Gesicht. Das war wieder einer dieser menschlichen Ausdrücke, die er anfangs nicht verstanden hatte. Aber jetzt begriff er ihn nur zu gut, wenn man bedachte, wie er seine Sorgen um Sophie, um seine Wolfskollegen und um die Drachengestaltwandler, denen er nahestand, jonglieren musste.

Er nippte an seinem Getränk, aber mehr um das Zucken in seiner Wange zu verbergen als alles andere. Wer befand sich in größerer Gefahr – Sophie, sein Rudel zu Hause oder Cynthia und ihr Sohn?

Er knallte sein Glas auf den Tisch und bewegte es ein paarmal in Kreisen über die Tischplatte, was Streifen von Kondenswasser hinterließ.

„Mach mal halblang", sagte Dell. „Versuchst du, den Tisch zu zerstören, oder was?"

Chase ließ das Glas mit Mühe los und starrte auf das Meer hinaus. Er versuchte, sich zu entscheiden, was er tun sollte. Aber verdammt noch mal. Er hatte ehrlich gesagt keine Ahnung.

Tim stand auf und klopfte ihm auf den Rücken. „Ich muss mich bei Hailey melden. Glaube mir, wir werden Sophie für dich im Auge behalten."

Chase glaubte ihm, aber irgendwie spürte er nicht das gleiche blinde Vertrauen, das er sonst immer in seine Brüder hatte.

Dell beugte sich vor. „Hey, Mann. Es ist schwer, aber du kriegst das schon hin. Vertraue mir, das wirst du." Dann entfernte er sich ebenfalls und ließ Chase allein zurück.

Chase verbrachte die nächsten Minuten damit, auf das Meer hinauszustarren, ohne dabei etwas zu sehen. Er dachte nur an den langen, gewundenen Weg, der ihn an die Stelle geführt hatte, an der er sich jetzt befand. Aber auch an die neblige Landschaft, die vor ihm lag – ganz zu schweigen von all den Bällen, mit denen er zu jonglieren versuchte. Irgendwo und irgendwann würden sie hinunterfallen müssen.

Dann schüttelte er sich ein wenig, stand schnell auf und stürzte den Rest seines Getränks hinunter. Er würde die Drachenprobleme den Drachen überlassen, zumindest bis eine konkretere Bedrohung auftauchte. Und was sein Rudel zu Hause betraf – nun, er würde ihnen keine große Hilfe sein, wenn er in Gedanken ständig mit Sophie beschäftigt war. Was bedeutete, dass er zuerst Klarheit in Sophies Fall schaffen musste, und das so schnell wie möglich.

Schnell, flüsterte eine tiefe, erdige Stimme in seinem Kopf. *Bevor es zu spät ist.*

Chase erschauderte, als er zur Tür eilte. War das die Stimme des Schicksals? Und *zu spät* – zu spät, für wen? Für Sophie? Für seine Wolfsverwandtschaft? Für Joey?

Er zwang sich, tief durchzuatmen und die Dinge einen Schritt nach dem anderen anzugehen. Was so viel einfacher wäre, wenn er den Klang einer tickenden Uhr in seinem Kopf ignorieren könnte.

Keine Uhr, grummelte sein Wolf. *Eine Zeitbombe.*

Seine Kollegen im Lucky Devil winkten ihm zum Abschied, aber Chase registrierte sie kaum. Er musste zu Sophie, und das pronto, und wenn es nur war, um bei Verstand zu bleiben. Und danach…

Er hatte Mühe, die Lücke zu füllen, aber sein Wolf hatte damit kein Problem.

Sie festhalten. Sie in Besitz nehmen. Sie zu der Meinen machen.

Kapitel 8

„Einen Tropical Swirl und einen Molokini Special, bitte.“

Sophie nickte ihren Kunden zu und begann, die Mixer zu füllen. Es war verrückt, wie schnell alles in den letzten Stunden gegangen war. Der Smoothie-Wagen, den Mr. Lee hatte bringen lassen, war dreißig Minuten früher als erwartet eingetroffen, und sie war bereits wieder an der Arbeit. Mr. Lee hatte im Schatten einer nahen Palme gestanden und darauf gewartet, dass sie einen Fehler machte. Das hatte sie nicht getan und als er einige Zeit später die Kasse prüfte, hatte er widerwillig genickt. Der Umsatz war gut gewesen – viel besser, als es an einem Wochentag am Makena Beach der Fall sein würde. Das und er schien außerdem wirklich überrascht zu sein, wie viele Stammgäste vorbeikamen. Sophie war es ebenfalls. Das Smoothie-Geschäft war hauptsächlich auf Touristen ausgerichtet, aber sie hatte anscheinend eine große Stammkundschaft aufgebaut.

„Zurück im Sattel, was, Liebes?“, murmelte der Kapitän, der vom Jachthafen aus Angelcharter anbot.

„Schön, dass Sie wieder da sind, Schätzchen“, sagte der fröhliche alte Herr, der hinter der Bar im *Pioneer Inn* arbeitete.

„Ich nehme das Übliche, bitte“, sagte die freundliche Frau, die in der nahe gelegenen Bibliothek arbeitete.

„Suchen Sie etwas aus. Ich weiß, dass es lecker sein wird“, sagte die Frau, die Sophie jedes Mal ein Lächeln ins Gesicht zauberte, wenn sie vorbeikam. Sie trank die Smoothies nie selbst. Sie brachte sie einfach zu einem der Obdachlosen hinüber, die sich im Park aufhielten, und blieb stehen, um eine Weile mit ihnen zu plaudern.

Mr. Lee runzelte die Stirn. „Sie kennen alle diese Leute?“

Sophie wurde es warm ums Herz. Ja, sie kannte sie. Wenn nicht beim Namen, dann von ihrer Art und den Gewohnheiten. Der Barkeeper ging mit einem leichten Hinken. Der Charterkapitän versuchte, mit dem Rauchen aufzuhören. Die Bibliothekarin liebte Jane Austen und die Frau, die bei den Obdachlosen saß, hatte die schönsten, funkelnden Augen. Und jeder einzelne von ihnen schien sich aufrichtig zu freuen, Sophie an diesem Tag wieder bei der Arbeit zu sehen.

Sophie biss sich auf die Lippe. Vielleicht blieb das stille Mädchen hinter dem Smoothie-Tresen ja doch nicht unbemerkt.

Die Smoothies verkauften sich zügig und ihr Trinkgeldglas füllte sich schnell. Das war großartig, denn es bedeutete mehr Geld für das Tierheim, an das sie all ihre Trinkgelder spendete. Schließlich fuhr Mr. Lee los und ließ sie in Ruhe. Von diesem Zeitpunkt an verlief der Rest des Nachmittags wie jeder normale Tag. Die Schatten im Park wurden länger und die Spaziergänger schlenderten fröhlich ihres Weges.

Hin und wieder lief Sophie jedoch ein Schauer über den Rücken. Und jedes Mal wenn ein Hund bellte, egal wie nah oder weit entfernt, riss sie den Kopf herum. Sie ging sogar ein paar Mal um den Wagen herum, um zu prüfen, ob alles in Ordnung war. Was albern war, nicht wahr? Ihre Stammgäste hatten bewiesen, dass die Welt voller freundlicher, fürsorglicher Gesichter war. Es gab keinen Grund, sich aus der Fassung bringen zu lassen.

Bis es einen Grund gab.

Als der geschäftliche Ansturm kurz nachließ, beugte sie sich hinunter, um die Vorräte in den unteren Schränken neu zu ordnen. Als sie wieder aufstand, kreischte sie erschrocken auf, als sie den Mann entdeckte, der am Bestellfenster des Wagens stand. Er schien wie aus dem Nichts aufgetaucht zu sein.

„Überraschung." Er grinste und schien erfreut darüber, einen großen Auftritt hingelegt zu haben.

Sie drückte sich eine Hand auf die Brust und holte ein paarmal tief Luft. Hatte er sich absichtlich an sie herangeschlichen? Sie hatte sich nur Sekunden zuvor umgesehen. Wo um alles in der Welt war er hergekommen? Dann schaute sie genauer hin

– hinter den struppigen Bart, die ungewöhnlich langen Haare und die Schirmmütze – und hätte fast geschrien. „David?"

Er grinste. „Hallöchen, Sophie."

Ihr Herz hämmerte und ihre Wangen wurden rot. „Hi."

„Freust du dich so, mich zu sehen, was?" Sein Lächeln wurde nicht schwächer, nur bösartiger.

„Nein. Ich meine, ja. Ich meine – du hast mich überrascht", stammelte sie. Verdammt noch mal. Warum ließ sie sich von David Orren jedes Mal so aus der Fassung bringen?

Wahrscheinlich weil er sie den ganzen Weg durch Maine und hinüber nach Vermont gejagt hatte, nachdem sie versucht hatte, ihre Verbindungen zu ihrer Heimat abzubrechen. Zuerst hatte er sie angefleht, zurückzukommen. Dann hatte er ihr gedroht, wenn sie es nicht täte. Und gerade als sie gedacht hatte, er hätte sie endlich aufgegeben, schickte er ihr diese Nachricht.

Hallöchen, Sophie. Ich bin zu Besuch auf Maui. Wir müssen uns wirklich einmal treffen. Es gibt so viel zu erzählen.

Sie stand regungslos da und studierte jedes Detail, um nach Hinweisen zu suchen. Weshalb war er wirklich auf Maui? Und war er derselbe alte David oder hatte er sich verändert?

Er trug die gleiche Art von kariertem Flanellhemd, in dem sie ihn immer gesehen hatte, die übliche Cargohose und seine normalen Kampfstiefel. Die gleiche Kappe mit der amerikanischen Flagge, die er so tief hinuntergezogen hatte, dass seine Augen schwer zu erkennen waren.

„Du hast *mich* überrascht", betonte er. Typisch David – er drehte den Spieß um, um die Oberhand zu behalten. „So weit weg zu ziehen."

Er beobachtete sie wie ein Falke, der seine Beute studierte. Er kreiste, plante und heckte etwas aus.

„Ja, nun, ich brauchte eine Veränderung. Aber was ist mit dir? Du hasst es doch, nicht zu Hause zu sein."

Von allen Kindern, mit denen sie aufgewachsen war, war David immer derjenige gewesen, der erklärt hatte, er würde lieber sterben, als Maine zu verlassen. Genauer gesagt, hatte er immer behauptet, dass er bei *der Verteidigung ihrer Heimat* sterben würde.

Sophie schüttelte den Kopf und erinnerte sich an das Gespräch, das sie als Teenager geführt hatten.

Es ist ja nicht so, als gäbe es eine Invasion, hatte sie gesagt.

Sie wollen nur, dass du das glaubst, hatte er mit völlig ernstem Gesichtsausdruck geantwortet.

Sie hat es immer erstaunlich gefunden, wie zwei Kinder, die in derselben kleinen Gemeinde aufgewachsen waren, die Welt so unterschiedlich sehen konnten. Andererseits war sie die Einzige gewesen, die die Dinge anders gesehen hatte. Alle anderen glaubten an die paranoide Denkweise, die ihr Stiefvater verbreitet hatte. Und David am allermeisten.

Sie hatte an dem Tag, an dem sie achtzehn wurde, ihr Zuhause auf der Suche nach einem Neuanfang verlassen. David hingegen war dortgeblieben und hatte sich in die Trainingseinheiten und Bootcamps gestürzt, die ihr Stiefvater leitete, um die Gemeinschaft auf das Schlimmste vorzubereiten. Den Muskeln nach zu urteilen, die David zugelegt hatte, seit sie ihn das letzte Mal gesehen hatte, nahm er diese Übungen in der Tat sehr ernst.

Er musterte sie genau. *Ganz* genau, was ihr verrückte und panische Gedanken durch den Kopf jagte. Was, wenn er für die Explosion verantwortlich war?

Sie versuchte, den Gedanken zu verdrängen, aber irgendwie gelang es ihr nicht. David bedeutete vielleicht Ärger, aber er würde doch niemals ihr Leben bedrohen, oder doch?

„Natürlich habe ich nicht gescherzt, dass ich hierherkomme. Was immer ich sage, meine ich auch", sagte er in einer Weise, die sowohl ein Scherz als auch eine Drohung hätte sein können. „Ich verstehe allerdings nicht, warum du immer noch hier bist."

Immer noch? Hatte er erwartet, dass sie aufgeben und nach Hause zurückgekrochen kommen würde? Sophie versteifte sich.

„Ach, weißt du", sagte sie. David hatte ein Händchen dafür, jedes Gespräch in ein Verhör zu verwandeln, aber dieses Mal war sie fest entschlossen, einen kühlen Kopf zu bewahren. „Meine Tante Camilla hat hier gewohnt. Ich habe sie besucht und bin schließlich geblieben."

Er nickte langsam. „Ja, ich habe von ihr gehört."

Sophie klammerte sich etwas fester an den Tresen. Wie viel genau wusste er tatsächlich?

„Deine Mutter war sehr bestürzt, als sie starb", sagte David ohne den geringsten Anflug von Mitgefühl in seiner Stimme.

Ich war auch sehr traurig, hätte Sophie fast erwidert.

„Deine Mutter war aber auch wegen der Erbschaft sehr aufgebracht", fuhr David fort und studierte ihre Reaktion genau. „Du weißt bestimmt, dass ihre Schwester das ganze Geld einfach jemand anderem hinterlassen hat."

Sophie tat ihr Bestes, um nichts zu verraten, aber ihre Wangen wurden heiß. „Nun, die Leute können mit dem, was ihnen gehört, machen was sie wollen."

David verzog das Gesicht. „Das Geld würde unserer Sache sehr helfen, weißt du."

Eurer Sache, wollte sie sagen. *Ich bin dieser Irrenanstalt schon vor Jahren entkommen.*

Dann fing sie sich wieder. Sie war mit David aufgewachsen. Sollte sie ihm nicht eine Art Vertrauensvorschuss gewähren?

Nein, warnte eine kleine Stimme sie.

„Es tat mir sehr leid, dass mit deinem Vater zu hören", sagte sie.

Er zuckte mit den Schultern. „Nun ja, du weißt schon. Wenn es an der Zeit ist, ist es an der Zeit."

Ihre Kinnlade klappte auf. Er sprach von seinem eigenen Vater, um Himmels willen. Schlimmer noch, sein Vater war eine der gemäßigteren Stimmen in ihrer Gruppe gewesen.

„Wer hat jetzt das Sagen?", wagte sie zu fragen.

Sein Lächeln wurde breiter. „Mein Onkel Roy."

Sie erblasste. Soviel zum Thema, gemäßigt.

„Oh. Und wie geht es Barbara?" Sie hatte gehört, dass David eine Beziehung eingegangen war, was bedeuten würde, dass sie aus dem Schneider war, nicht wahr?

Aber er zuckte nur uninteressiert mit den Schultern. „Ich schätze, dass es ihr gut geht. Ich sehe sie nicht mehr oft. Tatsächlich bin ich mit niemandem zusammen." Er grinste mit einem Funkeln in den Augen.

Sophie hielt vollkommen still. War David überhaupt bewusst, dass er etwas Falsches getan hatte, als er sie damals zu diesem Kuss gezwungen hatte?

Komm schon, du weißt selbst, dass du es willst. Er hatte gegrinst, bevor er ein zweites Mal mit seiner Zunge über ihre Lippen gestrichen war. Wäre in diesem Moment nicht jemand vorbeigekommen, wer weiß, wie weit er gegangen wäre.

Ihr Magen drehte sich um, als sie sich an all die Gelegenheiten erinnerte, bei denen sie ihm danach aus dem Weg gegangen war und an den Zeitpunkt, an dem sie endlich den Mut aufgebracht hatte, ihm zu sagen, dass sie nicht an ihm interessiert war.

Oh, ich verstehe schon. Du willst es langsam angehen, hatte er gesagt und zustimmend genickt.

Nein, sie wollte es nicht langsam angehen. Sie wollte ihn überhaupt nicht.

David war einer der Gründe, warum sie Maine verlassen hatte. Aber er war ihr in regelmäßigen Abständen immer wieder gefolgt und hatte sie nie ganz aufgegeben. Er hatte sie auf einer Farm in Vermont ausfindig gemacht, wo sie Arbeit – und einen gewissen Anschein von Frieden – gefunden hatte. Und seitdem noch ein paar Male. Das letzte Mal hatte sie ihn vor zwei Jahren gesehen und sie hatte gedacht, sie hätte ihn endlich abgeschüttelt.

Aber jetzt war David wieder da – und unheimlicher als je zuvor.

Ihre Hand wanderte zu ihrem Medallion und sie spielte damit herum, als das Gefühl der drohenden Gefahr in ihr wuchs.

„Wie ist es dir ergangen?", fragte sie, um Zeit zu gewinnen.

Er schnitt eine Grimasse. „Ach du weißt schon. Ich arbeite hart. Kämpfe hart. Sehe mit an, wie die Welt um uns herum den Bach runtergeht."

Und dann begann er mit seiner üblichen Litanei von Beschwerden.

„Diese Narren im Parlament – ganz zu schweigen von Washington…"

Dort fing seine Liste an und ging weiter und weiter. Der Regierung war nicht zu trauen. Verschwörungen gab es überall.

Industriegiganten schmiedeten Komplotte gegen einfache Leute wie ihn. Das Steuersystem war von Korruption durchsetzt und die Gewerkschaften trieben ihr übliches Teufelswerk.

Sophies Puls beschleunigte sich. So viele Verschwörungen. So viele vermeintliche Gefahren. Und David hielt wie immer allzu einfache Lösungen für komplexe Probleme bereit, für die er sich nicht einmal die Zeit genommen hatte, sie völlig zu verstehen.

Er gestikulierte um sich, während er sprach, und sie erhaschte einen Blick auf die Halskette, die kurz in ihr Blickfeld schwang. War das etwa eine Bärenklaue? Es drehte ihr den Magen um. Körperteile von Tieren wie Trophäen zu tragen, war schon schlimm genug. Aber diese Bärenklaue stand für so viel mehr.

„Also, sobald du nach Hause kommst… ", fuhr er fort.

Sophie hatte nicht richtig zugehört, aber wow. Was hatte er gerade gesagt?

„Nach Hause?" Sie starrte ihn verwirrt an. Maui war jetzt ihr Zuhause.

„Natürlich, nach Hause." Er deutete auf den verbrannten Boden. „Ich habe gehört, was passiert ist. Es ist hier nicht sicher für dich."

Seine Worte zeigten eine gewisse Schärfe und die Wolke der Angst, die Sophie einzuholen drohte, kam immer näher. Sie klammerte ihre Arme um sich, fest entschlossen, der Dunkelheit nicht zu erliegen. Angst war ein mächtiges Gefühl, dem man nicht leicht entkommen konnte. Aber es gab auch Freude. Vertrauen.

Um sich zu beruhigen, berührte sie das Medaillon an ihrem Hals.

Vertraue darauf. Vertraue dir selbst. Vertraue der Liebe, hatte ihre Tante einmal zu ihr gesagt.

Irgendwie *war* es tröstlich. Wie ein Kompass, der ihr half, den richtigen Weg einzuschlagen.

„Es geht mir gut, ganz ehrlich", beharrte sie. Die alte Sophie – diejenige, die David kannte – hätte sich von ihm überrollen lassen und ihm seinen Willen gegeben. Aber die neue

Sophie – die zu werden, sie sich so sehr anstrengte – konnte selbstständig denken.

David schnaubte. „Das nennst du gut? Eine Explosion? Du hättest umkommen können."

Ach, was du nicht sagst, hätte sie fast gesagt. „Die Polizei meint, dass es keine Beweise für ein Verbrechen gibt."

„Ach komm schon." Er rollte mit den Augen. „Das sagen die doch nur, um etwas zu vertuschen."

Noch mehr Verschwörungen. Sophie wusste nicht, was sie sagen sollte.

Eine Totenstille breitete sich zwischen ihnen aus und ihre Beklemmung wuchs. Was seltsam war – denn in Chase' Gegenwart machte ihr Stille nichts aus. Sie bedeutete nur, dass er Zeit brauchte, um nachzudenken oder die richtigen Worte zu finden. Sie liebte es, ihn bei der Suche danach anzusehen, fast so sehr, wie sie es liebte, zu hören, was er zu sagen hatte. Davids Schweigen hingegen war geladen wie eine Vielzahl von Waffen, die alle scharf und bereit waren, loszuballern. Besonders jetzt, da sie ihn dabei ertappte, wie er ihr Medaillon mit viel zu großem Interesse beäugte.

„Das ist neu", murmelte er.

Sie bedeckte es mit der Hand. Das Medaillon war nicht wirklich wertvoll, aber es war ein Geschenk von ihrer Tante gewesen. Allein die Tatsache, dass David es anschaute, gab ihr das Gefühl, missbraucht zu werden.

Sie schaute sich um und setzte ihre beste ernste Miene auf. „Hör mal, mein Boss kann jederzeit zurückkommen und es ist wirklich nicht gut, wenn er mich bei der Arbeit plaudern sieht."

„Dann mach mir was", schnauzte David. Sein Blick verfinsterte sich zu einem stürmischen Grau und er schlug mit der Faust auf den Tresen.

Sophie hielt vollkommen still. Vielleicht war sie nicht die Einzige, die sich eine neue Identität zulegte. David war schon immer impulsiv gewesen, aber er hatte noch nie die Fassung verloren. Zumindest noch nie zuvor.

„Sicher doch." Sie deutete auf die Speisekarte und war froh, dass er das Zittern ihrer Knie nicht sehen konnte. „Was hättest du gerne?"

Für den Bruchteil einer Sekunde starrte er sie an, als wollte er ihr befehlen, auf die Knie zu fallen und ihn um Vergebung zu bitten. Aber Sophie blieb standhaft. Das hier war ihr Revier, verdammt noch mal. Nicht seins.

Davids Nasenlöcher bebten, aber schließlich musterte er die Speisekarte.

„Scheiße, ist das teuer. Wer zum Teufel kauft denn ein Getränk für sieben Dollar?"

Sie zuckte mit den Schultern. „Maui ist teuer."

„Was du nicht sagst." Er hielt inne und wartete offensichtlich darauf, dass sie ihm einen Rabatt oder besser noch ein Gratis-Getränk anbot.

Sophie hatte nichts dagegen, gelegentlich ein Freigetränk zu verschenken, wenn es verdient war. Das kleine Mädchen, das gestürzt war und sich das Knie aufgeschlagen hatte, bekam einen kostenlosen Smoothie, ebenso wie der Polizist, der eines Tages vorbeigekommen war und völlig fertig aussah. Sie hatte auch der Frau einen spendiert, deren Ehemann wegen irgendetwas eine fürchterliche Szene gemacht hatte, bevor er davongefahren und die Frau allein zurückgelassen hatte.

Aber für David? Sie presste die Lippen in einer festen Linie zusammen.

„Vergiss es", grunzte er. „Wie ich schon sagte. Es ist hier nicht sicher für dich."

Sie verschränkte die Arme. „Warum sagst du das?"

„Zum einen, wegen der Explosion. Und zum anderen, wegen der Leute."

Sie riss die Augenbrauen hoch. „Weshalb?"

David winkte so genervt mit der Hand ab wie ein Mann, der von einem Bienenschwarm umschwärmt wird. „Die Leute hier. Sie sind ein schlechter Einfluss. Die Hitze macht sie faul. Nachlässig."

„Faul? Nachlässig?"

Die Menschen auf Maui hatten ihre Prioritäten richtig gesetzt. Liebe, Glück und *Ohana* – Familie – standen an erster Stelle.

David runzelte die Stirn. „Du musst die ganze Zeit auf der Hut sein."

Sie wollte ihm gerade sagen, wie viel glücklicher sie geworden war, seit sie nicht mehr auf der Hut war, als er fortfuhr.

„Und dann ist da noch dieser Kerl." Davids Stimme vertiefte sich zu dem Bass, den er für Kommunisten, Terroristen und jeden, der sich gegen die Verfassung verschwor, reserviert hatte – wer auch immer das sein mochte.

„Welcher Kerl?", fragte sie und versteifte sich.

„Du weißt schon, dieser Typ. Der, der die ganze Zeit bei dir herumhängt."

Sie starrte ihn an. Meinte David etwa Chase? „Hast du mich beobachtet?"

David fuchtelte mit der Hand herum. „Natürlich habe ich das."

„Was?" Ihr Blutdruck schoss in die Höhe.

„Jeder Soldat, der etwas auf sich hält, weiß, dass er eine Situation studieren muss, bevor er sich in die Schusslinie begibt."

Sophie wusste nicht einmal, wo sie anfangen sollte. In die Schusslinie? Und Soldat – in welcher Armee?

„Welche Situation?", zischte sie.

Er schüttelte den Kopf, als ob sie die Verrückte wäre. „Die Explosion. Dieser Kerl. Der war früher bei einer Spezialeinheit. Hast du das gewusst?"

„Was geht dich das an?"

Aber David fuhr fort, als hätte er sie nicht gehört. „Der und seine Kumpels wissen alles über Sprengstoff. Zünder. Streng geheime Technologie, die nicht aufgespürt werden kann."

Sie wollte ihren Ohren nicht trauen. Wenn Chase nicht gewesen wäre, könnte sie jetzt tot sein. Und wenn seine Freunde sie nicht unterstützt hätten, hätte sie den Job verloren, den sie so liebte.

„Er könnte dich benutzen, weißt du", fuhr David in einem düsteren Flüsterton fort.

Ihre Kinnlade klappte auf. Chase? Der genügsamste Mann, den sie je getroffen hatte? „Für was?"

David spottete. „Für das Geld deiner Tante. Was denn sonst?"

Sie wurde wütend. „Wie kannst du es wagen?" Sie versuchte, sich zu beherrschen, aber schließlich rastete sie aus. Sie war es leid, diejenige zu sein, die unter Beschuss stand. „Wie auch immer – es ist mir egal. Im Ernst, David. Bist du den ganzen Weg nach Maui gekommen, um mir ungebetene Ratschläge zu erteilen?"

David warf ihr einen verwirrten Blick zu, der sagte, *Was ist aus der Sophie geworden, die ich kannte?*

Diesen Schwächling gibt es nicht mehr, wollte sie sagen. Was nicht ganz der Wahrheit entsprach, aber verdammt. Sie tat ihr Bestes.

„Ich hatte geschäftlich auf Maui zu tun", sagte David, ohne Details zu enthüllen. „Dann habe ich von der Explosion gehört, also bin ich hergekommen, um es mir selbst genauer anzuschauen."

Sophie hätte fast gekichert. Der gute alte David wurde wie immer zu Gewalt und Zerstörung hingezogen wie eine Motte zum Licht.

„Nun, es geht mir gut." Beinahe hätte sie ein *Danke* hinzugefügt, aber sie fing sich wieder. Wofür sollte sie David danken?

Er sah nicht überzeugt aus. „Was hast du überhaupt mit dem Geld vor?"

Als ob ihn das etwas anginge.

„Ganz ehrlich? Ich habe mehr Zeit damit verbracht, an meine Tante zu denken und daran, wie sehr ich sie vermisse."

„Oh. Richtig. Tschuldigung", sagte er nicht im Geringsten überzeugend.

„Meine Tante wollte, dass ihr Geld für einen guten, friedlichen Zweck verwendet wird." Sie hoffte, David würde den Wink verstehen.

Er nickte sofort. „Ja, natürlich. Ich würde dasselbe wollen."

Sie rollte mit den Augen. Davids Vorstellung von Friedenssicherung war, sich bis an die Zähne zu bewaffnen.

„Wie viel ist es genau?", fragte er.

Sie runzelte die Stirn. Es lag ihr auf der Zunge, zu sagen, *Das geht dich überhaupt nichts an,* aber das nette Mädchen in ihr begnügte sich mit: „Ich weiß es nicht."

Er lachte. „Ach so viel, ja?"

Sie funkelte ihn an. Okay, jetzt hatte sie wirklich genug davon, nett zu sein. „Ich weiß es wirklich nicht." Es war die Wahrheit. Sie hatte das Treffen mit den Anwälten ihrer Tante vor sich hergeschoben, weil ein Teil von ihr immer noch Zeit zum Trauern brauchte. Ihre Tante – das letzte Mitglied ihrer Familie, dem sie wichtig gewesen war – war gestorben. „Und um ehrlich zu sein, ist es mir auch egal."

David starrte sie entgeistert an. „Wie kann es dir denn egal sein?"

„Geld korrumpiert."

„Geld macht Dinge möglich. Es ist ein Mittel zum Zweck."

Sie musterte ihn genau. Zu welchem Zweck? Was genau führte David dieses Mal im Schilde?

„Wie viel auch immer es ist, ich denke darüber nach, es für einen guten Zweck zu spenden", sagte sie.

„Klar." David grinste. „Spende es mir."

Ich sagte, für einen guten Zweck, wollte sie sagen.

„Damit du was damit tun kannst?"

Er schnaubte. „Machst du Witze? Wir müssen mit der Zeit gehen. Weißt du, was eine gute AK-47 heutzutage kostet?"

Nein, das wusste sie nicht. Aber das Abscheuliche daran war, dass es einen Zeitpunkt in ihrem Leben gegeben hatte, an dem sie solche Dinge wusste. Inmitten einer extremistischen Miliz wie der *Spirit of Seventy-Sixers* in Maine aufzuwachsen, hatte sie viele Dinge gelehrt, die sie nicht wissen wollte.

Sie schaute sich um und wünschte, ein Polizist würde vorbeischlendern. Oder besser noch, eine kleine Armee.

Oder noch besser, Chase, entschied sie.

Dann drückte sie die Schultern durch und neigte ihr Kinn nach oben. Sie hatte sich geschworen, sich nie wieder herumschubsen zu lassen.

„Wie ich schon sagte, muss ich mich wieder an die Arbeit machen. Und du hast sicher auch noch etwas zu erledigen. Auf Wiedersehen." Bei seinem erschrockenen Gesichtsausdruck hätte sie fast gejubelt.

Ja, ich habe ein Rückgrat. Nein, ich werde nicht vor dir kuschen, wie es so viele Leute tun.

Noch nie zuvor war sie so kurz davor gewesen, in Schweiß auszubrechen, während sie vollkommen regungslos dastand, aber verdammt. Sie blieb standhaft.

Schritte näherten sich ihr von rechts und sie schaute auf. Innerhalb eines Herzschlags lächelte sie – ihr Lächeln war echt, denn es war Chase, und der übliche Ausbruch von Freude und Licht rauschte durch ihr Herz. Das Medaillon wurde unter ihrer Hand wärmer und ein Gefühl des Friedens erfüllte ihre Seele.

Chase lächelte zurück – ein breites, ehrliches Lächeln, das nichts verbarg. Aber als sein Blick auf David fiel, verzog er das Gesicht.

Oh oh, hätte Sophie fast gesagt. Chase sah genauso aus wie Darcy, bevor er sich auf einen anderen Hund stürzte. Auch David schaute finster.

„Chase", rief sie, um mit ihrer Stimme zu signalisieren, dass es ihr gut ging. Chase hatte eine dunklere Alphaseite. Wenn er dachte, dass David sie bedrohte, wer wusste dann, was er tun würde?

„Sophie", murmelte Chase mit einer Stimme, die so ruhig war, dass es ihr Angst machte.

Sie räusperte sich und beschloss, einen anderen Ansatz zu versuchen. „Chase, das ist David. Er ist... " Sie kämpfte einen Moment lang damit, die Lücke zu füllen. *Verrückt? Jemand, von dem ich mir wünschte, er würde verschwinden?*

„Ein alter Freund", ergänzte David.

„David wollte gerade gehen", sagte Sophie und versuchte, ihn zum Gehen zu bewegen.

David warf ihr einen scharfen Blick zu. *Seit wann sagst du mir, was ich tun soll?*

Sie stellte ihre Füße breiter auf und war froh über den Höhenvorteil, den ihr der Wagen verschaffte.

Seit ich mich entschieden habe, mein Leben selbst in die Hand zu nehmen.

Chase sagte kein Wort, aber er hob seine Arme seitlich wie ein Revolverheld, der sich auf einen Kampf vorbereitete.

David steigerte die Intensität seines Blickes, als er Sophie ansah und zu sagen schien, *Du wirst tun, was ich dir sage, ansonsten...*

Sie schüttelte langsam den Kopf und stellte sich so aufrecht hin, wie sie nur konnte. *Nein, das werde ich nicht tun.*

Ihre Körpersprache war vielleicht nicht *bedrohlich*, aber sie konnte durchaus *entschlossen* sein. Für David drehte sich alles ums Gewinnen oder Verlieren. Er musste der Gewinner sein, damit er schadenfroh auf einen Verlierer blicken konnte. Nun, dieses Mal nicht.

Währenddessen stärkte Chase ihr stillschweigend den Rücken und ließ ihr Zeit. Gott, sie liebte diesen Mann.

„Ich muss mich wirklich wieder an die Arbeit machen. Du weißt schon, der Ansturm vor dem Abendessen." Sie gestikulierte herum, als gäbe es so etwas wirklich.

David schaute finster und warf Chase einen Seitenblick zu, der sagte, *Mein Gott, Sophie. Ziehst du diesen Kerl wirklich mir vor?*

Ja, und zwar ohne zu zögern.

Stillzustehen, war noch nie so ein Kampf gewesen, aber sie gab nicht nach. Ihr Medaillon fühlte sich wärmer und schwerer an als je zuvor, aber irgendwie trug es zu ihrem Selbstbewusstsein bei.

Schließlich wich David widerwillig zurück. „Also gut. Na dann. Bis bald?" Seine steifen Schultern verrieten, dass er ihr eine letzte Chance geben wollte.

Eine letzte Chance wofür? wollte Sophie schreien. *Verschwinde einfach.*

Chase räusperte sich, obwohl es eher wie ein leises Knurren klang, das in Davids Richtung gebrummt wurde.

„Ich bin ziemlich beschäftigt", sagte Sophie schnell. „Aber es war schön, dich zu sehen."

Davids Blick verdunkelte sich und sie fragte sich, was er tun würde, wenn Chase nicht da wäre.

„Ja", grunzte David schließlich. „Es war auch schön, dich zu sehen."

Langsam wandte er sich zum Gehen. Dann hielt er inne, wühlte in seiner Tasche herum und zog einen Zettel heraus. Er kritzelte etwas darauf und reichte ihn ihr zusammengefaltet.

„Hier ist meine Nummer“, sagte er, als würde er ihr ein Staatsgeheimnis anvertrauen. „Ruf mich an, wenn du irgendetwas brauchst.“

Sophie stopfte den Zettel in die tiefste Stelle ihrer Tasche und zerknüllte ihn dabei.

„Denke an das, was ich gesagt habe.“ David warf Chase einen Seitenblick zu.

Sophie tat ihr Bestes, um die Fassung zu bewahren. „Auf Wiedersehen“, rief sie entschieden.

Sie verzichtete darauf, *Auf Nimmerwiedersehen* hinzuzufügen.

Kapitel 9

Chase tat sein Bestes, dem Mann nicht hinterherzuknurren. „Alter Freund, was?"

Sophie räusperte sich, aber als sie antwortete, kamen ihre Worte nur undeutlich hervor. Warum war sie in der Gegenwart dieses Mannes so nervös?

„Wir sind im selben Ort aufgewachsen, damals in Maine."

Chase dachte darüber nach. Alte Freunde mussten nicht unbedingt gute Freunde sein und Sophie sah überaus glücklich darüber aus, dass der Typ verschwunden war.

Nun, er war auch froh. Er hatte David von der ersten Sekunde an verabscheut, in der er das Arschloch gesehen hatte, das Sophie bedrängte. Und dann war da noch diese Bärenkralle, die aus dem Ausschnitt von Davids Hemd hervorgelugt hatte.

Arschloch, knurrte sein Wolf.

„Es tut mir leid", seufzte Sophie, als David außer Hörweite war.

Chase schaute sie mit geneigtem Kopf an. Warum entschuldigten sich Menschen für Probleme, die sie nicht verursacht hatten?

Sie zog mit den Fingern an ihrem Medaillon und berührte den einzelnen Zopf, zu dem sie ihr Haar an diesem Morgen geflochten hatte. Dieses Anzeichen von Sorge war der einzige Grund, warum Chase an ihrer Seite blieb, anstatt David zum nächsten Flug weg von Maui zu eskortieren. Er beobachtete den Mann, wie er durch den Park schlenderte, und es war verdammt seltsam. David strotzte nur so vor Selbstbewusstsein, hatte aber gleichzeitig eine nervöse, wachsame Aura an sich. Wie ein gottverdammter Spion oder so etwas.

Chase schnüffelte tief und versuchte, den Duft des Mannes zu erfassen, um ihn mit dem zu vergleichen, den Darcy beschrieben hatte. Aber Gerüche zu vergleichen war schwierig und er konnte es nicht genau sagen.

Der Mann bog um eine Ecke und Chase schaute Sophie wieder an. „Ist alles in Ordnung?"

Sie nickte schnell – zu schnell – und wischte mit hundert Kilometern pro Stunde über den Tresen. „Alles gut, danke. Wie geht es dir?"

Menschen antworteten normalerweise immer mit *Gut*, ob sie es nun meinten oder nicht, aber er konnte Sophie nicht anlügen. Also antwortete er wahrheitsgetreu.

„Besser."

Sophie schaute zu ihm auf. „Besser?"

„Ja. Jetzt, da ich wieder bei dir sein darf."

Sie lachte und die Bewegung ließ das Sonnenlicht auf ihrem Haar funkeln.

Wie ein Engel, brummte sein Wolf.

„Es ist immer schön, dich zu sehen." Er spähte in die Richtung, in die David gegangen war. „Aber nicht schön, ihn zu sehen?"

Sophie schüttelte den Kopf und er beschloss, sie nicht weiter zu drängen – zumindest im Moment nicht. David löste jede Alarmglocke in seinem Kopf aus, obwohl er nicht verstand, warum. Er war kein Gestaltwandler und Sophie kannte den Kerl. Offensichtlich war sie nicht begeistert davon, ihn zu sehen, aber das bedeutete nicht, dass der Mann ein Krimineller war.

Chase kratzte sich über die Stirn. Jetzt verstand er, warum sein Bruder Connor so abgelenkt gewesen war, als er sich um seine Gefährtin bemühte. Jeder sah wie ein Feind aus, was es schwer machte, klar zu denken.

„Mr. Lee hat dich schnell wieder ins Geschäft gebracht", sagte er, wobei ihm auch dieser Gedanke nicht behagte.

„Wie das alte Sprichwort sagt, muss man sich schnell wieder in den Sattel schwingen, nachdem man abgeworfen wurde, nicht wahr?"

Chase grübelte darüber nach. Sich wieder in den Sattel zu schwingen, machte Sinn, wenn man sich sicher war, dass das Pferd einen nicht umbringen wollte. Und das musste immer noch geklärt werden.

„Hör mal, Sophie." Er schwankte von einem Fuß auf den anderen. Fremde zu überprüfen war einfach. Aber die Frau zu untersuchen, die er liebte, fühlte sich zu sehr nach Verrat an. „Ich frage das nur ungern, aber in Bezug auf das, was Officer Meli gesagt hat... Gibt es irgendeinen Grund, warum jemand darauf aus sein könnte, dir Schaden zuzufügen?"

Ihr Blick wanderte in die Richtung, in die David verschwunden war, was Chase fast dazu brachte, dem Mann mit gefletschten Zähnen hinterherzusprinten. Aber einen Moment später schüttelte sie den Kopf.

„Mir fällt niemand ein."

Er wollte sich nach Mr. Lee erkundigen, aber sie gleichzeitig nicht noch mehr verunsichern. Dell war offensichtlich dabei, diese Sache zu untersuchen, und Chase konnte nicht glauben, dass Mr. Lee so kurz nach der ersten eine zweite Explosion arrangieren würde, wenn er tatsächlich schuldig war, seinen eigenen Wagen zu sabotieren. Es war eine unwahrscheinliche Vermutung, wie Tim gesagt hatte.

„Aber... ", murmelte Sophie, so dass Chase den Kopf herumriss.

„Aber?"

„Ich schätze, jemand könnte hinter dem Geld meiner Tante her sein."

Er runzelte die Stirn. „Die Tante, auf deren Haus du gerade aufpasst?"

Sophie biss sich auf die Lippe. „Sie ist kürzlich verstorben."

Die Art, wie ihre Stimme brach, ließ sein Herz schmerzen. Er wusste, wie sich der Verlust von Familienmitgliedern anfühlte. Wie seine Mutter, die sich in einer kalten Winternacht zum Schlafen zusammengerollt hatte und nie wieder aufgewacht war. Wenigstens war sie an einem hohen Alter friedlich und im Kreise der Familie gestorben. Aber sie war die Ausnahme. In seinem Rudel gab es zu viele Todesfälle und eine Welle der Wilderei hatte alles nur noch schlimmer gemacht. Ein weiterer Grund für ihn, zurück nach Hause zu gehen. Und ein weiterer Grund, warum er sich mehr denn je hin- und hergerissen fühlte.

Er griff nach Sophies Hand. „Es tut mir leid, das zu hören."

Einen Moment lang sagte er nichts und Sophie ebenso wenig. Die Welt schrumpfte zusammen, so als gäbe es nur ihn, sie und die langsam untergehende Sonne. Die Trauer tauchte wie aus dem Nichts auf und für eine kurze Zeit suhlte er sich in ihr. All die Rudelkameraden, verloren in einem andauernden Kampf ums Überleben. All die Männer, mit denen er gedient hatte, und die es nicht nach Hause geschafft hatten...

Aber als Sophie seine Hand drückte, strömte Licht zurück in seine Seele und glich alles aus. Im Leben gab es einige ziemlich beschissene Momente, aber es gab auch eine Menge Gutes. Vor allem, wenn er jemanden hatte, mit dem er das alles teilen konnte.

Es wäre sogar noch besser, sie als unsere Gefährtin zu haben, fügte sein Wolf hinzu.

Als ob er daran nicht schon gedacht hätte.

„Danke", flüsterte Sophie. Dann holte sie tief Luft und fuhr fort. „Meine Tante Camille war immer für mich da, egal, wie verrückt es zu Hause zuging. Tatsächlich war sie diejenige, die mich ermutigt hat, hierherzukommen und mein Leben so zu leben, wie es sein sollte."

Ein Hirtenmaina flatterte über sie hinweg und sie beobachtete, wie er durch das immer tiefer werdende Blau des Himmels sauste.

„Sie hat mir... nun ja, ein paar tolle Erinnerungen geschenkt." Sophie lächelte und runzelte dann die Stirn. „Und sie hat mir etwas Geld vermacht, auf das ich achtgeben soll. Also schätze ich, dass Habgier ein mögliches Motiv wäre. Ich kann mir nur einfach nicht vorstellen, dass jemand, den ich kenne, bereit wäre, für Geld zu töten."

„Es kommt darauf an, wie viel es ist."

Sophie sah aus, als hätte sie schon eine Weile über diese Frage nachgedacht. „Das ist es ja. Ich weiß es nicht."

Er blinzelte sie an. Menschen hatten doch Testamente und Anwälte und solche Sachen, oder? „Du weißt es nicht?"

Sie seufzte. „Ich sollte mich diesbezüglich mit einem Anwalt treffen, aber ich habe es immer noch vor mir hergeschoben. Irgendwie dumm, oder? Es ist nur so, dass Geld nicht das ist, woran ich denke, wenn ich an meine Tante denke."

Chase schüttelte den Kopf. Dumm? Das ließ ihn Sophie nur noch mehr lieben.

„Ich denke an Liebe", fuhr Sophie fort. „Freude. Die Art, wie sie die Schönheit in der Welt zelebrierte. Sie hat sich nie wirklich um Geld geschert – nicht um mehr als um das Nötigste, meine ich."

Chase nickte langsam. Er verstand das. Aber viele Leute taten es nicht. Geld machte nicht glücklich und es löste auch keine Probleme.

„Glaubst du, dass es genug wäre, als dass jemand dafür töten würde?"

Sophie presste die Lippen zu einer festen Linie zusammen. „Sie war eine ziemlich erfolgreiche Künstlerin. Vielleicht sollte ich es herausfinden, was? Früher oder später muss ich es sowieso tun."

Sie sah nicht übermäßig glücklich darüber aus, aber ja. Chase nickte. „Im besten Fall hilft es uns, diese Möglichkeit auszuschließen."

Sophie verzog das Gesicht. „Und im schlimmsten Fall?"

Er zuckte mit den Schultern. „Dann könnten wir herausfinden, wer möglicherweise aus ihrem Testament entfernt wurde?"

Gedankenverloren verzog sie ihr Gesicht und Ihr Blick wanderte noch einmal in die Richtung, in die David verschwunden war. „Sie hatte keine Kinder, also gab es keinen offensichtlichen Erben. Sie sagte, dass sie mir vertraut, zu entscheiden, was damit passieren soll." Sie zwirbelte ihr Haar um ihren Finger. Es war eine Angewohnheit, die er an ihr liebte. Hauptsächlich, weil er sich vorstellen konnte, dies selbst mit ihrem Haar zu tun. „Ich schätze, ich muss wohl endlich meinen Kopf aus dem Sand ziehen und mich bei diesem Anwalt melden."

Chase lachte leise und sie schaute ihn an.

„Was?"

Er winkte mit einer Hand. „Ich habe ewig gebraucht, um diese Redewendung zu verstehen."

Sie lachte und es fühlte sich gut an, die Spannung zu lösen.

Ein junges Pärchen kam auf sie zu und Chase trat zur Seite, um ihnen Platz zu machen. Sophie musste schließlich ihre Schicht zu Ende bringen. Er drehte eine Runde um den Wagen, prüfte ihn genau, fand jedoch nichts Ungewöhnliches. Trotz allem hasste er die Ungewissheit der gesamten Situation.

Sophie bediente mehrere Gruppen von Kunden – ausreichend, um sie für die nächste halbe Stunde zu beschäftigen. Chase nutzte die Zeit, um jeden Zentimeter des Parks abzusuchen und den Smoothie-Wagen aus allen Blickwinkeln zu studieren, bevor die Sonne unterging. Er hoffte darauf, irgendeinen Hinweis zu finden, der ihn entweder beruhigen oder ihm helfen würde, zu verstehen, was er als Nächstes tun sollte. Sollte er David überprüfen? Oder vielleicht Sophies Tante?

Während sich die Zahnräder in seinem Kopf drehten, beobachtete er das Kommen und Gehen rund um den Wagen. Er lächelte leicht. Der Smoothie-Wagen war wie ein Mikrokosmos von allem, was er an den Menschen liebte und hasste. Ihm gefiel die Art und Weise, wie sich die Kunden über den einfachen Genuss eines frischen, fruchtigen Getränks freuen konnten und ihren Dank herausträllerten. Er hasste ungeduldige Besucher, die sich nicht einmal die Zeit nahmen, Sophie für ihre Mühe zu danken. Aber er liebte die Menschen, die sich die Zeit für ein freundliches Wort nahmen. Eine Frau kaufte einen Smoothie und brachte ihn zu einem älteren Mann hinüber, mit dem sie nicht zusammenzugehören schien, sondern einfach nur so.

Menschen, schnaufte sein Wolf.

Das war das Problem. Menschen waren so schwer zu durchschauen. Sie waren zu unglaublich selbstlosen Taten fähig, aber sie konnten gleichzeitig auch so grausam sein. Er hatte eine Menge von beidem gesehen – selbst in Kriegsgebieten, wo winzige Gesten des guten Willens seinen Glauben an die Welt wiederbelebt hatten, als er es am meisten gebraucht hatte. Aber das Schlechte überwog oft das Gute und es war schwer, den Glauben zu bewahren.

„Die Welt braucht mehr Sophies", flüsterte er vor sich hin.

Sein innerer Wolf knurrte. *Wir brauchen Sophie.*

Er biss die Zähne zusammen, entschlossen, der Gier des Tieres nicht zu erliegen. Seine Priorität galt Sophies Schutz, nicht sie zu umwerben. Also zwang er sich, zurück in den Überwachungsmodus überzugehen. Als das Geschäft ein wenig ruhiger wurde, trat er an die Seitentür des Wagens und Sophie kam mit einem überraschten Ausdruck auf dem Gesicht zu ihm.

„Ähm ... klopf, klopf", sagte er.

Sie lächelte. „Wer ist da?"

Chase' Magen zog sich zusammen, als er den verzweifelten Wunsch verspürte, ihr die Wahrheit zu sagen. *Der Wolf.*

Dann würde sie fragen, *Welcher Wolf?*

Und er würde antworten, *Der Wolf, der dich liebt.*

Er räusperte sich. Mann oh Mann. Connor hatte recht. Die Liebe ließ einen Mann die verrücktesten Dinge denken.

„Ähm, ich bin es nur. Hast du etwas dagegen, wenn ich mich im Inneren umsehe?"

Sophies Lächeln verblasste, als ihr klar wurde, worauf er hinauswollte – nämlich den Wagen auf Sicherheitsrisiken zu überprüfen.

„Natürlich nicht", murmelte sie und machte ihm Platz.

Er prüfte die Propangasleitung mit all ihren Anschlüssen und Schaltern, während Sophie zuschaute.

„Mr. Lee war ein wenig spät dran, den letzten Wagen neu zertifizieren zu lassen, aber mir fällt nichts ein, was abgenutzt oder fehl am Platz aussah."

Chase stand auf und kratzte sich an der Stirn. „Entschuldige. Ich wollte nicht der Grund sein, warum du schon wieder darüber nachdenken musst."

„Ist schon gut", sagte sie, obwohl sie nervös mit den Händen spielte, was ihm signalisierte, dass es alles andere als gut war.

Im Wagen war bei all den Schränken und Tresen, die jeden Zentimeter darin füllten, nicht viel Platz, was bedeutete, dass er und Sophie dicht beieinanderstehen mussten. Schön dicht, wenn er ehrlich war.

„Wirklich gut?", fragte er.

Ihre Augen blitzten auf und eine Sekunde später grinsten sie sich beide an wie verliebte Kinder.

Aber Mr. Hoving, sagten ihre hochgezogenen Augenbrauen. *Flirten Sie etwa mit mir?*

Wölfe wussten nicht viel über das Flirten, aber verdammt. Vielleicht war er schon lange genug Teil der Menschenwelt gewesen, um ein paar Dinge aufzuschnappen. Nicht dass er jemals zuvor dazu inspiriert worden wäre, mit jemandem zu flirten.

„Nun, es könnte mir noch besser gehen", murmelte sie in einer Art Singsang.

Jetzt war sie diejenige, die flirtete. Chase grinste und rückte ein wenig näher. Er fand es unmöglich, sich von Sophie fernzuhalten.

„Wie das?", flüsterte er.

Sie errötete heftig, bevor sie den Mut aufbrachte, zu antworten. „Vielleicht würde ein Kuss helfen." Sie zog eine Schulter hoch, als wollte sie andeuten, dass es ihr eigentlich egal wäre. Aber er konnte sehen, dass ihre Augen voller Hoffnung strahlten.

Ein Kuss würde definitiv helfen, murmelte sein Wolf.

Er holte tief Luft. Jedes Mal, wenn er sich Sophie näherte, überrollte ihn das Verlangen. Es wurde immer schwieriger, seine innere Bestie unter Kontrolle zu halten.

Nur ein kleiner Kuss, drängte sein Wolf allzu unschuldig.

Ein kleiner Kuss konnte niemandem schaden, entschied er und beugte sich etwas näher. Und näher. Näher...

Er hielt seine Augen offen, aber Sophie hatte ihre geschlossen und er staunte über ihr Vertrauen. Dann pressten sie ihre Lippen aufeinander. Ihre waren weich wie Seide und er schloss seine Lider ebenfalls. Er gab sich dem Gefühl hin, während sein Wolf glücklich brummende Töne von sich gab.

Er bewegte seine Lippen über ihre und versuchte, es langsam anzugehen. Aber Sophie war genauso gierig wie er und als sich ihr Mund unter seinem öffnete, konnte er nicht anders, als mit seiner Zunge über ihre zu streichen. Er glitt mit den Händen an ihren Seiten hinauf und genoss die Bewegung ihres Brustkorbes, wenn sie einatmete. Irgendwo sang ein Vogel und die Brandung rauschte am Strand. Er nahm die Außenwelt jedoch nicht länger wahr und konzentrierte sich nur noch auf

Sophie. Ihre Haut war so weich. Ihre Kurven so perfekt und ihr Duft und ihr Geschmack die köstlichsten Dinge überhaupt.

Sophie spielte mit ihren Händen über seine Ohren und seinen Hals und brachte seinen Wolf zum Singen.

Himmlisch, murmelte das Biest. *Meine Gefährtin ist der Himmel.*

Es war himmlisch und er wollte sie nie wieder loslassen. Doch ein schriller Pfiff drang in ihre Welt und ein Mann gluckste nicht allzu weit entfernt. Sie lösten sich voneinander und blinzelten.

„Beachten Sie mich nicht. Liebe ist wichtiger als Smoothies." Der Mann am Tresen lächelte.

Sophie errötete heftig. „Hoppla. Das tut mir leid, Hal."

Der Mann strahlte und es traf Chase von Neuem – die Freude, die solch winzigen Gesten entsprang, wie wenn das hübsche Mädchen im Smoothie-Wagen sich an deinen Namen erinnerte.

„Kein Problem, Schätzchen", sagte der Mann. „Ich komme einfach morgen wieder."

Aber Sophie hatte sich bereits an die Arbeit gemacht und geschnittenes Obst in einen Mixer geworfen, den sie zum Wirbeln brachte. Ihre Wangen glühten noch immer und Chase konnte nicht anders, als einen Anflug von Stolz zu verspüren, weil er derjenige gewesen war, der ihr Blut so in Wallungen gebracht hatte.

Es dauerte nicht lange und der Mann hatte seinen Smoothie, während Sophie eine weitere Banknote in ihr Trinkgeldglas stecken konnte.

„Passen Sie auf, dass Sie sie richtig behandeln, hören Sie?" Hal zeigte streng auf Chase.

Er riss die Hände hoch. „Ja, Sir."

Sein Wolf knurrte in ihm. *Natürlich werde ich das tun.*

Der Mann ging mit einem Zwinkern davon und Sophie hob den Mixer hoch und schüttelte ihn leicht. „Schau mal – es ist noch etwas übrig. Möchtest du einen Schluck?"

Es war verrückt, wie ihre Worte seinen Wolf mit dem Schwanz wedeln ließen.

„Du kannst ihn haben", sagte er.

Sie zog einen Becher heraus, in den sie den Smoothie goss. „Wir teilen ihn uns."

Sie hielt den Mixbehälter ein wenig höher, um einzugießen, aber in dem Augenblick, in dem sie dies tat, zischte ein pfeifendes Geräusch an Chase' Ohr vorbei.

Beschuss, brüllte sein Wolf.

Das Glas zersplitterte. Der Saft spritzte. Sophie kreischte auf.

„Runter", brüllte Chase, dessen Überlebensinstinkte einsetzten. Er ging zu Boden und riss Sophie mit sich.

„Was zum. . . ", wollte sie sagen und stöhnte dann, als sie auf dem Boden aufschlug. Dann starrte sie auf ihre Hand. Der Griff des Mixbehälters war noch intakt, aber der Rest war völlig zersplittert.

Chase beugte sich über sie und lauschte angestrengt.

„Eine Kugel", zischte er und zeigte auf die Hülse, die einen Millimeter von der Stelle entfernt eingeschlagen war, an der Sophie gestanden hatte. Kaliber .308, wenn er sich nicht irrte.

Sophies Mund öffnete und schloss sich wie der eines Fisches, der nach Luft schnappte. „Aber... aber... "

„Ein schallgedämpftes Scharfschützengewehr", flüsterte er und trat die Tür zu, während sich seine Gedanken überschlugen.

Töte ihn. Schnappe ihn dir, heulte sein Wolf.

Chase blieb in Deckung. Mit *ihm* war der Schütze gemeint, aber wer genau war es gewesen? Die Sonne begann bereits unterzugehen, aber es gab noch genügend Licht für den Scharfschützen, um einen zweiten Schuss abzugeben. Er lauschte aufmerksam und dachte über seine Optionen nach. Sein Wolf wollte hinausstürzen und den Schützen zur Strecke bringen, aber dann wäre Sophie ungeschützt. Der Smoothie-Wagen bot, solange sie unten blieben, ein gewisses Maß an Deckung, genau wie der öffentliche Bereich des Parks. Kein Schütze würde über eine öffentliche Wiese marschieren, um zu Ende zu bringen, was er angefangen hatte.

Trotzdem bedeutete das nicht, dass Chase bereit war, in nächster Zeit aus dem Bedienfenster des Wagens zu spähen.

„Oh Gott." Sophie starrte auf die Hülse, die in der Wand steckte. „Mich will tatsächlich jemand umbringen."

Chase folgte ihrem Blick auf die Hülse. Das, oder jemand wollte sie warnen.

Wovor warnen? fragte sein Wolf.

Es drehte ihm den Magen um. *Sie vor mir warnen, möglicherweise?*

Der erste Verdächtige, der ihm in den Sinn kam, war David. Aber wie wahrscheinlich war es denn, dass ein Mann eine alte Freundin besuchte und dann innerhalb einer Stunde auf sie schoss? Dann gab es auch noch Mr. Lee, aber der entsprach kaum dem Profil eines Scharfschützen. Trotzdem war es unmöglich zu sagen. Menschen waren trügerisch.

Mit der linken Hand griff er nach Sophies zitternden Händen. Mit der rechten zog er sein Handy aus der Tasche.

Sophies weit aufgerissene Augen huschten hin und her. „Rufst du die Polizei?"

Er schüttelte den Kopf. „Ich rufe meine Brüder an." Niemand im Park hatte auf den Schuss reagiert – schließlich war er schallgedämpft abgefeuert worden – und irgendwie war er im Moment nicht bereit, außer seiner Familie irgendjemandem zu vertrauen. „Der einzige sichere Ort ist zu Hause."

„Mein Haus?"

„Nein", sagte er grimmig. „Meins."

Kapitel 10

Sophie mit zu sich zu nehmen, war ein gefährlicher Schritt. Chase wusste das. Es war ohnehin schon schwer genug, seinen Wolf unter Kontrolle zu halten. Aber welche Wahl hatte er denn, wenn ein mysteriöser Scharfschütze auf Sophie zielte?

„Bist du dir sicher, dass du alles im Griff hast?", hatte Dell geknurrt, als er in die Fahrerseite des Pritschenwagens geschaut hatte. Er war sofort gekommen, als Chase ihn gerufen hatte, um den Bereich zu sichern. Dann war Dell mit dem Pritschenwagen vorgefahren und hatte Sophie Deckung gegeben, während sie einstieg.

Chase hatte nur einmal genickt und war in einer Staubwolke davongerast, während Sophie sich an seine Hand geklammert hatte. Sie hatte darauf bestanden, dass er bei ihrem Haus vorbeifuhr, um die Hunde zu holen, aber Minuten später rasten sie bereits die Straße in Richtung Koakea Plantage hinunter.

Sophie wippte nervös vor und zurück und schmiegte sich an Coco. „Es lag an mir. Es lag tatsächlich an mir."

Er schaute sie scharf an.

„Die Explosion. Der Schuss. Jemand will mich umbringen. Warum?" Sie starrte auf ihre Füße hinunter. „Was habe ich getan?"

Chase biss die Zähne zusammen. Das wollte er auch gern wissen.

Er griff nach ihrer Hand. „Du hast gar nichts getan. Ich meine, nichts Schlimmes. Du bist gütig. Freundlich. Du sorgst dich um deine Mitmenschen, wie es nur wenige tun." Er drückte ihre Hand. „Wie dem auch sei, die Frage ist nicht, was du getan hast. Es geht hier darum, worauf jemand aus ist und warum."

Sie schüttelte den Kopf. „Ich hasse das. Ich hasse es, Angst zu haben. Ich hasse es, jeden zu verdächtigen."

Er streichelte mit seinem Daumen über ihren Handrücken und flüsterte: „Die Welt ist ein beschissener Ort."

Sophie schüttelte entschieden den Kopf, obwohl ihre Hände immer noch zitterten. „Die Welt ist schön. Es sind nur ein paar Menschen, die ihr einen üblen Ruf bescheren."

Dem Teil in Bezug auf die Menschen stimmte er zu. Der Teil über die Welt – nun, dessen war er sich immer noch nicht sicher.

Coco leckte Chase die Finger ab, als könnten Hundeküsse die Probleme der Welt verschwinden lassen.

Chase seufzte und zog seine Hände weg. Zu schade, dass es nicht so einfach war.

„Du hast erwähnt, dass du etwas Geld geerbt hast. Ich weiß, dass es mich nichts angeht, aber das könnte der Grund dafür sein."

„Darüber habe ich auch schon mehrfach nachgedacht. Wenn ich sterben sollte, wäre die einzige Nutznießerin meine Mutter. Meine eigene Mutter, Chase." Ihre Stimme erhob sich zu einem Beinahe-Kreischen, bevor sie zu einer Art Schluchzen überging. Sie schüttelte heftig den Kopf. „Meine Mutter würde mir auf gar keinen Fall etwas antun. Sie liebt mich und ich liebe sie. Sie kann vielleicht nicht verstehen, warum ich Maine verlassen habe, aber sie würde niemals etwas tun, das mich verletzen könnte."

Chase umklammerte das Lenkrad fester denn je und dachte darüber nach, wer sonst noch in Frage kommen könnte. Aber Sophie schüttelte so vehement mit dem Kopf, dass er sich nicht traute, zu fragen.

„Es tut mir leid." Sie vergrub ihr Gesicht in ihren Händen. „Ich kann nicht klar denken. Ich kann kaum noch geradeausschauen. Ich weiß, dass es wichtig ist, aber ich glaube, ich habe es noch nicht richtig realisiert. Macht es dir etwas aus, wenn wir später darüber sprechen?"

Chase nickte sofort. Seine Brüder würden es nicht verstehen, aber er wollte Sophie auf gar keinen Fall weiter an ihre

Grenzen drängen. Nicht heute Abend, wenn es sein Hauptanliegen war, sie zu beschützen.

„Du hast recht." Er berührte ihre Schulter. „Wir können später darüber reden."

Sie warf ihm einen dankbaren Blick zu und rieb sich die Augen. Fast so, als könnte sie das Geschehene damit ausradieren.

„Dort ist mein Bruder", sagte Chase und nickte, als er Connor auf seiner Harley entgegenkommen sah, um zusätzliche Unterstützung zu bieten.

Sophie nickte stumm, aber Coco wedelte mit dem Schwanz. Erkannte die kleine Hundedame einen Drachengestaltwandler, wenn sie einen sah?

Sie fuhren die nächsten drei Kilometer schweigend und Chase war noch nie zuvor so froh gewesen, die Abzweigung nach Koakea zu sehen. Tim und Hailey warteten bereits am Tor, das sie vor Kurzem am Ende der privaten Auffahrt installiert hatten. Normalerweise half es Chase, die Außenwelt auszublenden, wenn er durch diese Absperrung fuhr, aber heute... Er verzog das Gesicht. Es spielte keine Rolle, wie hoch ihre Mauern waren oder wie stabil das Tor aussah. Das Böse lauerte stets in nicht allzu weiter Ferne.

„Schön hier", murmelte Sophie und streichelte seine Hand.

Er biss die Zähne zusammen. Sie war diejenige, auf die geschossen worden war, und doch tröstete sie ihn jetzt.

„Ja." Er warf einen Blick auf die Aussicht. „Das ist es."

In Wahrheit war die Koakea Plantage großartig, besonders wenn alles im orangerosa Licht des Sonnenuntergangs erstrahlte. In den Monaten, in denen sie dort gewohnt hatten, hatten er, seine Familie und seine Freunde hart zusammengearbeitet, um das vernachlässigte Anwesen wieder auf Vordermann zu bringen. Das Plantagenhaus, das einst eine fast baufällige Ruine gewesen war, war zu einem atemberaubenden Mittelpunkt des Geländes geworden. Es bot Platz genug für alle, um sich im Erdgeschoss zu treffen. Das Obergeschoss war zu einer gemütlichen Wohnung für Cynthia, die junge Witwe, die Co-Alpha ihres kleinen Rudels war, und ihren Sohn Joey geworden. Ordentliche Reihen von Kaffeepflanzen waren auf den von zuvor mit Unkraut überwucherten Hängen freigelegt worden und die meisten der umliegenden Häuser hatten einen frischen Anstrich bekommen – ganz zu schweigen von all den Verbesserungen in ihrem Inneren. Es gab immer noch verdammt viel zu tun, aber es war jetzt einfacher, das Potenzial dieses Ortes zu sehen. Alles in allem war die Koakea Plantage eine Oase abseits des Trubels der menschlichen Welt.

Chase warf einen misstrauischen Blick über seine Schulter. Wenn doch nur der Ärger nicht stets einen halben Schritt entfernt wäre.

„Hier. Kannst du die überprüfen, bitte?" Er reichte Tim die Patronenhülse, während er an ihm vorbeifuhr. Wenn es jemanden gab, der mit einem so kleinen Hinweis Informationen über den Schützen aufdecken konnte, dann waren es seine Brüder.

„Verstanden", grunzte Tim mit grimmigem Blick.

„Wir haben alles für euch vorbereitet", rief Hailey, als der Pritschenwagen vorbeirollte. „Lasst uns wissen, wenn ihr noch etwas braucht."

Er winkte anerkennend und wünschte, er wäre in der Lage, seine Dankbarkeit in Worte zu fassen. Wie immer war sein ganzes Rudel tätig geworden, als er Unterstützung brauchte.

„Wow. Ihr steht euch wirklich alle sehr nahe, nicht wahr?", murmelte Sophie und bemerkte es ebenfalls.

Er nickte. *Alle für einen und einer für alle.* Das fasste ein Gestaltwandlerrudel ziemlich gut zusammen.

Tatsächlich funktionierten Wolfsrudel nach dem gleichen Prinzip und es schmerzte ihn sehr, zu wissen, dass er sein Rudel zu Hause nicht unterstützte. Er umklammerte das Lenkrad noch fester. In dem Moment, in dem Sophies Sicherheit gewährleistet wäre, würde er sich um die Wilderer kümmern.

Sein Wolf knurrte. *Und verdammt, die sollten sich besser in Acht nehmen.*

Bilder von Tod und Zerstörung schossen durch seine Gedanken und er kämpfte darum, sie unter Kontrolle zu bringen. Wut war keine gute Sache, besonders nicht für einen Gestaltwandler, der fähig war, aus dunklen Impulsen heraus zu handeln. Er musste einen kühlen Kopf bewahren, wenn er Sophie – und seinem heimischen Wolfsrudel – helfen wollte.

Also holte er tief Luft, parkte den Pritschenwagen an seinem gewohnten Platz und führte Sophie den gewundenen Pfad zu seinem Haus hinunter. Die Hunde folgten ihnen dicht auf den Fersen.

„Guter Junge." Sophie streichelte einen nach dem anderen. „Brav, Coco."

Coco streckte sich ein wenig. Darcy war immer noch sauer auf ihn, aber Chase konnte damit leben. Besonders, wenn man bedachte, wie wachsam der Jack Russell war. Falls er ein Wachhund sein sollte, ließ der unbedarfte Boris viel zu wünschen übrig, aber im Moment war selbst er auf der Hut.

„Alles wird gut." Sophie beruhigte die Hunde. „Alles wird wieder gut werden."

Chase drückte die Schultern durch. Gott, er hoffte es wirklich.

Hätte er nicht gerade eine fünfundzwanzig Kilogramm schwere Tüte Hundefutter mit sich herumgeschleppt, hätte er einen Arm um Sophie geschlungen, um sie nah bei sich zu halten. Zum Glück war sein Haus nicht allzu weit entfernt. Sophies Zopf wippte beim Gehen und er konnte seinen Blick kaum von ihr losreißen.

„Es ist offen." Er deutete Sophie mit einer Handbewegung an, dass sie eintreten solle.

Sie schob die Tür auf, trat hindurch und schaute sich um. „Wow."

Die Hunde stürmten nach ihr hinein und Chase folgte ihnen, wobei er ein wenig zusammenzuckte. Sein Haus war nicht gerade das Vorzeigeobjekt, in das seine Brüder und ihre Gefährtinnen ihre Unterkünfte verwandelt hatten. Es war nur eine umgebaute Scheune und er hatte seit seinem Einzug nur ein paar einfache Verbesserungen vorgenommen.

„Das hier ist großartig." Sophie drehte sich langsam im Kreis.

Chase atmete leicht aus. Er hatte im Erdgeschoss der Scheune nicht viel verändert, jedoch die dem Meer zugewandte Wand mit Fenstern versehen – hauptsächlich auf Dells Drängen hin, das Wölfe Tageslicht brauchten, damit sie nicht zu wild wurden. Die Westseite des Gebäudes hatte das, was Hailey als eine Kathedralendecke bezeichnete, was ihn verwirrt hatte, denn es war schließlich eine Scheune und keine Kirche. Die Ostseite des Gebäudes war in zwei Ebenen aufgeteilt, mit einer Treppe, die zu einem Loft hinaufführte, welches das Erdgeschoss überblickte.

„Was für eine Aussicht", hauchte Sophie und schaute hinunter.

Puh. Chase war froh, dass sie sich darauf konzentrierte – auf das Farbenspiel des Sonnenuntergangs über dem kleinen Stück Ozean, das von seinem Haus auf halber Höhe des Hügels zu sehen war – und nicht darauf, wie armselig die Hütte eingerichtet war. Aber wow. Er hatte seine Freunde angerufen, um sie vorzuwarnen, dass er Sophie mitbringen würde. Offensichtlich waren sie alle herbeigeeilt, um sein Zuhause auf Vordermann zu bringen. Der Deckenventilator lief bereits und hielt den Raum kühl. Auf der Kiste, die er als Couchtisch benutzte, stand eine Vase mit feurigen Tigerlilien. Ein Sarong mit indischem Muster überdeckte die abgenutzte Couch. Jemand hatte auch ein paar dekorative Kissen hingeworfen. Wenn er selbst mit Kissen um sich warf, sah es wie ein heilloses Durcheinander aus. Aber wenn Anjali es tat, wirkte es schön. Stilvoll, um genau zu sein.

Er schnupperte in der Luft und fing einen Hauch von Anjalis Duft ein. Er konnte auch Jennas Strandaroma riechen. Und – Moment. War Cynthia etwa auch hier gewesen? Er folgte ihrem Duft in die behelfsmäßige Küche hinüber – wenn man die Ecke mit dem winzigen Kühlschrank, der Mikrowelle und der ramponierten Stahlspüle so nennen konnte – und las den Zettel, der in einem Korb steckte, der bis zum Überfluss mit frischem Brot, Käse und sogar einer Flasche Wein gefüllt war.

Nur ein paar Kleinigkeiten, um zu helfen, den Tag positiv zu beenden. Mit freundlichen Grüßen, Cynthia.

Chase las den Zettel dreimal. Wow. Er würde sich bei allen bedanken müssen, wenn er die Gelegenheit dazu bekam.

PS – die Kekse sind von Joey.

Chase grinste und wünschte, der Junge wäre da, damit er ihm zum Dank durchs Haar wühlen konnte.

„Hast du einen Hund?", rief Sophie und sah etwas verwirrt aus.

Er folgte ihrem Blick zu dem Stapel alter Decken, die er als Wolfsbett benutzte, wenn ihn der Drang überkam, in Tiergestalt zu schlafen.

„Ähm, nein", murmelte er und suchte angestrengt nach einem Weg, es zu erklären.

Glücklicherweise wurde Sophies Blick von der glänzenden Folie des Korbs mit Lebensmitteln angelockt und sie kam zu ihm hinüber, um einen genaueren Blick darauf zu werfen. Als sie nach dem Zettel griff, berührten ihre Finger die seinen und es sandte ihm ein warmes Kribbeln den Rücken hinauf und hinunter.

„Mein Gott. Du hast einen ganzen Stamm, der sich um dich kümmert, nicht wahr?"

Ein *Stamm* war nicht allzu weit von der Wahrheit entfernt. Zu schade, dass er ihr die Wahrheit über Gestaltwandler nicht erklären konnte.

„Sie kümmern sich auch um dich", flüsterte er zurück. Diese Erkenntnis berührte ihn genauso tief wie die Dekorationen und der Speisekorb es getan hatten. Denn sein Rudel kümmerte sich nicht nur um ihn; sie kümmerten sich auch um Sophie.

Sie akzeptieren sie. Sie mögen sie, sagte sein Wolf.

Sophie schaute ihn mit diesen großen, gefühlvollen Augen an und er sehnte sich danach, ihr die Wahrheit zu sagen. Je länger er es ihr nicht sagte, desto mehr fühlte er sich wie ein Lügner.

Er starrte auf seine Füße hinunter und verfluchte sich selbst. Er hatte haufenweise Mut, aber das half ihm jetzt nicht. Er konnte sich in Schlachten stürzen, egal wie schlecht die Chancen standen. Unmögliche Feinde herausfordern. Seinen Hals für sein Rudel riskieren. Aber ein paar Worte aussprechen?

„Sophie", flüsterte er, aber selbst das kam nur roh und klobig heraus.

Sie hob ihre Hände in sein Blickfeld und legte sie auf seine. Dann rückte sie näher an ihn heran. So nah, dass er ihre Körperwärme spürte.

„Ich muss mit dir reden", zwang er sich zu sagen, auch wenn es ihm den Magen umdrehte.

„Ich muss auch mit dir reden."

Seine Ohren zuckten, als er sich fragte, worum es dabei wohl gehen könnte. Sophie hatte doch sicher nicht die gleiche Art von Geheimnissen, die er hatte. Die große Frage war, wie gut sie die Wahrheit verkraften würde.

Er spielte verschiedene Möglichkeiten durch, es zu sagen.

Ich bin ein Gestaltwandler, Sophie. Ein Wolf. Und ich liebe dich.

Oder warte. Sollte er mit *Ich liebe dich* anfangen und dann den Gestaltwandler-Teil sagen?

„Aber im Moment will ich nicht reden. Ich will gar nicht nachdenken", flüsterte sie.

Und wie ein Feigling atmete er erleichtert auf.

„Was willst du denn?", flüsterte er. Und verdammt. Diese Worte waren viel zu suggestiv herausgekommen.

Sophie schmiegte sich ein wenig näher an ihn. Ihr Atem kitzelte seine Wange und sie ließ ihre Hände zu seinen Seiten wandern.

„Nur... das hier." Sie schloss ihn in eine Umarmung.

Er schloss seine Arme instinktiv um sie und atmete ihren Duft ein. Sie roch so gut – so wie Honig und nach zu Hause und ... und...

Meine, brummte sein Wolf. *Wie meine.*

Was sich großartig anfühlte, aber es gab auch einen Anflug des bitteren Geruchs von Angst und er hasste es. Also hielt er sie fest und machte seine Brust zu einem Schild für sie. Er neigte seinen Kopf nach unten und schmiegte ihn an ihren, um so viel von ihr zu bedecken, wie er nur konnte.

Soll doch jemand versuchen, ihr etwas zu tun, erklärte sein Wolf.

Das Problem war, dass die Person, die es auf Sophie abgesehen hatte, ein Feigling war, der aus der Ferne angriff. Die schwierigste Art von Feind, um ihn aufzuspüren.

„Das ist so schön", murmelte Sophie.

Chase nickte sanft. Verdammt ja. Das war es. Vor allem, weil der Duft ihrer Erregung langsam den der Angst verdrängte.

Sie begehrt uns. Und wir begehren sie, knurrte sein Wolf und brachte ihn auf alle möglichen schlechten Ideen.

Aber Coco sprang immer wieder an ihm hoch und Boris' dünner Schwanz peitschte gegen sein Schienbein. Sophie seufzte und entzog sich ihm mit einem entschuldigenden Blick.

„Beruhigt euch, Leute. Es ist alles in Ordnung." Einen nach dem anderen streichelte sie die Hunde.

Chase musterte jeden von ihnen und las ihre Gedanken. Coco lächelte glücklich und dachte, *Ja, alles ist in Ordnung, weil mein nettes Frauchen das sagt.* Boris schien sich nicht so sicher zu sein, aber er wedelte bei ihren Worten schüchtern mit dem Schwanz. Darcy trug den Blick eines britischen Hauptfeldwebels: *Ganz und gar nicht amüsiert.*

„Vielleicht sollten wir sie füttern", schlug Chase vor.

Er schnappte sich drei Näpfe und schon bald schmatzten zwei der drei Hunde fröhlich vor sich hin, während Darcy mit unschlüssigem Blick zwischen seinem Futternapf und Sophie stand.

Schnapp' dir das Futter, Kumpel. Chase drängte den Gedanken in den Kopf des Tieres. *Ich schwöre, Sophie ist in guten Händen.*

Darcys Ausdruck schien zu sagen, *Das ist es genau, was mir Sorgen bereitet*, aber Chase ignorierte ihn. Sophie löste ihr Haar aus dem geflochtenen Zopf und der Anblick ihrer langen, kastanienbraunen Locken ließ seinen Wolf ganz wild werden. Der Deckenventilator summte und fächelte ihm einen Hauch seiner eigenen Erregung entgegen.

Es sind nur Haare, versuchte er sich einzureden. Aber wenn es zu Sophie kam, gab es kein *nur*. Alles an ihr brachte seinen Puls zum Rasen.

„Du hast also dort oben noch ein Zimmer?" Sophie schaute in Richtung Loft hinauf.

Chase hielt den Atem an. Ja, es gab noch eins. Sein Schlafzimmer, um genau zu sein. Aber das heizte nur den unanständigen Teil seiner Gedanken an.

„Ähm, ja", murmelte er.

„Hast du etwas dagegen, wenn ich mal nachsehe?"

Er riss die Augen weit auf und Sophie wurde rot, als wüsste sie ganz genau, was sich dort oben befand. Ein weiteres kleines Prickeln der Erregung schwebte durch den Raum – ihre? Seine? – und Chase' Wolf wedelte mit dem Schwanz.

Natürlich kannst du nachschauen. So genau und so lange, wie du willst.

„Nur zu", sagte er so gelassen, wie er nur konnte.

Die Hunde wimmerten, als sie sahen, wie Sophie nach oben ging, aber sie versuchten nicht, die steile schmale Treppe zu erklimmen. Chase folgte Sophie und machte sich bereit, nach den unordentlichen Laken zu greifen und schnell das Bett zu machen. Aber Anjali, Hailey und die anderen hatten auch dort oben ganze Arbeit geleistet. Sein Bett – eine auf den Boden geworfene Doppelmatratze, war mit schönen, frischen Laken bezogen und mit einem hübschen indisch bedruckten Sarong bedeckt. Ein paar Kerzen standen auf den Kisten, die ihm als Nachtisch dienten, und der Schirm der Leselampe war nicht mehr schief.

„Hübsch." Sophie lächelte.

Chase starrte sie an. Hübsch? Nun ja. Zur Abwechslung.

„Die Aussicht ist von ihr oben sogar noch besser. Und wow. Du hast ja eine Menge Bücher!", hauchte Sophie.

Eine Seite des Lofts war den Fenstern im Westen zugewandt und bot einen Blick auf den Streifen üppigen Grüns und türkisfarbenen Blaus draußen. Die andere Wand war mit Büchern vollgestopft. Um genau zu sein, überfüllt damit, und er benutzte die unvollendeten Balken als behelfsmäßige Bücherregale. Ein paar weitere Stapel befanden sich in schiefen Haufen auf dem Boden – Bücher, die zu lesen er noch nicht geschafft hatte. Sophie strich mit dem Finger an einer Reihe entlang. Er beobachtete sie peinlich berührt.

„Du liest gern, was?", murmelte sie.

Er nickte. Seit er aus der Wildnis gekommen war und lesen gelernt hatte, verbrachte er Stunden damit, die Seiten muffiger Bücher zu durchblättern.

„Sie helfen mir, zu verstehen", sagte er wahrheitsgetreu.

Als Sophie sich umdrehte, um ihn anzusehen, fiel ihr Haar geschmeidig fließend zu einer Seite und das Sonnenlicht reflektierte sich darauf.

„Was zu verstehen?“

Es lag ihm auf der Zunge, *Die menschliche Spezies*, zu sagen, aber es gelang ihm, das Wort noch zu verändern, bevor es ihm herausrutschte.

„Leute“, sagte er.

Sie grinste, als wüsste sie genau, was er meinte. Dann fiel ihr Blick auf das Buch auf seinem Nachttisch und sie zog eine Augenbraue hoch. „*Stolz und Vorurteil?*“

Er zuckte mit den Schultern. „Ich habe möglicherweise … ein wenig darin geblättert.“

Sie lächelte. „Ach ja?“

„Ich habe mich über Darcy gewundert. Ich verstehe es nicht.“

Unten an der Treppe schaute der Hund auf.

Sophie neigte den Kopf. „Was verstehst du nicht?“

„Warum du deinen Hund nach diesem Kerl benannt hast. Er war ein Idiot zu ihr. Zumindest am Anfang.“

Sophie schüttelte den Kopf. „Ich mag Mr. Darcy, weil er ehrlich ist und sich nicht um Geld schert. Weil Elizabeth ihn verändert und er ein besserer Mensch wird.“

Chase dachte einen Moment lang darüber nach. Das passte zu dem Hund, nahm er an.

Es passt auch zu uns, stellte sein Wolf fest.

Zum Glück ließ Sophie das Thema bleiben und griff kichernd nach einem anderen Buch. „*Die Do-it-yourself Anleitung zu Biodiesel und alternativem Kraftstoff?* Dein Geschmack ist aber äußerst vielfältig.“

Er lächelte. „Ich schätze schon.“

Er griff an ihr vorbei, um eine schiefe Reihe von Büchern geradezurücken und biss sich auf die Lippe. Die Bewegung hatte sie noch näher zusammengebracht und verdammt, sie roch gut.

Der Art und Weise nach zu urteilen, wie ihr Atem stockte, bemerkte Sophie ihn auch. Sie bewegte sich jedoch nicht von ihm weg. Im Gegenteil, sie verlagerte ihr Gewicht so, dass sich ihre Seiten berührten.

Draußen zwitscherte ein fröhlicher Vogel und unten in der Küche flatterte ein Blatt Papier in der Brise des Deckenventilators.

„Welches magst du am liebsten?", flüsterte sie.

Chase fiel es schwer, ihre Worte zu verarbeiten, weil sein Wolf in ihm wild wurde. Wenn sie noch einen Schritt näher kam...

Sophie schob ihren rechten Fuß nach vorn, was ihn noch ein Stück dichter an den Abgrund trieb.

„Am liebsten...?", murmelte er. Er hatte Sophie von allem am liebsten. Sie war seine Schicksalsgefährtin. War es das, was sie meinte?

„Dein Lieblingsbuch." Sie strich ihm über die Wange und bewegte sich leicht, bis er sich sicher war, dass sie sich für einen Kuss bereitmachte. Ein Kuss, der nur einen halben Schritt von seinem Bett entfernt stattfinden würde.

Du weißt, dass du sie begehrst, knurrte sein Wolf.

Verdammt, ja, das tat er wirklich. Etwas sollte ihn zurückhalten, aber er konnte sich nicht mehr erinnern, was das war. Verdammt, er konnte kaum noch denken.

„*Die drei Musketiere*", sagte er mit heiserer Stimme. „Alle für einen und einer für alle." Obwohl seine Rudeltreue in diesem Moment ehrlich gesagt in den Hintergrund getreten war. Er wollte nichts als seine Gefährtin.

Und sie will uns, murmelte sein Wolf, als Sophie ihre Hände über seine Schultern gleiten ließ.

„Das passt." Sie kicherte, aber ihre Augen waren ein wenig glasig – so wie seine, nahm er an. Was Sinn machte, denn er konnte kaum noch klar denken. Ging es ihr genauso?

Das kann ich dir garantieren, brummte sein Wolf.

Chase schlang seine Arme um ihre Taille und zog sie näher zu sich heran, so dass er sie direkt an seiner Brust spüren konnte.

„Sophie", flüsterte er und wünschte, er könnte es erklären.

Sie presste einen Finger auf seine Lippen und schaute ihm direkt in die Augen. „Ich will es, Chase. Ich brauche es."

Er schluckte, denn selbst im Nebel seines Verstandes wusste er, dass *es* eine Menge Komplikationen mit sich bringen würde, derer sich Sophie nicht ganz bewusst war.

„Chase", flüsterte sie mit einer Stimme, die vor Verlangen knisterte.

Er wollte etwas sagen – irgendetwas –, aber er konnte es nicht. Denn eine Sekunde später küsste er sie. Sie presste ihren Körper an seinen und öffnete ihren Mund. In den ersten Augenblicken bewegte Chase seine Lippen kaum. Doch dann begann die Mauer, die er errichtet hatte, um das in ihm aufgestaute Verlangen, seine Sehnsucht – und Herrgott, seine Begierde – zurückzuhalten, zu bröckeln. Der letzte Rest seines Widerstandes brach. Mit seinen Händen glitt er von ihrer Taille zum unteren Rand ihrer Brüste hinauf. Ihre Hüften waren aneinandergedrückt, wovon er hart wurde. Sophies lustvolles Wimmern wurde lauter und sie zog an seinem Hemd, um ihm klarzumachen, was sie wollte. Die Art und Weise, wie sie an ihm zerrte, war eine Fortsetzung ihres *Umarme mich bitte* von zuvor, und er wollte so viel von ihr bedecken, wie er nur konnte. Um sie von der Außenwelt abzuschirmen. Um sie gut fühlen zu lassen.

Wir müssen auf jeden Fall dafür sorgen, dass unsere Gefährtin sich gut fühlt, sagte sein Wolf.

„Ja." Sophie krümmte sich seiner Berührung entgegen.

Was die klarste Bestätigung war, die sich ein Mann nur wünschen konnte – oder selbst ein Gestaltwandler, der kurz davor stand, den Verstand zu verlieren.

„Sophie", flüsterte Chase und senkte sie langsam aufs Bett hinab.

Kapitel 11

Sophie nahm einen tiefen Atemzug. Nicht wegen dem, was sie gleich tun würde, sondern weil es sich so anfühlte, als würde Chase sie auf eine Wolke herabsenken. Wie ein so starker Mann es schaffte, *Sanftheit* mit *Dringlichkeit* zu verbinden, wusste sie nicht. Aber Junge, es gefiel ihr gut.

Es war verrückt, wie sehr sie ihn begehrte. Wie viel *Unanständiges* sich in dem netten Mädchen verbarg, das sie immer gewesen war.

„Ich will es", wiederholte sie ihre eigenen Worte erneut.

Sie hatte einen höllischen Tag hinter sich und ihre Nerven waren immer noch angespannt. Aber Chase ließ ihre Angst in den Hintergrund treten und je mehr sie ihn berührte, desto mehr füllte sich ihre Welt mit Freude und Licht. Also zerrte sie an seinem Hemd, bis er ihr half, es auszuziehen. Und wow – da lag sie nun flach auf dem Rücken, mit einem Meter glatter, harter Brust über sich. Sofort fing sie an, mit den Händen Kreise auf seiner Haut zu zeichnen, weil sie nicht genug von ihm bekommen konnte. Wie war es nur möglich, dass sie nicht schon früher so weit gegangen waren?

Nicht weit genug, heulte ein sehnsüchtiger Teil ihres Körpers. *Nein, noch nicht.*

Sie schnappte zwischen den Küssen nach Luft und wanderte mit den Händen an seinem Oberkörper hinunter. Sie war sich nicht sicher, ob sie lachen oder sich dafür verfluchen sollte, dass sie nicht schon früher mit ihm an diesen Punkt gelangt war. Sie hatte in ihrem Leben erst zweimal Sex gehabt und keines der beiden Male war dem Rummel gerecht geworden. Wie dumm von ihr, zu glauben, dass es mit Chase genauso sein würde. Sie stand jetzt schon kurz vor einem Orgasmus und er hatte sie noch nicht einmal nackt ausgezogen. Wie unglaublich wäre es, Chase' Hände an intimeren Stellen zu spüren?

Das Medaillon auf ihrer Brust erwärmte sich und wow. Wenn es ein Spiegelbild dessen war, wie heiß ihr Körper wurde, sollte Chase besser aufpassen.

Er hörte auf, sie zu küssen, zog sich zurück und musterte sie, als ob er sehen wollte, ob sie mit mehr einverstanden wäre.

„Ja." Sie stemmte die Hüfte nach oben, bis sie gegen seine Leiste stieß. *Gib mir mehr. Bitte.*

Es war witzig, was Leidenschaft mit dem Verstand eines Mädchens anstellen konnte, denn sie hätte schwören können, dass seine haselnussbraunen Augen zu glühen begannen.

Chase neigte sich hinunter und bedeckte ihre Lippen, bis sie nach mehr wimmerte. Dann bewegte er sich tiefer, saugte an ihrer Unterlippe… kitzelte ihr Kinn… küsste ihren Hals. Als er mit den Zähnen über ihre weiche Haut kratzte, krümmte sie sich zurück und bettelte leise um mehr. Doch einen Moment später zog Chase sich mit einem Keuchen zurück, als wäre er plötzlich auf die Bremse getreten.

Ihr Hals kribbelte und ein Teil von ihr wünschte sich, er hätte sie gebissen. Nur ein kleines Zwicken. Das wäre schön gewesen.

Aber Chase schien dies um jeden Preis vermeiden zu wollen. Stattdessen kuschelte er sich an sie, bis sie summte. Sie genoss das leichte Kratzen seiner Bartstoppeln auf der Haut. Wenn sich seine Berührung an ihrem Hals schon so gut anfühlte, wie wäre es dann erst, wenn er ein wenig tiefer sinken und…

„Oh", quietschte sie, als er sich zu ihrer Brust hinunterbewegte. Mit der Hand strich er gleichzeitig nach oben und schob ihr T-Shirt und den BH beiseite. Dann drückte er seine Lippen auf ihre nackte Haut und sie stöhnte.

„Okay?", flüsterte er aus dem Mundwinkel.

Gott, ja, wollte sie sagen. Stattdessen fuhr sie mit den Fingern durch sein Haar und zog ihn an sich. *Okay* war die Untertreibung des Jahres, vor allem, als er mit seinen weichen Lippen über ihre Brustwarze glitt und sie schließlich zu fassen bekam. Sie bäumte sich unter ihm auf, krümmte sich und stöhnte.

„So schön… "

Chase sagte kein Wort, obwohl seine Augen aufblitzten und ihr verrieten, dass er von dieser Erfahrung genauso überwältigt war wie sie und es nicht erwarten konnte, mehr zu tun. Gleichzeitig hatte er diese schüchterne, welpenhafte Verletzlichkeit an sich, was sie zum Schmelzen brachte. Das war kein Mann, der darauf aus war, eine weitere Kerbe in seinen Bettpfosten zu schlagen. Er war eher wie ein Kind im Mann – still und sensibel, aber gleichzeitig kraftvoll und sogar weise. In seine Augen zu schauen, war wie in die seelenvollen Augen eines Hundes zu blicken, der auf ein neues Zuhause hoffte.

Darüber musste sie fast lachen. Wenn überhaupt, dann war sie hier die Streunerin, die aus der Kälte hereingebracht worden war.

„Warte mal." Sie half ihm, ihr Oberteil und den BH auszuziehen. Dann ließ sie sich wieder zurücksinken. Chase folgte ihr und war nie mehr als ein paar Zentimeter von ihrem Körper entfernt.

„So wunderschön", murmelte er, bevor er sich ihrer rechten Brust widmete.

Sie sah Sterne, als er sie küsste und daran saugte. Sanft und dann härter, bis sie sicher war, dass sie explodieren würde. Zuerst lag sie ganz still, eine willige Gefangene unter seiner Berührung. Doch allmählich, und ohne dass es ihr überhaupt bewusst gewesen wäre, tat sie mehr, als nur auf seine Aufmerksamkeit zu warten. Sie führte das weiche Fleisch ihrer Brust zu seinem Mund. Die andere Hand ließ sie tiefer wandern und ertappte sich dabei, wie sie die Ausbeulung in seiner Jeans mit der Hand berührte. In dem Augenblick, in dem sie es bemerkte, riss sie die Augen auf. Chase' Augenlider schlossen sich dagegen halb. Er senkte die Hüfte hinunter und stemmte sich gegen den Druck, den sie ausübte. Und als er aufhörte, sie zu küssen, war es gerade nur lange genug, um den Knopf seiner Jeans zu öffnen.

Ist das in Ordnung? fragten seine Augen.

Sophie nickte schnell. Es machte ihr fast Angst, wie richtig es sich anfühlte. Wie sehr sie jeden Zentimeter seines heißen, harten Fleisches streicheln wollte.

Womit sie die nächsten Minuten verbringen durfte. Und sie genoss es, um genau zu sein. Sie fühlte sich unglaublich unanständig, aber zur gleichen Zeit auch ach-so-gut. Sie erinnerte sich kaum noch daran, wie sie es geschafft hatte, ihre eigene kurze Hose auszuziehen. Aber da war sie nun, nackt bis auf ihr Höschen, und an den Mann ihrer Träume geschmiegt.

Die Scheune war still – zu still, wenn man bedachte, dass die Hunde unten waren. Hörten sie zu? Sie beschloss, dass es nicht wichtig war. Es zählte nur, dass Chase das Inferno löschte, das tief in ihrem Inneren brannte.

Ja, hätte sie fast gestöhnt, als Chase eine Hand über ihren Bauch gleiten ließ.

Er hielt am Bund ihres Höschens inne und sie stöhnte erneut auf.

Ja. Bitte. Mehr.

Sie war sich ziemlich sicher, dass sie das nicht laut gesagt hatte, aber Chase war so auf sie eingestimmt, dass er nach diesem kurzen Zögern einfach weitermachte und ihr Höschen hinunterzog. Er schob es über ihre Knie und schließlich über ihre Knöchel. Als sie das Höschen abstreifte, legte er seine Hand an die Innenseite ihres Oberschenkels und bewegte sie langsam nach oben, wobei er ihr viel Zeit ließ, nach Luft zu schnappen oder zu protestieren.

Am Ende war sie es, die ihre Beine spreizte, ihm Platz machte und leise nach mehr bettelte. Sie musste ihn allerdings nicht lange bitten, denn in dem Moment, als Chase ihr wortloses *Okay* spürte, beeilte er sich, sie zu befriedigen.

Sie schnappte nach Luft – nicht vor Überraschung, sondern vor schierer Lust. Und als Chase seinen Kopf senkte und seine Lippen um ihre Brustwarzen schloss, während er ihre intimste Stelle mit der Hand erforschte, bäumte sie sich auf dem Bett auf.

„Ja…"

Chase zog seine flache Hand zwischen ihren Beinen auf und ab und ließ sie erbeben. Dann tauchte er einen Finger ein, drang tiefer hinein und ließ ihn kreisen.

Ja, wollte sie schreien. *Ja, ja, ja.* Nicht nur bei diesem speziellen Gefühl – sondern wegen allem. Manchmal musste man wirklich suchen, um die Schönheit im Leben zu finden. Aber in Momenten wie diesen, wenn ihr Herz zum Zerbersten gefüllt war und ihr Blut rauschte, schien die ganze Welt von Güte und Liebe durchdrungen zu sein.

Liebe. Sie schaffte es kaum, das Wort zurückzuhalten. Sicherlich war es noch zu früh, um so weit zu gehen?

Nicht zu früh, sagte eine kleine Stimme. *Du hast lange genug gewartet.*

Und einfach so steigerte sich ihr Verlangen noch weiter und sie fing wieder an, Chase harte Länge zu streicheln. Sie blickte ihrem Geliebten in die Augen, bis sich ihre Bewegungen spiegelten. Er stieß, während sie zog und sie begannen beide zu wippen, als wären sie bereits im ursprünglichsten Tanz der Welt vereint.

„Chase", keuchte sie und hob den Kopf vom Kissen hoch.

Als er aufschaute, warf sie der Blick in seinen Augen fast um. Dieses Begehren. Die animalische Intensität.

Ja? fragten seine hochgezogenen Augenbrauen.

Sie deutete auf den Nachttisch. „Kondom. Bitte. Ich muss dich in mir spüren."

Seine Augen blitzten auf, als er zögernd zum Nachtisch griff. Sie hatte den leisen Verdacht, dass er vielleicht keins hätte. Aber dann erstrahlte sein Gesicht und er zog einen Streifen Kondome hervor. Hatte er vergessen, dass er sie dort drin aufbewahrte?

Sophie war es egal. Sie war eine rollige Katze, und Junge, sie brauchte ihn.

Sie half ihm, ein Kondom aus der Verpackung zu ziehen – und war ihm sehr zu ihrem eigenen Schock sogar dabei behilflich, es über seinen steifen Schwanz abzurollen. So forsch war sie noch nie gewesen.

Sie war ja auch noch nie mit Chase zusammen gewesen, betonte ihr Unterbewusstsein.

Und verdammt, das war die Wahrheit. Kein anderer Mann hatte sie je mit einem so hungrigen, intensiven Blick angesehen. Einem Blick, der versprach, er würde sie vor Lust aufheulen lassen und sie gleichzeitig anbeten. Noch nie hatte sich jemand so bedächtig über ihr in Position gebracht und noch nie hatte sie jemand so angesehen, als wäre sie seine einzige Sorge.

„Ja", hauchte sie und schlang ihre Beine um seine Taille.

„Sophie", flüsterte er und zitterte fast vor Verlangen.

Sie nickte knapp und hoffte, dass er spürte, wie gut sie sich fühlte und wie bereit sie war. Er musste es gemerkt haben, denn einen Moment später zog er sich vorsichtig zurück und stieß tief zu.

Sie umklammerte seine Schultern und schrie auf.

Chase' Lippen kräuselten sich und er schloss die Augen. Spürte er das gleiche brennende, köstliche Feuer wie sie? War sein Puls genauso schnell wie der ihre?

Sein Kehlkopf wippte und er verlagerte sein Gewicht, bevor er die Bewegung wiederholte. Schneller. Härter. Begieriger. Langsam glitt er heraus, nur um kräftig wieder hineinzustoßen.

„Ja", stöhnte sie. Sie wollte ihn nicht sanft. Sie brauchte ihn heiß und hart.

Ja, sie. Das brave Mädchen. Die Stille. Diejenige, die so viel in sich verschlossen hielt. Auch sie hatte ihre Bedürfnisse und sie waren schon so lange aufgestaut gewesen.

„Ja", sagte sie fordernder denn je.

Chase zog ihr rechtes Bein höher an seinen Körper und stieß erneut zu. Sie heulte auf, denn der Winkel verstärkte das lustvolle Vergnügen. Ihr Puls rauschte in ihren Ohren und etwas schimmerte auf ihrer Brust – ihr Schweiß vermischt mit dem Glanz von seinem.

Chase griff nach ihren Händen und hielt sie über ihrem Kopf fest. Das fixierte sie an Ort und Stelle – eine verdammt gute Sache, denn sie hatte angefangen, mit jedem seiner Stöße auf der Matratze nach oben zu rutschen.

Sophie öffnete und schloss ihre Augen. Sie war zwischen zwei Welten gefangen. Oberflächlich betrachtet war der Sex roh und schmutzig. Fast unanständig. Aber sie spürte nichts als Magie. Das und ein schier unstillbares Verlangen. Sie heulte fast, denn so sehr sie von jedem von Chase' harten Stößen berauscht wurde, verlangte ihr Körper doch immer noch nach mehr. Das ultimative, unbeschreibliche Vergnügen war zum Greifen nah und doch irgendwie zu weit weg.

„Bald“, murmelte Chase in einem heiseren Flüsterton. „Bald, meine Liebe.“

Sie atmete aus und zwang sich, sich zu entspannen. Sich mit ihm zu bewegen und die Lust auf natürliche Weise in sich aufsteigen zu lassen, anstatt sie zu erzwingen. Es mussten Sekunden vergangen sein, bevor sie seine Worte registrierte. Meine *Liebe*?

Ein warmer Rausch durchflutete ihren Körper und Chase lächelte sie an. Es war ein Lächeln wie ein Lichtstrahl, der ihr die Gewissheit gab, dass *Liebe* genau das richtige Wort war. Dann wurde er wieder ganz ernst und zog sich zurück.

„Hey“, protestierte sie.

Er schüttelte den Kopf, als würde er sie anflehen, zu verstehen. „So, okay?“

Sie riss die Augen weit auf, als er ihre Beine zu seinen Schultern hob, bis sie fest dort verankert waren. Oh Gott! Wollte er etwa...

„Oh...“ Sie dehnte den Laut über mehrere Silben aus, als er erneut in sie eindrang. Der Winkel war genau richtig und ihre Lust erreichte einen neuen Höhepunkt. Die Hitze in ihrem Körper stieg an wie eine Welle, die sogleich brechen würde.

Chase hielt sie fest und sie erwiderte seine Stöße mit einem inneren Zusammenziehen ihrer Muskeln, dass sie beide aufstöhnen ließ. Ihre getrennten Bewegungen wurden zu einem gleichmäßigen Rhythmus, der jedes normale Bett zum Wackeln gebracht hätte. Gut, dass die Matratze auf dem Boden lag – und nicht nur aus diesem Grund. Sie fühlte sich bereits erhaben, wie sie in diesem luftigen Loft lag – ganz zu schweigen von dem Gefühl, dass sich ein intensiver Orgasmus in ihr aufbaute.

Sie klammerte sich mit den Fingern am Bettlaken fest, als die Hitze zwischen ihren Körpern intensiver wurde.

Ja... Ja..., begann sie zu summen – vielleicht laut, vielleicht aber auch nur in ihren Gedanken.

Chase stieß schneller und tiefer... bis–

Sie heulte auf und erschauderte dann, als tausend Sternschnuppen in ihrem Kopf explodierten.

„Ja!“

Der Damm in ihr brach und ließ die Sehnsucht einer Lust weichen, die größer war als alles, was sie je gespürt hatte. Ein Ansturm von Hitze. Ein Ausbruch von Energie. Das Gefühl, über der Erde zu schweben.

Chase' Griff um sie wurde fester, bis er sich versteifte und einen Augenblick nach ihr kam. Sie beide blieben vollkommen still und bildeten eine lebende, atmende Statue zweier Liebenden auf dem Höhepunkt der Lust. Sophie musterte sich selbst, um den erotischen Anblick in ihrem Kopf zu speichern. Sie betrachtete ihren Körper, der um Chase' Körper geschlungen war. Die Stränge der Muskeln, die sich von Chase' Oberkörper hinunter bis zu seinem Unterleib erstreckten, zu der Stelle, an der sie miteinander verbunden waren. Sie biss sich auf die Lippe. Chase steckte in ihr. Sie konnte die pochende Hitze spüren, die pulsierende Energie. Und darüber hinaus spürte sie eine geistige Verbindung, die völlig einzigartig war.

Ja, flüsterte eine erdige Stimme. *Ihr seid miteinander verbunden. Er ist dein und du bist sein.*

Sie sank in die Matratze und war zu überwältigt, um sich zu fragen, was diese Stimme gewesen sein könnte. Schicksal oder ein Haufen Hormone, die sie über so etwas nachdenken ließen?

Es ist nicht nur irgendjemand, entschied sie und verwarf den Gedanken sofort. *Nur Chase.* Dann wurde ihr bewusst, dass ihre Beine immer noch an seinen Schultern hingen und die völlige Glückseligkeit ihres Orgasmus wich einer gewissen Befangenheit. Oh Gott. Sie sah aus wie jemand auf einer dieser unanständigen griechischen Vasen, die in Museen nicht für die Öffentlichkeit ausgestellt wurden.

Einen Augenblick lang drohte ihre Unsicherheit sich wieder einzuschleichen, aber als Chase sein Kinn mit einem Blick der völligen Verzückung an der Innenseite ihres Oberschenkels rieb, verschwanden ihre Zweifel. Sie fühlte sich gut, verdammt noch mal. Besser als je zuvor. Warum sollte sie deswegen schüchtern sein?

Sie kicherte, was Chase dazu brachte mit diesem Ausdruck, den sie so liebte, aufzublicken.

Du bist so witzig, schienen seine Augen zu sagen. *Ich mag dich vielleicht nicht verstehen, aber ich liebe alles an dir.*

„Was?“, murmelte er in einem tiefen, heiseren Ton. Ein Klang reiner männlicher Befriedigung.

„Das kitzelt.“ Sie lachte. „Aber es gefällt mir.“

Ein Grinsen breitete sich auf seinem Gesicht aus – allmählich, wie die Morgendämmerung und genauso hell und geheimnisvoll. „Mir gefällt es auch.“

Er rieb noch ein wenig weiter und ließ sie dann langsam los, bis sie nebeneinanderlagen. Der Deckenventilator drehte sich leise über ihnen und kühlte ihre Haut. Draußen zirpten die Grillen und die Bäume wiegten sich in der Meeresbrise. Chase rollte sich weg, entsorgte das Kondom und zog sie anschließend in eine enge Umarmung. Gesicht zu Gesicht und Brust an Brust klemmten sie das Medaillon zwischen sich ein.

„Das fühlt sich so gut an“, seufzte sie schließlich. „Da wäre nur eine Sache.“

Er spannte sich an, als hätte er Angst, ihr nicht jeden Wunsch erfüllt zu haben. „Was?“

Sie streichelte ihm über die Wange. „Warum haben wir das nicht schon früher getan?“

Zunächst war sein Gesichtsausdruck leer, aber dann brachen sie beide gleichzeitig in Gelächter aus.

„Witzig“, murmelte Chase und zog sie fester an sich. „Ich habe mich das Gleiche gefragt.“

Kapitel 12

Chase schlang seine Arme um Sophie und hielt sie fest. Ganz nah, so wie man es mit einem Traum tat, den man nicht entwischen lassen wollte. Es gab so vieles, was er ihr sagen musste – und so vieles, was er von ihr hören wollte. Im gleichen Moment genoss er jedoch die süße Stille. Er hatte seine Gefährtin. Was brauchte er mehr?

Dennoch war ihm klar, dass die Worte früher oder später gesagt werden mussten. Sophie hatte recht damit, dass sie zu lange gewartet hatten, miteinander zu schlafen. Hatte er auch zu lange gewartet, um ihr von seinem inneren Wolf zu erzählen?

„Sophie", flüsterte er und nahm all seinen Mut zusammen, um endlich alles auszuspucken.

Sie lächelte ein süßes, zufriedenes Lächeln, wie eine Person, die sich noch nie zuvor so befriedigt gefühlt hatte. „Ja?"

Gott, er liebte sie. Sollte er damit anfangen?

Er küsste ihre Schulter, dann ihr Schlüsselbein und schließlich den Ansatz ihrer Brust. Zum Teil, um Zeit zu gewinnen, und zum Teil, weil er es endlich tun konnte. All ihre herrlichen Kurven und die glatte Haut, nackt und bereit für ihn zum Erkunden…

Ihr Medaillon ruhte zwischen ihren Brüsten und ihre Augen strahlten, als sie nach unten blickte. Er ließ sein Kinn auf ihrer Brust ruhen und schaute zu ihr auf. Dies war eine ganz neue Perspektive, mit der er sich stundenlang vertraut machen könnte.

Ihre langen, dunklen Haare lagen ausgefächert auf dem Kopfkissen und lockten sich in diese und jene Richtung. Er zwirbelte eine Strähne um seinen Finger.

„Das wollte ich schon immer einmal machen", gab er zu.

Sophie biss sich auf die Lippe. „Ich auch. Ich meine, ich wollte, dass du es machst."

Sanft kämmte er mit den Fingern durch eine lange Locke ihres Haares, bis sie auf ihrer Brust anstatt auf dem Bettlaken lag. Was nicht die beste Idee war, wenn er ihr doch eigentlich die Wahrheit sagen wollte, denn es führte nur dazu, dass er seinen Blick über den Rest ihres Körpers wandern ließ und wieder abgelenkt wurde.

Später reden. Jetzt lieben, murmelte sein Wolf aus seinem faulen, postkoitalen Dämmerzustand.

Und einfach so spielte er in Gedanken alles noch einmal ab. Die Ekstase. Die Intensität – so sehr, dass er sich sogar vorstellte, eine mystische Kraft würde sie beide antreiben. Das überwältigende Hoch und das unglaubliche Nachglühen.

Noch einmal, bettelte sein Wolf. *Lass es uns noch einmal tun.*

So verlockend dies auch war, schüttelte er den Gedanken doch ab. Er musste mit Sophie sprechen. Die Sonne war längst untergegangen und draußen ging der Mond auf – eine passende Kulisse für das, was er ihr zu sagen hatte. Aber Sophie begann zu sprechen, bevor er es konnte, und er konnte es nicht ertragen, sie zu unterbrechen.

„Ich habe das Gefühl, dich schon ewig zu kennen", flüsterte sie und berührte seine Wange.

Das ist das Schicksal, wollte er sagen.

„Als ob ich mich für dich aufgespart hätte, schon damals, als ich in Maine und Vermont lebte…"

„Vermont?"

Sie nickte. „Freunde von Freunden hatten dort eine Farm und sie haben mir einen Job angeboten." Ihr Lächeln wurde breiter. „Sie hatten von allem ein bisschen. Gemüse, Blumen, sogar Alpakas."

Er lachte. „Alpakas?"

Sie nickte. „Ich habe es dort geliebt. Ich hatte ein Gewächshaus ganz für mich allein." Ihr Blick wanderte zum Fenster hinüber und sie lachte unverhohlen. „Sozusagen das Gegenteil von Maui. Hier braucht man keine Gewächshäuser, nicht wahr?"

Er lachte leise. Ja, auch dort wo er aufgewachsen war, war es ganz anders als hier. Er schnupperte tief und fragte sich, was das Schicksal für ihn bereithielt. Ein nettes, ruhiges Leben auf Maui mit Sophie oder das Leben eines umherziehenden Wolfes draußen in der Wildnis?

Er hielt ihre Hände fest, als ob sich das Schicksal heranschleichen und Sophie wegstehlen könnte.

„Wenn du alles tun könntest, was du willst, was wäre es?“, flüsterte er.

Sophie lächelte schüchtern. „Ganz ehrlich, mag ich mein jetziges Leben. Ich arbeite gern im Smoothie-Wagen und ich liebe Maui. Ich liebe...“ Ihre Stimme stockte und für die Dauer eines Herzschlags dachte Chase, sie würde den Satz mit *dich* beenden. *Ich liebe dich.* Aber stattdessen sprach sie schnell weiter. „Dich zu sehen. Ich liebe es, dass ich dich jeden Tag sehen kann.“

„Das liebe ich auch.“ Er zog ihre Hände dicht an sein Herz.

Für die nächsten paar Sekunden blieben sie ganz regungslos und schauten sich in die Augen.

Ich liebe dich, übte Chase in Gedanken zu sagen. *Ich liebe dich.* Warum war es so schwer, das auszusprechen?

Vielleicht weil diese Worte überstrapaziert waren. Er hatte es die Menschen schon tausendmal sagen gehört und es war nicht immer aufrichtig gewesen. Trotzdem. Er meinte es ernst. *Ich liebe dich, Sophie. Mehr, als ich es sagen kann.*

Aber alles, was er tatsächlich herausbekam, war: „Das ist alles, was du willst?“

Sophie brach in Gelächter aus und tätschelte ihm spielerisch den Arm. „Das reicht mir schon, Mister. Nun, okay“, gab sie zu, „ich hätte auch nichts dagegen, einen Gemüsegarten zu haben.“

Chase grinste und streichelte mit seinem Daumen über ihre Wange. Manche Frauen träumten von Diamanten und Ruhm. Sophie wollte einen Garten.

Ich grabe ihr einen um, erklärte sein Wolf. *Es wird der beste, verdammte Garten der Welt. Genau hier.*

„Vergiss die Bücher nicht“, fügte er hinzu.

Ihr Blick wanderte zu den Bücherregalen und Chase fragte sich, ob sie sich vorstellte, hier mit ihm zu leben. Oder war das nur Wunschdenken seinerseits?

Sophie nickte. „Ganz viele Bücher und Zeit, sie zu lesen." Dann zappelte sie ein wenig in seinen Armen und schaute ihm in die Augen. „Was ist mit dir? Wenn du alles tun könntest, was wäre es?"

Ich würde mich mit dir verpaaren, sagte sein Wolf sofort.

„Ich schätze, ich würde mir einen Job in Lahaina suchen und mir jeden Tag einen Smoothie kaufen."

Ihr Lächeln wurde breiter. „Du magst diese Smoothies, was?"

Er schüttelte den Kopf. „Nein. Ich meine, ja. Aber hauptsächlich mag ich dich." Dann schüttelte er den Kopf. „Es ist mehr als nur mögen, Sophie." Sein Mund wurde trocken, aber er fuhr trotzdem fort. Wenn nicht jetzt, wann dann? „Sophie, ich liebe d–"

Sie drückte einen Finger auf seine Lippen und schloss die Augen. „Ich würde dich das wirklich gern sagen hören", flüsterte sie und sah dabei wehmütiger aus, als er sie je zuvor gesehen hatte. „Mehr als alles andere. Aber ich glaube... " Sie stockte, räusperte sich und fing noch einmal an. „Ich glaube, ich sollte dir zuerst alles über mich erzählen. Nur für alle Fälle."

Er hasste den Zweifel in ihrer Stimme. Nichts auf der Welt würde seine Liebe zu ihr erschüttern. Wusste sie das nicht?

Andererseits konnte er es nur allzu gut nachvollziehen. Er musste Sophie ebenfalls von seiner Gestaltwandlerseite erzählen. Also holte er tief Luft und öffnete den Mund, um darauf zu bestehen, dass er zuerst sprach. Aber von unten ertönte ein leises Klopfen und die Hunde begannen, hysterisch zu bellen. Darcy sprang gegen die Tür und Sophie setzte sich auf und presste die Decke an ihre Brust.

„Coco! Darcy! Boris! Aus!", rief sie.

Chase seufzte. Es war nicht die Schuld der Hunde. Es war Connors Schuld, der vorbeigekommen war. Was könnte sein Bruder in einem solchen Moment wollen?

Aus dem Bett aufzustehen, war noch nie eine solche Qual gewesen, denn Sophie war da und er wollte nicht gehen. Aber er stand widerwillig auf und zog sich seine Hose an. „Ich bin gleich wieder da.“

Sophie nickte und sah genauso traurig aus, wie er sich fühlte. Es war gut, dass sich die Matratze dicht an der Kante des Lofts befand und dass die Treppe so steil war. Die einzige Möglichkeit, hinunterzuklettern, war mit dem Gesicht nach innen, wie bei einer Leiter. Als er die dritte Stufe erreicht hatte, hielt er in inne, um sie zu küssen.

„Schön“, murmelte sie.

Er grinste. „Wirklich schön. Ich bin gleich wieder da, in Ordnung?“

Sie nickte und er kletterte mit vorsichtigen Schritten hinunter. Die Hunde wuselten am unteren Ende der Treppe herum und bellten, um ihn auf den Eindringling vor der Tür aufmerksam zu machen, als ob er ihn nicht selbst bemerkt hätte.

„Guter Hund.“ Er beugte sich hinunter, um denjenigen Hund zu streicheln, der ihm zuerst zwischen die Finger kam.

Es war verrückt, wie aufgeregt die Hunde waren, als hätten sie dies bereits als ihr Zuhause akzeptiert und müssten es um jeden Preis verteidigen. Und es war genauso verrückt, wie normal sich das alles für ihn anfühlte – Sophie in seinem Bett und die Hunde hier in seinem Haus zu haben. Als wären sie bereits eine große glückliche Familie, die schon seit Jahren zusammenlebte.

Er stoppte den Gedanken, bevor sein Wolf damit durchgehen konnte, und wandte sich der Tür zu.

„Schon gut“, befahl er. „Beruhigt euch.“

Sie gehorchten – sogar Darcy, obwohl es dazu eines gezielten Blickes bedurfte – und Chase riss die Tür auf, um Connor zu begrüßen.

„Ähm, hi.“ Sein Bruder stand einen Meter von der Türschwelle entfernt. Ja, Connor schien genau zu wissen, wie beschissen sein Timing war.

Chase trat mit einer Grimasse hinaus und schloss die Tür, sobald sich die Hunde ebenfalls hinausgequetscht hatten. Sie stürmten alle nach vorn und schnüffelten an Connors Füßen.

Connor fluchte und wich einen Schritt zurück. „Bist du dabei, dein eigenes Rudel zu bilden?“ Dann warf er Darcy einen bösen Blick zu, der knurrend an der Eingangstür stand. *Hör auf damit oder ich mache einen Hotdog aus dir.*

Darcy schaute Chase erschrocken an.

Chase nickte dem kleinen Hitzkopf zu. *Drachengestaltwandler. Pass auf.*

Der arme Hund sah ein wenig erschüttert aus, aber er stand seinen Mann und ließ die Welt wissen, dass er sein Frauchen bis zu seinem letzten Atemzug verteidigen würde.

„Du bist ein zähes kleines Kerlchen, nicht wahr?“ Connor grinste. Der Ausdruck verblasste jedoch, sobald er zur Sache kam. „Hör mal, es tut mir leid, dass ich euch störe.“

Chase machte sich nicht die Mühe, seinen Unmut zu verbergen. Connor mochte vielleicht der älteste Bruder und der Anführer ihres Rudels sein, aber das hier war Chase' Zuhause und er hatte seine Gefährtin dort drin. Sein zerzaustes Haar und die nackte Brust verrieten, was er und Sophie getrieben hatten, aber er ignorierte Connors wissenden Blick.

„Was ist los?“

„Nur eine Vorwarnung.“ Connor warf einen Blick auf ein geöffnetes Fenster und zog Chase dann so weit davon weg, dass das Geräusch der fernen Brandung ihre Stimmen übertönte. „Wir haben gerade erfahren, dass Moira auf dem Vormarsch ist.“

Der Wind peitschte um Chase' Beine und ließ ihm das Blut in den Adern gefrieren. Moira, die skrupellose Drachendame, die einen Rachefeldzug gegen die Gestaltwandler von Koa Point führte?

„Was hat sie denn jetzt vor?“

Connor fuhr sich mit der Hand durch die Haare. „Wir wissen nur, dass einige ihrer Söldner einen Flug nach Oahu gebucht haben.“

Chase schaute zurück zur Scheune und obwohl er Sophie nicht sehen konnte, konnte er sie dort spüren. Sein Körper sehnte sich danach, an ihre Seite zurückzukehren.

Um sie festzuhalten, knurrte sein Wolf. *Um sie zu beschützen und nie wieder alleinzulassen.*

Chase seufzte. Wenn die Welt doch nur der sonnige Ort sein könnte, an den Sophie so sehr glauben wollte.

„Ist es der Drachentöter, über den wir ständig Gerüchte hören?", fragte er. Connor runzelte tief die Stirn und sah dadurch ein ganzes Jahrzehnt älter aus als sonst. „Vielleicht, vielleicht aber auch nicht. Möglicherweise nur ein anderer Gestaltwandler. Wir hoffen, dass es falscher Alarm ist, aber... "

Chase verzog das Gesicht. Mit Hoffnung kam man nur so weit. Der Rest war reine Beinarbeit. Aber verdammt, er schaute seinen Bruder resigniert an. „Wofür brauchst du mich?"

Connor klopfte ihm in einer freundschaftlichen Geste auf die Schulter. „Im Moment für nichts. Jenna und ich fliegen nach Oahu, um Moiras Männer im Auge zu behalten. In der Zwischenzeit werden die anderen weiter unseren Spuren nachgehen. Also habt ihr wenigstens diese Nacht." Connors Blick wanderte zurück zum Haus. „Aber als faire Warnung – du musst morgen früh bereit sein, wenn wir dich brauchen."

Chase nickte grimmig. Sie hatten das Militär vielleicht verlassen, aber manche Dinge änderten sich nie, besonders in der dunklen und gefährlichen Welt der Gestaltwandler.

Connor musterte ihn genau und beugte sich dann vor, um ihm etwas zuzuflüstern: „Es gibt noch etwas."

Chase blinzelte seinen Bruder an und wartete auf die Bombe, die sein Bruder gleich platzen lassen würde.

„In Bezug auf Sophie", sagte Connor. „Ich weiß, dass du nicht wolltest, dass wir ihren Hintergrund prüfen, aber das hier kam gerade von der Polizei zurück. Ihr Nachname ist nicht Wilkins. Er lautet Brenner. Wusstest du das?"

Chase innerer Wolf knurrte. *Wen kümmert Sophies Name? Wir wissen, dass sie unsere Gefährtin ist.*

Er schüttelte den Kopf und weigerte sich, den Köder zu schlucken. „Und wenn schon? Vielleicht will sie ihre Ruhe haben. Vielleicht ist sie auf der Flucht."

„Vielleicht versteckt sie sich", fügte Connor mit strengem Blick hinzu.

„Was, so wie Jenna, als sie hierherkam?" Chase' Wangen röteten sich.

Connor hob die Hände. „Hör mal, ich verurteile sie nicht. Aber es ist etwas, dessen du dir bewusst sein solltest."

Oh ja, Chase war sich einer Menge Dinge *bewusst* – zum Beispiel, wie sehr er versucht war, Connor eine reinzuhauen. Welches Recht hatte sein Bruder, sich in Sophies Angelegenheiten einzumischen?

„Ich sage ja nur, dass manche Dinge nicht so sind, wie sie erscheinen. Vielleicht müsst ihr beide euch mal unterhalten", sagte Connor.

Chase knirschte mit den Zähnen. Er war gerade dabei gewesen, genau das zu tun, als Connor aufgetaucht war. Verflucht sollte er sein!

Dann fing er sich wieder. Sein Bruder versuchte nur zu helfen. „Was ist mit der Kugel, die wir aus der Wand des Smoothie-Wagens gezogen haben?"

„Sieht aus, als wäre sie aus einem Steyr abgefeuert worden, aber das ist bis jetzt alles, was wir haben."

Chase runzelte die Stirn. Steyr waren bekannte Scharfschützengewehre – und jemand hatte mit einem auf Sophie gezielt?

„Was habt ihr über diesen David herausgefunden?", fragte er.

„Daran arbeiten wir noch", sagte Connor. „Er und sie sind wirklich am selben Ort aufgewachsen und sie sind tatsächlich getrennte Wege gegangen. Wir versuchen immer noch, herauszufinden, was David in letzter Zeit so getrieben hat. Aber Chase. Ich will dich nur warnen. Sophie hat eine verdammt durchgeknallte Familie."

Chase verzog das Gesicht. „Was, so wie unsere?"

Connor lachte unverhohlen und klopfte ihm auf die Schulter. „Damit hast du recht, kleiner Bruder." Dann deutete er mit dem Kinn in Richtung Haus. „Hör mal, ich will dich nicht aufhalten. Du hast heute Nacht. Aber morgen früh… " Seine Stimme klang warnend.

Chase atmete tief durch. Die Pflicht rief – mal wieder. Nun, er wäre bereit, so wie immer. In der Zwischenzeit hatte er Zeit, sich seiner Gefährtin zu widmen.

Er nickte langsam. „Sag den anderen, sie sollen mich holen, sobald sie etwas haben.“

Aber keine Sekunde früher, knurrte sein Wolf.

Connor blieb stehen. Er hatte alles gesagt, was er sagen wollte, war jedoch immer noch nicht bereit, zu gehen. Auch Chase war noch nicht bereit dazu. So sehr er sich auch danach sehnte, zu Sophie zurückzukehren, musste er doch an seinen Bruder denken. Im schlimmsten Fall könnten Connor und Jenna in einen erbitterten Drachenkampf verwickelt werden.

Chase schwankte an Ort und Stelle und sprach schließlich. „Pass auf dich auf, Mann. Sei vorsichtig.“

Es erinnerte ihn auch an die Armee. Die kleinen Abschiede. Die riesigen, unausgesprochenen Ängste. Wie oft war *Es ist wahrscheinlich nichts* zu den berühmten letzten Worten geworden?

Connor ließ ein freches Lächeln aufblitzen. „Das sollte mein Satz sein.“

Und auch das erinnerte ihn an das Militär. Die Tapferkeit. Das *Keine Sorge, ich schaffe das schon.*

Chase wollte seinem Bruder auf den Arm klopfen, aber es wurde zu einer Umarmung. Nur kurz, für alle Fälle. Connors kräftige Arme drückten ihn so fest wie eine Boa, bevor er ihn losließ.

„Igitt. Ich rieche Sex.“ Connor scheuchte ihn mit einem breiten Grinsen zurück in die Scheune. „Geh zurück zu deiner Gefährtin, wo du hingehörst.“

Chase konnte sich das Grinsen nicht verkneifen. Seine Gefährtin. Gott, er liebte den Klang dessen.

Connor stapfte den Weg entlang, aber Chase rief ihm von der Haustür aus nach. „Hey.“

Connor drehte sich mit einem erwartungsvollen Blick um.

„Sag den Jungs – und den Mädels – danke von mir. Für alles.“

Connor grinste. „Die Zierkissen waren nicht meine Idee.“ Dann fügte er in einer mentalen Nebenbemerkung hinzu, *Aber die Kondome...*

Chase räusperte sich und machte eine Show daraus, die Hunde zurück ins Haus zu scheuchen. Manchmal trieben ihn seine Brüder in den Wahnsinn. Zu anderen Zeiten wollte er sie geradezu küssen. Die meiste Zeit war es eine Mischung aus beidem.

Er lächelte. Eine verrückte Familie.

Der Gedanke ließ sein Lächeln verblassen und es wurde durch ein Stirnrunzeln ersetzt. Was hatte Connor über Sophie gesagt?

Eine Wolke schob sich vor den Mond – eine von vielen, wie er feststellte. Veränderung lag in der Luft. Er betrat das Haus mit noch immer nachdenklich gerunzelter Stirn. Sophie war die Treppe hinuntergestiegen und wartete auf ihn. Er konnte nicht anders, als sofort wieder zu lächeln.

„Ist alles in Ordnung?“ Sie schaute besorgt hinaus.

Mehr als in Ordnung, knurrte sein Wolf. Sophie trug das Hemd, das er vor nicht allzu langer Zeit abgeschüttelt hatte – und sonst nicht viel. Er atmete tief ein und liebte es, wie sich ihre Gerüche vermischt hatten.

Er näherte sich ihr für eine Umarmung. Eine verdammt gute Umarmung, wie sich herausstellte, denn die Schüchternheit zwischen ihnen war verschwunden. Nun ja, größtenteils zumindest. Sophie wurde rot, so wie sie es immer tat, und auch sein Gesicht erhitzte sich. Jetzt wusste er, warum seine Brüder und Dell in der Nähe ihrer Gefährtinnen immer so dämlich aussahen. Sie waren absolut, total, hoffnungslos verliebt. Genau wie er.

„Ich muss mich morgen früh wahrscheinlich um ein paar Dinge kümmern.“ Er schmiegte seine Wange in ihr seidiges Haar. „Aber wir haben heute Nacht.“

„Noch keine Spur vom Schützen?“ Ihre Stimme schwankte und ihr Griff um seine Schultern wurde fester.

„Sie verfolgen ein paar Spuren, aber im Moment noch nichts.“ Chase ließ ein paar Augenblicke verstreichen und überlegte, ob er jetzt zu diesem Gespräch übergehen sollte. Aber er war immer noch zu nervös nach Connors Warnungen und sein innerer Wolf pirschte auf und ab. „Willst du einen Bissen?“

Er meinte die Lebensmittel, aber sein Wolf schoss ihm ein lustvolles *Ja* zurück. *Einen Paarungsbiss.*

„Gern", sagte Sophie und klang froh über die Ablenkung.

Gemeinsam stöberten sie durch die Leckereien – frisches Brot, Käse und Schinken – und aßen dann an der Küchentheke. Die Hunde saßen in einer ordentlichen Reihe da und machten eine Show daraus, wie brav sie sein konnten, während sie darauf hofften, ein paar Leckerbissen zu erhaschen. Chase war hin- und hergerissen, ob er sie in strenger Alphamanier einfach wegscheuchen oder ob er sich ein Herz nehmen sollte. Diese Streuner waren Sophies einziger Trost gewesen, bevor er aufgetaucht war, und sie hatten ihr das Leben gerettet. Dafür war er ihnen auf ewig zu Dank verpflichtet.

Er schnippte Darcy ein kleines Stück Wurst zu. *Dafür, dass du dich gut um meine Gefährtin gekümmert hast.*

Du meinst, mein nettes Frauchen, schnaufte der kleine Hund zurück.

Chase ließ es ihm durchgehen. Es gab schon genügend Konflikte auf der Welt. Kein Grund, noch einen weiteren hinzuzufügen.

„Oh, sieh mal." Sophie zog einen Behälter aus dem Korb. „Erdbeeren. Lecker."

Chase lächelte. Damals beim Militär versuchten die Jungs, sich gegenseitig zu helfen, die Gefahren der Außenwelt zu vergessen, aber es war schwer gewesen. Sophie hingegen konnte ihn seine Gedanken mit nur wenigen Worten vergessen lassen.

Sie streckte ihm eine Erdbeere entgegen und er aß sie aus ihrer Hand. Soviel zum Thema ein knallharter Alpha zu sein.

„Lecker, was?" Sie lachte.

Er schloss die Augen und verbarg seinen Blick. Oh ja, es war allerdings lecker. Nicht nur wegen des Beerengeschmacks, sondern wenn er sich daran erinnerte, wie er vor Kurzem mit seinen Lippen über ihren Körper geglitten war. Ihren Mund... ihren Hals... ihre Brustwarzen...

Er drehte sich seitlich, um seinem steifer werdenden Schwanz mehr Platz zu verschaffen.

„Willst du noch eine?", fragte sie.

Er riskierte einen Blick in ihre Richtung. Hörte er da etwa Neckerei in ihrer Stimme?

Sophies Augen schauten vergnügt und ihre Wangen waren knallrot. Oh ja, sie hatte ihn allerdings geneckt.

„Sicher." Seine Stimme war verdammt heiser, so wie sie immer klang, nachdem er sich aus seiner Wolfsform zurückverwandelt hatte.

Sophie hielt ihm eine weitere Erdbeere hin und griff nach dem Stiel, während er zubiss.

Sie will mich eindeutig necken. Sein Wolf leckte sich die Lippen.

Er behielt seinen Blick die ganze Zeit auf Sophie gerichtet und versuchte, das Glühen der Lust aus seinen Augen fernzuhalten. Ein aussichtsloser Kampf, denn verdammt. Er war knochenhart und sein Puls raste wie wild. Es dauerte nicht lange und schon hatte er Sophie gegen den Küchentisch gepresst und drückte seine Lippen an ihr Ohr.

„Brauchst du mehr Platz?", flüsterte er und hoffte verzweifelt, dass sie Nein sagen würde.

Sie ließ ihre Hände über seinen Hintern gleiten. „Ich brauche weniger Platz."

Ein Prickeln der Erregung schoss durch seine Adern.

„Wie ist das?" Er hievte sie auf den Küchentisch und trat in den Zwischenraum ihrer Knie.

„Perfekt", hauchte sie. Sie spreizte ihre Finger über seinem Bauch und spielte mit ihrem Daumen an seinem Nabel.

Er biss sich auf die Lippe, griff hinter sie und schob alles zur Seite – den Korb mit den Lebensmitteln, den Toaster, alles. Die Salz- und Pfefferstreuer rutschten vom hinteren Ende der Theke hinunter und schreckten die Hunde auf.

„Chase!", mahnte Sophie, aber ihre Augen funkelten.

„Sophie", knurrte er und bedeckte ihren Mund mit seinen Lippen.

Dieser Kuss war heißer und hungriger als je zuvor. Er schmiegte sich enger an sie, um sie spüren zu lassen, wie hart er für sie war.

„Und wie ist das?" Er glitt mit den Lippen über ihren Hals.

Ein winziges Stöhnen entwich ihrem Mund und sie warf den Kopf zurück. „Sogar noch besser."

Er hätte gelacht, aber er war zu beschäftigt. Ihr Haar und ihre glatte Haut. Wo sollte er anfangen?

Sein Wolf gab ein kleines Schnaufen von sich. *Ist das nicht offensichtlich?*

Er bewegte sich langsam und schob seine Hände einen köstlichen Zentimeter nach dem anderen an ihrem Oberschenkel hinauf. Er rollte den Rand des Hemdes hoch, das sie kaum bedeckte.

Im Raum war es still und die Hunde hatten sich in eine entfernte Ecke der Scheune zurückgezogen. Sophie spreizte ihre Beine breiter, um ihn zu sich einzuladen.

„Mir ist eine neue Antwort eingefallen", murmelte sie und warf den Kopf zurück.

Er schaute auf. „Worauf?"

Sie schnappte nach Luft, als er sie mit dem Daumen zwischen den Beinen berührte. Dann schluckte sie ein paarmal und sprach mit zittriger Stimme. „Wenn ich tun könnte, was ich wollte, würde ich das hier machen. Genau das." Sie strich mit den Fingern durch sein Haar und drängte sich seiner Hand entgegen.

Chase kratzte mit den Zähnen über ihren Hals und atmete tief ein. So viele Möglichkeiten. So viele Belohnungen. Aber wenn er die Dinge zu schnell anging, würde Sophie dann zurückschrecken?

„Mehr", protestierte sie, als er innehielt.

Sein Wolf trieb ihn weiter an. *Es wird ihr gefallen. Ich schwöre es.*

Und Chase, der Narr, hörte auf ihn. Er zog ihr Hemd ein wenig höher und trat von der Theke zurück, ohne seine Lippen von ihrem Körper zu lösen. Er tauchte tiefer und tiefer hinab, griff nach ihren Schenkeln und betete, dass sie ihn nicht aufhalten würde.

„Schön", flüsterte sie.

Als er die Oberseite ihres Oberschenkels küsste, führte Sophie seinen Kopf zu ihrer Mitte. Sie lehnte sich zurück, um ihm mehr Raum zu geben, und hielt den Atem an.

Sanft berührte er ihre Weiblichkeit, aber sobald ihr süßer Geschmack auf seine Zunge traf...

„Oh ja…“, stöhnte sie und zog ihn eng an sich.

Ganz der wilde Wolf leckte er fest und tief.

Er drückte ihr weiches Fleisch mit den Daumen auseinander und war fest entschlossen, sie so heftig und so schnell wie möglich kommen zu lassen. Und die ganze Zeit über wimmerte Sophie unter seiner Zunge.

Ja, knurrte sein Wolf. *Bringe unsere Gefährtin zum Höhepunkt…*

Einen Moment später schrie Sophie auf. Jeder Muskel in ihrem Körper spannte sich an und er hielt sie fest, während er noch immer weiterleckte.

„So gut…“, flüsterte sie und wurde in seinen Armen schlaff.

Er stützte sie ab und zuerst war es, als würde man eine Stoffpuppe halten. Allmählich jedoch richtete sich Sophie auf und ihre Augen wurden wieder klarer. Er hatte sie noch nie so ruhig gesehen. Liebevoll. Gelassen.

Dann stieg die Röte in ihre Wangen und ihre Augen strahlten heller.

„Das war gut für mich. Aber du Armer“, gurrte sie und ließ einen verführerischen Finger über seinen Schwanz gleiten.

„Ja, ich Armer“, stöhnte Chase. „Die Kondome sind weit weg dort oben.“ Er lehnte sich über ihre Schulter, während sein Schwanz schmerzhaft zuckte.

Sophie räusperte sich zaghaft. „Die meisten Kondome sind dort oben. Aber wenn du genau hinsiehst…“

Er schaute auf, als sie die Brusttasche des Hemdes tätschelte. Die Frau war ein Genie.

Sie führte seine Hand an ihre Brust, bis all die weiche Pracht seine Handfläche wärmte. Und in der Mitte… Er griff hinein und zog das Folienpäckchen heraus.

„Gut, dass jemand mitgedacht hat.“ Sophie klimperte mit den Wimpern.

Er riss das Päckchen auf, hielt dann inne und bot es ihr an. Sie nahm das Kondom nicht, hielt ihre Hände jedoch über seinen, während er es überzog.

„Und woran genau hast du gedacht?“, fragte er mit stockendem Atem.

Sie zog sich das Hemd über den Kopf aus – langsam, um ihm genug Zeit zu geben, sich an ihr sattzusehen. Dann schlang sie die Beine um seine Taille und ihre Arme um seine Schultern, um ihn ganz nah zu spüren. Ihre Brustwarzen berührten seine Brust und ihr seidiges Haar kitzelte sein Schlüsselbein. Und als wäre das noch nicht genug, streichelte sie seine Ohren, was seinen inneren Wolf wirklich wild machte.

„Ich habe gedacht, dass du auch etwas Spaß verdienst", flüsterte sie.

Chase bewegte seinen Kiefer ein paarmal hin und her. *Spaß* war nicht das richtige Wort für all die Emotionen, die in seiner Brust aufstiegen, und auch nicht für das schiere körperliche Bedürfnis, mit dem sein Körper bebte. Aber Worte waren nicht sein Ding. Taten waren es.

Er zog sie näher heran und biss die Zähne zusammen, als sie seinen steifen Schwanz in sich aufnahm. Langsam, so dass sie das herrliche Brennen auskosten konnten.

Sie keuchte in sein Ohr. „Tiefer."

Ihre Worte waren eher ein Befehl als Dirty Talk. Er stieß nach vorn und unterdrückte ein Stöhnen. Sie war so nass und so weich um ihn herum. So eng und gleichzeitig dehnbar. Er zog sich zurück und stieß dann wieder hinein, was sie aufstöhnen ließ.

„Oh!"

Er kniff die Augen zu Schlitzen zusammen, blinzelte jedoch weiter auf ihr Gesicht und beobachtete, wie sich ihr Ausdruck veränderte. Zuerst konzentriert und dann immer verzückter. Schon bald keuchten sie beide, klammerten sich aneinander, stöhnten...

Sophie, wollte er heulen. *Du bist meine Gefährtin. Du bist mein Ein und Alles.*

Seine Eckzähne schmerzten und wollten sich verzweifelt verlängern, aber das war das Einzige, was er zurückhielt. Dem Bedürfnis, sie zu befriedigen, ließ er jedoch freien Lauf. Dem Instinkt, sie mit seinem Duft zu markieren. Dem dringenden Verlangen, seine Frau auszufüllen, wieder und immer wieder...

Ihr Körper spannte sich an – ein Zeichen, dass sie gleich zum Höhepunkt kommen würde, und er timte seinen härtesten

Stoß so, dass sie beide gleichzeitig kamen.

„Ja. . . “, stöhnte sie und krampfte sich um ihn zusammen.

Ja, zischte sein Wolf, als er sich tief in ihren Körper ergoss.

Adrenalin schoss durch seine Adern und er stand still wie eine Statue, um die Glückseligkeit vollkommen zu genießen. Als Sophie in einem Nachbeben aufschrie, stieß er ein weiteres Mal zu. Und als sie in seinen Armen zusammensackte, zwang er seine steifen Glieder, sich zu lösen und sie zu umarmen. Sein Brustkorb hob und senkte sich mit jedem hektischen Atemzug. Sophie hielt ihn fest, drückte ihr Kinn an seine Schulter und spreizte die Finger über seinen Rücken. Eine warme Träne kullerte über seine Haut, gefolgt von einer weiteren und er löste sich von ihr. Oh Gott! War er zu grob gewesen? Zu schnell? Zu tief?

Sophie wischte sich mit der Hand über die Augen und lächelte. „Es tut mir leid. Es geht mir gut.“ Sie vergrub ihren Kopf an seiner Schulter. „Es geht mir mehr als gut. Auf vielerlei Weise. . . “

Er schlang seine Arme fest um sie, so dass sie sich überkreuzten. Dann schmiegte er sich an ihr Ohr. „Ich weiß, was du meinst.“

„Weißt du es wirklich? Weil ich mich noch nie so gut gefühlt habe.“ Sie ließ sich von ihm in seinen Armen wiegen.

Chase atmete ihre vermischten Düfte ein und spürte, wie pure Zufriedenheit seine Knochen wärmte. „Ich auch nicht“, flüsterte er. „Ich auch nicht.“

Kapitel 13

Sophie drehte sich langsam um und hatte kaum die Augen geöffnet, bevor sie sie schon wieder schloss. Es war morgens – so viel konnte sie sagen –, aber sie hatte Angst, dass die vergangene Nacht nur ein Traum gewesen war. Was wäre, wenn sie nicht gerade die beste Nacht ihres Lebens in den Armen eines perfekten Mannes verbracht hatte?

Aber das Gewicht auf ihrem Bein gehörte keinem der Hunde, die sich an sie schmiegten, und sie bildete sich die kräftigen, drahtigen Finger auch nicht ein, die in ihren verschlungen waren. Langsam öffnete sie die Augen. Dann schloss sie sie wieder und atmete erleichtert aus. Sie war wirklich an Chase gekuschelt und sie hatte tatsächlich die Nacht mit ihm in diesem gemütlichen Loft verbracht.

Die Uhr zeigte kurz nach sechs. Chase hatte sie von hinten umarmt und döste friedlich vor sich hin. War er erschöpft oder würde er voller Energie aufwachen? Sie spürte ein wenig von beidem, obwohl sie den heimlichen Verdacht hegte, dass der *energetische* Teil wieder die Oberhand gewinnen und sie zu einer weiteren Runde Sex verführen würde.

Ein breites Grinsen breitete sich auf ihrem Gesicht aus, als sie sich daran erinnerte, was sie in den frühen Morgenstunden getan hatten. Als sie beim ersten Anzeichen von Tageslicht aufgewacht war, hatte Chase ihre Schulter geküsst. Im Handumdrehen hatten sie erneut wie die Karnickel gevögelt.

Nicht wie Karnickel. Wie Wölfe, hatte Chase sie korrigiert, als sie im Anschluss Witze darüber gemacht hatte.

Wolf war eine passende Beschreibung, denn sie hatten es nicht nur auf allen vieren getan, sondern auch mit einer so rohen, animalischen Intensität, von der sie nicht geglaubt hätte, dass sie dazu fähig wäre. Sogar Chase – ihr fürsorglicher, zärtlicher Liebhaber – hatte seine wildere Seite gezeigt, ihren Nacken gepackt und war in sie gestoßen, wie nie zuvor. Als sie danach schnaufend und keuchend nach vorn gefallen waren, hätte sie schwören können, dass sie ihn ein einziges Wort hatte flüstern hören.

Meine.

Sie schloss die Augen und drückte seinen Arm an ihren Bauch. Sie wollte die Seine sein und auch, dass er ihr gehörte.

„Guten Morgen", flüsterte Chase und sie schaute in seine Richtung.

Sie drehte sich um, um ihm in die Augen zu sehen, und es traf sie erneut wie der Schlag – wie authentisch er war. Wie niedlich.

Wie gut gebaut, fügte der unanständige Teil ihres Verstandes nach einem Blick auf seinen muskulösen Oberkörper hinzu.

Trotzdem hatte er diesen Hauch von Verletzlichkeit an sich, obwohl sie nicht genau sagen konnte, warum. Es war genauso liebenswert wie alles andere, beunruhigte sie aber gleichzeitig auch. Was war es, das seine ruhige, in sich gekehrte Seele heimsuchte?

„Guten Morgen", flüsterte sie.

„Guten Morgen", antwortete er.

Eine Sekunde später lachten sie beide, weil sie einfach nur von ihrem Zusammensein schon wieder leuchtende Augen hatten.

„Du machst mich ganz sprachlos." Sie presste ihren Körper gegen seinen.

„Hmm. Sprachlos." Er zog sie näher an sich. „Das hört sich gut an."

Sie küssten sich eine gute Minute lang, seufzten dann und lehnten sich schließlich zurück, während sie beide breit grinsten. Ihr Fuß stieß gegen Chase' und nachdem er hinuntergeschaut hatte, dauerte es eine lange Zeit, seinen Blick wieder zu ihrem Gesicht zu heben.

Sie errötete. Nicht so sehr aus Schüchternheit, sondern von der Erkenntnis, wie wohl sie sich dabei fühlte, wenn er sie ansah. Dann schaute sie sich um und versuchte, ihre Gedanken auf etwas anderes zu lenken, als auf seinen Körper, ihren oder wie gut sie sich fühlte. Außerhalb der großen nach Westen gerichteten Fenster war der Himmel bedeckt. Ein stürmischer Wind verbog die Bäume und ließ sie schwanken. Es schien keiner der für Maui typischen schönen Tage zu werden. Aber das spielte keine Rolle. Nicht, wenn sie Chase und einen gemütlichen Unterschlupf hatte.

„Ich finde es toll, was du aus dieser Scheune gemacht hast. Einfach großartig."

Er schaute sich langsam um. „Das stimmt. Aber ich muss zugeben, dass es normalerweise nicht so schön ist. Meine Freunde haben alles ein wenig hergerichtet." Dann seufzte er. „Ich schätze, sie haben versucht, *uns* zu verkuppeln."

Sie lachte. „Sieht so aus, als wären wir ihnen etwas schuldig."

Chase nickte mit einem Ausdruck, der sagte, *Mehr als du erahnen kannst.*

„Standet ihr euch schon immer so nah?"

Er dachte lange darüber nach, bevor er antwortete. „Ich schätze schon. Was ist mit dir? Keine Brüder, die dich belästigen?"

Sie lachte. „Ich habe mir immer ein paar Brüder gewünscht. Schwestern. Irgendwen." Die alte Traurigkeit sickerte zurück und sie drängte sie beiseite. „Aber ich hatte einen Hund."

Er gluckste. „Das passt."

„Roscoe. Der beste Hund aller Zeiten. Ähm." Sie spähte hinunter ins Erdgeschoss, wo die Hunde dösten. „Ich meine, aus meiner zwölfjährigen Sicht."

Chase' Augen funkelten. „Was hat Roscoe getan?"

Sie zuckte mit den Schultern und versuchte, etwas Konkretes aus ihren Erinnerungen zu fischen. „Er hat zugehört." *So wie du.*

Chase wartete geduldig auf mehr und ja – auch das hatte Roscoe getan. Chase beugte sogar seinen Kopf, wie Roscoe es zu tun pflegte. Und Chase' Augen – sie waren so aufrichtig und unschuldig auf eine Weise, die sie nicht erklären konnte.

„Roscoe und ich hatten sogar unseren eigenen Buchclub. Wir lasen James Herriot und alle Bücher von Blitz, dem schwarzen Hengst.“

Chase brach in ein Lachen aus, das herzhafter war, als sie es je zuvor von ihm gehört hatte. „Wie genau hat das funktioniert?“

Sie lächelte an die Decke. Endlich einmal eine schöne Erinnerung an ihre jüngeren Tage. Auf Chase war Verlass, das Gute aus dem Schlechten herauszupicken. „Es funktionierte genauso, wie eine Teeparty mit Stofftieren funktionieren würde. Ich habe vorgelesen und Roscoe hat zugehört.“ Dann sah sie Chase’ zweifelnden Blick und schlug ihn mit einem Kissen. „Männer. Du würdest das nicht verstehen. Ich wette, du hast schon als Kind Soldat gespielt.“

Chase schüttelte den Kopf, also riet sie erneut.

„Hast du draußen im Wald ein Baumhaus gebaut?“

„Eher eine Höhle.“

Fast hätte sie gelacht, aber irgendetwas an seinem Gesichtsausdruck sagte, dass er nicht scherzte.

„Hey“, murmelte er. Er spielte mit seinen Fingern nervös über ihre und seine Wange fing leicht zu zucken an. „Es gibt etwas, das ich dir schon lange erzählen wollte. Über mich, meine ich.“

Und wie im Handumdrehen war die Leichtigkeit aus seiner Stimme verschwunden. Aber Chase hatte recht. Sie hatten die ernsteren Dinge viel zu lange aufgeschoben und sie musste sich ebenfalls Sachen von der Seele reden. „Ich muss dir auch etwas sagen. Über mich. Darüber, wer ich bin. Wo ich herkomme.“

Chase schüttelte den Kopf. „Nichts davon spielt eine Rolle, Sophie. Ich weiß, wer du bist. Aber ich muss dir sagen, wer ich im Inneren bin.“

Sie lächelte. Der arme Kerl war noch nie gut mit Worten gewesen. Sie wusste doch, wer er im Inneren war – ihr süßer, gefühlvoller Chase.

„Ich zuerst“, beharrte sie. „Bitte höre einfach zu.“

Chase spitzte die Lippen und sah wirklich hin- und hergerissen aus. Aber dann nickte er zustimmend.

„Sophie ist mein richtiger Name, aber seit ich nach Maui gekommen bin, benutze ich einen anderen Nachnamen. Mein offizieller Name ist Brenner." Sie wartete und studierte seine Reaktion, aber Chase zuckte nur mit den Schultern. „Brenner, so wie Carl Brenner. Meine Mutter hat mich gezwungen, den Namen meines Stiefvaters anzunehmen, als sie geheiratet haben."

Immer noch keine Reaktion. Sophie blinzelte. Chase hatte erwähnt, dass er in einer abgelegenen Gegend aufgewachsen war. Außerdem hatte er das letzte Jahrzehnt beim Militär verbracht und war Gott weiß wo stationiert gewesen. Hatte er die Schlagzeilen irgendwie übersehen, die vor ein paar Jahren die nordamerikanische Presse beherrscht hatten?

„Carl Brenner. Spirit of Seventy-Sixers. Der Angriff auf das Pentagon?"

Chase neigte den Kopf. „Dein Stiefvater hat versucht, in das Pentagon einzubrechen?"

Wow. Anscheinend hatte Chase wirklich nichts davon gehört.

„Er hat es nicht nur versucht. Er kam sogar bis zur Tür des Aktenarchivs. Dann brach die Hölle aus." Ihre Stimme stockte ein wenig. Sieben Menschen waren in der anschließenden Schießerei getötet worden und ihr Stiefvater war schuld daran. „Er verbüßt sieben aufeinanderfolgende lebenslange Haftstrafen."

Chase streichelte ihr über die Schulter und überlegte. „Glaubst du, er hat das nicht verdient?"

Sie schüttelte sofort den Kopf. „Er hätte die Todesstrafe bekommen sollen, wenn du mich fragst. Aber das ist nicht der Punkt, Chase. Dieser Verbrecher ist mein Stiefvater. Ich bin mit dem ‚Miliz-Wahnsinnigen' verwandt." Sie machte Gänsefüßchen in der Luft, während ihr die Erinnerungen an die Schlagzeilen durch den Kopf geisterten. „Ich bin mit all dem aufgewachsen. Die Verschwörungstheorien. Die verrückten, unbegründeten Verdächtigungen. Die Pläne für das Armageddon."

Chase hielt sie sofort wieder fest und zeigte ihr, dass es ihm egal war. „Das meintest du also mit vorbereitet sein. Vorräte haben. Schlechte Angewohnheiten, die schwer zu brechen sind."

Ihr Magen zog sich zusammen, als sie nickte. Ja, ja und ja. Würde Chase sie dafür hassen?

„Das hast du damit gemeint, die guten Dinge im Leben sehen zu wollen", murmelte er. Sie hielt in Erwartung seines Urteils den Atem an. So viele Menschen verurteilten sie wegen ihrer Familie. Sicherlich würde Chase dasselbe tun?

Aber er zuckte nur mit den Schultern und sah völlig unbeeindruckt aus. „Mein Vater ist ein totaler Versager. Wen kümmert das schon?"

Sophie presste die Lippen zusammen. Es war eine Sache, einen Versager zum Vater zu haben. Aber eine ganz andere Sache, einen Vater wie ihren zu haben. Also versuchte sie es noch einmal.

„Hast du gehört, was ich gerade gesagt habe?"

Er nickte. Zweimal.

Sie starrte ihn an. „Und?"

Er zuckte mit den Schultern. „Das ist jemand anderes. Das bist nicht du." Er rückte näher und schloss die Distanz, die sie unbewusst zwischen ihnen geschaffen hatte. „Ich kenne dich. Du bist gütig. Du kümmerst dich um andere. Du bist einer der seltenen Menschen, die es wirklich meinen, wenn sie sagen ‚Einen schönen Tag noch'."

Sie starrte ihn an. Wollte er sie wirklich einfach so vom Haken lassen? Sie hatte Jahre damit verbracht, mit Schuldgefühlen zu leben. Aber Chase tat das alles mit einem Augenzwinkern ab.

„Du rettest Hunde. Du pflanzt Blumen. Du bist ein guter Mensch, Sophie."

Das wollte sie gern glauben – wirklich. Aber eine kleine Stimme in ihrem Kopf erinnerte sie immer wieder an ihre Verbindung zu dem Monster, das so viel Hass gepredigt und so viel Ärger verursacht hatte.

Chase umarmte sie. „Mein Vater ist auch ein Idiot. Das heißt aber nicht, dass ich einer bin."

Seine Stimme klang gedämpft an ihrem Haar, aber sie konnte die starke Entschlossenheit darin hören.

„Es ist dir wirklich egal?"

„Es ist mir wirklich egal. Obwohl ich sagen muss, dass ich neugierig bin, hinter welchen Akten aus dem Archiv er her war. Oder sollte ich das lieber nicht fragen?"

Sie zog eine Grimasse und er sprach sofort weiter. „Vergiss es. Es spielt wirklich keine Rolle."

Aber irgendwie spielte es für sie eine Rolle. Wenn es zwischen ihr und Chase ernst werden sollte, musste sie ihm die Wahrheit sagen. Die ganze Wahrheit und nichts verschweigen.

Ihr Mund wurde trocken und ihre Hände zitterten, aber sie drängte weiter. „Er war vom Übernatürlichen besessen. Er dachte, die Regierung würde versuchen, den ultimativen Soldaten zu entwickeln, und er wollte diese Pläne für sich selbst haben."

Chase versteifte sich. „Was denn für Pläne?"

Sie holte tief Luft. Das war der heikle Teil. „Er glaubte an Gestaltwandler. Du weißt schon, so etwas wie Werwölfe und so. Verrückt, oder?"

Abgesehen vom Puls an seinem Hals hätte Chase eine Statue sein können.

„Vielleicht gar nicht so verrückt", murmelte er schließlich.

Sophies Mund hatte sich noch nie trockener angefühlt. „Das ist es nicht", gab sie flüsternd zu. „Ich habe einen gesehen."

Chase machte große Augen. „Einen Gestaltwandler?"

„Kurz bevor ich von zu Hause weggegangen bin. Mein Stiefvater war im Gefängnis, aber sein Bruder, Mike, war besessen von der Idee der Gestaltwandlerstärke. Sie würde die Miliz fast unbesiegbar machen, also weigerte er sich, die Idee aufzugeben."

„Welche Idee?"

„Gestaltwandler zu finden. Mehr über sie zu lernen. Um genauso stark zu werden, wie sie es sind, denn das würde sie unschlagbar machen."

Chase wurde blass. Verdammt. Er musste denken, dass sie völlig verrückt war. Aber jetzt, da sie einmal angefangen hatte, wollte sie nicht mehr aufhören.

„Mike war von dem Thema völlig besessen. Als er herausfand, dass das Pentagon keine wirklichen Informationen über

Gestaltwandler hatte, beschloss er, einen neuen Weg einzuschlagen. Er zog los und suchte nach natürlich geborenen Gestaltwandlern."

Chase sah aufrichtig alarmiert aus. „Aber..."

„Ich weiß, dass das alles verrückt klingt. Aber die Sache ist die, er hatte Erfolg. Mike hat einen Bärengestaltwandler gefunden und er hat den Bär sogar dazu gebracht, ihm in den Arm zu beißen. Er hat angenommen, dass er dadurch selbst die Fähigkeit zur Verwandlung erlangen würde."

„Ist er verrückt geworden?" Chase sah aufrichtig besorgt aus. Fast so, als wüsste er etwas über Gestaltwandler oder so.

Ja, wollte sie sagen. *Das war er.*

Sie seufzte. „Mike hat es geglaubt. Du weißt schon, die alten Geschichten. Von einem Werwolf gebissen zu werden und so."

Sie hatte Chase noch nie so ungläubig gesehen. „So einfach ist das nicht."

Sie starrte in die Ferne. „Als Kind habe ich die Geschichten gehört. Ich dachte damals sogar, es wäre cool, ein Gestaltwandler zu sein. Du weißt schon, sich in ein Tier zu verwandeln und auf vier Füßen herumzuschnüffeln."

An diesem Punkt veränderte sich Chase' Ausdruck zu *hoffnungsvoll* und sie fragte sich, warum.

„Aber dann habe ich es mit eigenen Augen gesehen – ein Mann, der sich in ein Tier verwandelt hat." Sie schluckte schwer. „Mike, meine ich. Es geschah alles innerhalb einer Woche. Erst fing er an, sich seltsam zu verhalten. So als würde er Stimmen in seinem Kopf hören. Dann fing er an, sich zu verändern – wurde haarig und dann wieder normal. Er schrie und krümmte sich und seine Beine begannen, ihre Form zu verändern. Es war furchtbar."

Chase flüsterte so leise, dass sie ihn kaum verstand. „Furchtbar?"

Sie schloss die Augen und versuchte, die Erinnerungen zu verdrängen. „Er hat sich gequält. Zwei Tage lang passierte es immer wieder – er verwandelte sich teilweise und dann wieder zurück. Ich habe es mit eigenen Augen gesehen. Er wurde zu einem Bären – oder kam dem zumindest nahe. Die ganze Zeit über stöhnte er, als ob ihn etwas von innen heraus auffressen würde.“

Es war seltsam, dass die Geschichte Chase nicht zu überraschen schien. Aber sie war so vertieft darin, dass sie ihn vermutlich nicht richtig interpretierte.

„Es war ungeheuerlich. Unnatürlich. Schiefgegangene Natur.“

Abgesehen davon, dass er leichenblass wurde, war Chase’ Gesicht ausdruckslos. „Unnatürlich?“

Sie nickte mit dem Kopf und wünschte sich, sie hätte das Thema nie angesprochen. Sie holte tief Luft, um sich zu beruhigen, und versuchte, die Dinge zusammenzufassen.

„Mike starb eines schrecklichen Todes. Mein Stiefvater sitzt im Gefängnis – und alles nur, weil sie Gestaltwandler sein wollten. Davids Vater hat die Führung der Gruppe übernommen–“

Chase riss das Kinn hoch. „David?“

Sie nickte. „Wenigstens hatte sein Vater mehr Verstand als Mike und mein Stiefvater. Er verbot allen, das Gestaltwandler-Projekt weiterzuführen und für eine Weile wurden die Dinge ruhiger. Aber dann hatte ich genug von allem und zog nach Vermont.“

„Was ist mit David?“ Chase runzelte die Stirn.

„Ich bin mir nicht sicher. Ich habe ihn schon seit Jahren nicht mehr gesehen – bis neulich. Warum?“

Chase starrte in die Ferne und dachte nach. Eine ganze Minute später murmelte er: „Ich frage mich nur, schätze ich.“

Sophie schaute durch die Fenster an der Westseite der Scheune. Das Wetter war stürmisch und bewölkt, genauso grau wie ihre Stimmung. Hatte sie die Sache mit Chase ruiniert?

„Es tut mir leid“, flüsterte sie und griff nach seinen Händen. „Ich musste es dir einfach sagen. Du musst wissen, wo ich herkomme. Was ich hinter mir gelassen habe und warum.“

Chase nickte langsam, sagte aber kein Wort. Er schaute ihr nicht einmal in die Augen.

Sie schluckte. „Ich hoffe, dass es die Dinge zwischen uns nicht verändert.“

Bitte, bitte, bitte, wollte sie sagen. *Bitte lass mich dich nicht wegen alledem verlieren.*

Chase ließ ein knappes, gezwungenes Lächeln aufblitzen. Seine Augen waren stumpf und teilnahmslos, aber seine Hände umklammerten ihre fest. Fast so, als würde dort draußen jemand lauern, der bereit war, sie ihm wegzunehmen. Mit anderen Worten sandte er gemischte Botschaften. Aber was er als Nächstes sagte, warf sie fast um.

„Nichts wird etwas daran ändern, wie sehr ich dich liebe."

Es war nur ein Flüstern, aber ihre Kinnlade klappte auf. „Du ... liebst mich?"

Sein Lächeln war zu gleichen Teilen süß und traurig, und sie konnte nicht verstehen, warum. „Ich habe dich von Anfang an geliebt. Ich liebe dich mehr, als ich mit Worten ausdrücken kann."

So wunderschön seine Worte auch waren, hatte sie doch das Gefühl, dass ein *Aber* folgen würde.

„Deine Vergangenheit spielt keine Rolle", fuhr Chase fort. „Du hast dieses Leben aus einem bestimmten Grund hinter dir gelassen."

Dann... Was? wollte sie schreien. *Warum tanzen wir dann nicht vor Freude?*

„Aber etwas hält dich zurück." Sie verschluckte sich fast an den Worten.

„Deine Familie ist nicht das Problem. Meine Familie ist es."

Sie schaute auf. Sie litt unter dem Schmerz in seiner Stimme. „Deine Familie ist großartig. Und außerdem spielt es keine Rolle. Nichts wird etwas daran ändern, wie sehr ich dich liebe."

Seine Augen strahlten und wurden dann wieder blasser. „Nun, ich schätze, jetzt bin ich dran, dir etwas zu erzählen. Über mich, meine ich."

Sie nickte eifrig. Was auch immer es war, es würde keine Rolle spielen. Und je eher Chase es ihr sagte, desto schneller konnte sie ihm versichern, dass alles in Ordnung war.

„Dann sag es mir", flüsterte sie. „Bitte."

Kapitel 14

Ein erdrückendes Schweigen breitete sich zwischen ihnen aus und Sophie wartete ungeduldig darauf, dass Chase zu sprechen begann. Schließlich öffnete er den Mund, bereit, draufloszureden, aber dann...

Sein Kinn zuckte hoch und zur Seite, als hätte er ein Telefon klingeln gehört. Er zog die Stirn in tiefe Falten und sein ganzes Verhalten änderte sich.

„Verdammt noch mal", murmelte er.

Sophie blinzelte. „Ist alles in Ordnung?"

Er ließ die Schultern einen Augenblick sinken und ballte die Hände zu Fäusten. „Ja. Nein. Scheiße. Ich muss nachsehen gehen."

Er schaute sie eine lange, angestrengte Minute an und sie konnte sehen, wie er mit sich selbst kämpfte. Er stand auf, griff nach seinen Sachen und dann nach ihrer Hand.

„Ich werde dir alles erklären, Sophie. Ich schwöre es."

Er küsste sie. Sie wollte den Kuss erwidern, aber ihre Lippen trafen auf dünne Luft, als Chase sich von ihr löste.

„Ich schwöre, dass werde ich", murmelte er und zog sich die Hose an.

Sie hatte ihn schon öfter in seinem Soldatenmodus gesehen, aber noch nie so abrupt wie jetzt. Seine Stimme klang fest entschlossen und sein grimmiger Unterton machte ihr Angst. Was genau ging vor sich?

Einer seiner Brüder war am Abend zuvor vorbeigekommen. Als Chase danach wieder hereingekommen war, hatte er besorgt gewirkt. *Ich muss mich morgen früh wahrscheinlich um ein paar Dinge kümmern...*

Sie schaute sich um. Was genau hatte das jetzt in ihm ausgelöst?

Chase hatte bereits einen Fuß auf die Treppe geschwungen und sah entschlossener aus als je zuvor. Vielleicht hatte sie ein Klopfen an der Tür oder das Klingeln eines Telefons überhört?

„Glaubst du, dass es einen Durchbruch bei den Ermittlungen gegeben hat?", fragte sie.

Das kurze Zucken seines Kopfes hätte alles Mögliche bedeuten können und seine Worte hatten den gleichen Effekt. „Lass es mich herausfinden gehen. Ich komme so schnell wie möglich wieder."

Ihr Herz wurde schwer, aber sie zwang sich zu einem Lächeln. „Okay."

Er küsste sie erneut und dieses Mal lange genug, dass sie den Kuss erwidern konnte. Ein tiefer, sehnsüchtiger Kuss, der die Hoffnung in ihr wieder aufsteigen ließ. Was auch immer nicht stimmte, es betraf die Außenwelt, nicht ihn und sie.

„In Ordnung", flüsterte sie, als er sich von ihr löste.

Chase nickte einmal und verschwand dann aus ihrem Blickfeld. Sophie saß in die Bettdecke gehüllt auf dem Bett und lauschte dem Tumult, als die Hunde sich rührten. Die Tür knarrte auf, schlug dann zu und es wurde wieder still.

Sie blieb noch eine ganze Minute lang auf dem Bett sitzen und hätte am liebsten geweint. Dann zwang sie sich, aufzustehen. Zu weinen brachte gar nichts und überhaupt, Chase könnte schon bald mit guten Nachrichten zurückkehren.

Also kletterte sie hinunter, ließ die Hunde raus und fütterte sie, während sie sich vorstellte, dass sie und Chase den Morgen zusammen verbringen würden, den sie sich gewünscht hatten. Sie schaute sich ein wenig wehmütig um. Nun, sie könnte Frühstück vorbereiten und wenn Chase zurückkam, würde sie alles fertighaben. Dann würde sie sich anziehen und ihr Haar flechten – zu einem Wasserfallzopf – und dann...

Also tat sie all das und wartete und wartete. Schließlich öffnete sich die Tür und sie sprang auf die Füße.

„Hi", flüsterte sie.

„Hi", sagte Chase und blieb stehen.

Sophie hätte heulen können, denn die ganze Unbeholfenheit, die sie eigentlich bereits abgeschüttelt hatten, war wieder da.

„Gibt es etwas Neues?"

Er fuhr sich mit der Hand durch die Haare und sah müder aus, als sie ihn je zuvor gesehen hatte. Er öffnete den Mund und schloss ihn dann wieder, um nach Worten zu suchen. „Ja. Eine Menge. Erstens haben wir von Officer Meli gehört. Die Polizei hat einen Verdächtigen in Gewahrsam genommen. David."

Sie sank auf den Küchenhocker. Ein Teil von ihr hatte es die ganze Zeit geahnt, aber sie konnte es trotzdem noch nicht glauben. „David?" Wäre er wirklich fähig, sie umbringen zu wollen?

Chase nickte bedrückt. „Ich muss zur Polizeiwache gehen, um herauszufinden, was genau sie gegen ihn in der Hand haben. Aber ja. Es ist David, ganz sicher."

„Ich komme mit."

Chase schüttelte sofort den Kopf. „Ich glaube nicht, dass das eine gute Idee ist. Meinst du nicht auch?"

Sophie starrte auf ihre Füße. Was würde sie zu David sagen. Was würde sie tun?

„Ich schätze nicht." Als sie aufschaute, wirkte Chase sogar noch besorgter als zuvor.

„Was ist los?"

„Es gibt noch ein weiteres Problem. Es hat nichts mit dir zu tun", fügte er schnell hinzu. „Ein Sicherheitsproblem auf dem benachbarten Anwesen."

Sie musterte ihn genau, aber sein zurückhaltender Ausdruck verriet nichts. Wie ernst war das Problem? Welcher Art?

„Wie dem auch sei, darum muss ich mich auch kümmern." Chase schaute ganz mürrisch über ihre Schulter. „Verdammt. Und du hast Frühstück gemacht und alles. Ich wünschte wirklich, ich müsste nicht gehen."

Am liebsten hätte sie die Tür zugeknallt und die Außenwelt ausgesperrt. Aber so funktionierte das Leben nicht. Chase hatte einen Job und er hatte ihr schon viel zu viel Zeit gewidmet.

„Das wünschte ich auch." Sie ließ ihre Hände über seinen Arm gleiten. „Aber wir können später reden. Nicht wahr?"

Er biss sich auf die Lippe und sie fragte sich, warum er so hin- und hergerissen zu sein schien. „Ja. Später. Wirst du auf mich warten?"

Sie rieb sich die Arme und dachte darüber nach. Tatsächlich musste sie an diesem Tag nicht arbeiten und da die Hunde bei ihr waren...

„Sicher", sagte sie und versuchte, fröhlich zu klingen, was ihr jedoch überhaupt nicht gelang.

Sie standen da und starrten sich wortlos an. Sophie spürte, wie tausend Reuegefühle zwischen ihnen in der Luft hingen. Eines neben dem anderen aufgereiht wie an einer langen Schnur. Chase schob seine Hände tief in die Taschen und schien nicht im Geringsten bereit zu sein, zu gehen. Aber draußen ertönte die Hupe eines Wagens und er schaute auf.

„Okay." Er gab ihr einen Kuss auf die Wange. „Bis dann."

„Bis dann", wiederholte sie und starrte ihm hinterher. Dann schloss sie die Tür und stand ganze fünf Minuten lang da. Sie hoffte insgeheim, seine Schritte zu hören, die zu ihr zurückgeeilt kamen.

Die Hunde sahen traurig aus, aber sie hörte nichts als das wilde Rascheln der Bäume. Über Nacht war ein kräftiger Wind aufgestiegen und der Himmel war dunkel und schwermütig grau.

„Ich schätze, die Vorhersage war richtig", murmelte sie.

Eine halbe Stunde verging, aber es fühlte sich wie Stunden an, und schließlich trieb sie die Hunde zur Tür. Das Warten würde sie noch verrückt machen.

„Wie wäre es, wenn wir eine kleine Runde drehen?"

Wie immer waren die Hunde bereit und sie machten sich auf den Weg die Einfahrt hinauf, wo ihr klappriger, alter Nissan stand. Dell hatte ihn am Abend zuvor hergebracht und ihr damit noch einmal geholfen. Die Schlüssel steckten im Zündschloss, also drängte sie die Hunde auf den Rücksitz und fuhr so leise wie möglich davon. David war in Gewahrsam, also bestand keine Gefahr. Und da es auf dem Nachbargrundstück Probleme gab, wollte sie niemanden stören. Außerdem brauchte sie etwas Zeit allein an ihrem Lieblingsort zum Nachdenken.

Es war nicht weit und an einem so stürmischen Tag wie diesem würden nicht allzu viele Leute in der Nähe sein.

Sie fuhr nach Norden und lenkte ihren Wagen über die Bodenwelle, wo der Asphalt des Honoapi'ilani Highway zu einer unbefestigten Straße überging. Dann folgte sie dem schmalen gewundenen Weg und parkte an der Abzweigung zum Blowhole. Wie sie gehofft hatte, waren keine Besucher da. Es gab nur sie, den Ozean und den peitschenden Wind. Sie schloss ihre Windjacke und ging auf das Blowhole zu, wo sie einen flachen Felsen fand, auf dem sie sich niederlassen konnte. Die Hunde liefen umher, schnüffelten an Büschen und Pfützen und ließen sie mit ihren Gedanken allein.

Das Problem war, dass ihre Gedanken hin und her rasten. Von leidenschaftlichen Erinnerungen an ihre Nacht mit Chase bis hin zu der erschreckenden Nachricht, dass David verhaftet worden war. Sie wünschte sich jetzt, sie hätte Chase nach mehr Details gefragt. Wurde David beschuldigt, die Explosion ausgelöst *und* auf sie geschossen zu haben?

Der ablandige Wind riss an ihrem Haar herum. Sie zog ihre Kapuze hoch und kauerte sich hin. Die raue, ungeschützte Küste passte perfekt zu ihrer Stimmung und sie hatte es nicht eilig, zurückzugehen. Obwohl David verhaftet worden war, spürte sie keine Erleichterung, nur ein tiefes Gefühl von Rätselhaftigkeit – und Traurigkeit. Sie war auf der Suche nach dem Guten und der Freude nach Maui gekommen, aber David hatte eine so dicke Wolke aufziehen lassen, dass sie sich fragte, ob sie ihr jemals entkommen würde.

Ihr Medaillon erwärmte sich und sie hob es zu ihren Augen. Wenigstens hatte sie das. Ihre Tante hatte darauf bestanden, dass das kleine Medaillon ein Hort des Guten und der Liebe war. Und Junge, wie sehr sie es brauchte.

Die Wellen krachten gegen die felsige Küste, das Blowhole brach aus und sandte eine Wasserfontäne in die Luft. Boris sprang hinüber und versteckte sich hinter ihren Beinen. Er zitterte.

„Mach dir keine Sorgen." Sie rieb ihm die Ohren. „Das macht es immer. Schau mal."

Ein zweiter kleinerer Ausbruch folgte dem ersten und wurde von einem gurgelnden *Zisch!* begleitet.

„Nichts, worüber du dir Sorgen machen musst.“

Der arme Boris blieb zusammengekauert und unschlüssig sitzen. Als das Blowhole ein paar Minuten später erneut ausbrach und sie mit einem feinen Nebel bedeckte, erschauderte er genauso wie zuvor.

„Dummer Hund“, lachte jemand.

Sophie wäre vor Schreck fast aus der Haut gefahren. Als sie herumwirbelte, um zu sehen, wer es war, schnappte sie nach Luft.

„David?“

Das Rauschen des Windes und der Wellen hatten ihm erlaubt, sich unbemerkt heranzuschleichen. Darcy und Coco stürmten knurrend an ihre Seite.

Sie sprang auf die Füße und umklammerte ihre Autoschlüssel, während sie sich wünschte, sie hätte etwas Handfesteres, mit dem sie sich verteidigen könnte. „Was machst du denn hier?“

„Ach, du weißt schon. Ich schaue mir die Sehenswürdigkeiten an.“ Davids Blick war auf sie gerichtet und nicht auf das Blowhole. Ein Schauer lief ihr über den Rücken.

Hinter ihm bahnten sich drei Männer in Anzügen ihren Weg die Felsen hinunter und sahen irgendwie fehl am Platz aus. Der Wind zerrte an ihren Krawatten und den Klappen ihrer Jacketts, während sie sich bewegten. David grinste und rückte die lange, schwarze Tasche zurecht, die er über der Schulter trug.

Darcy knurrte und wich zurück, bis sein Hinterteil gegen Sophies Beine stieß. Er war sozusagen ihre letzte Verteidigungslinie.

Ein verzweifelter Blick zur Straße hinauf machte ihre Hoffnungen zunichte. Es war niemand da, der ihr helfen konnte. Nur der dunkle Geländewagen, mit dem David und die Männer gekommen sein mussten. Sonst niemand. Sophie starrte sie an. Wer waren sie? Was wollten sie? Und warum. Sollte David nicht eigentlich in Polizeigewahrsam sein?

Als er näher trat, wich sie zurück und er grinste.

„Ach komm schon, Sophie. Du brauchst doch keine Angst vor mir zu haben."

Ein Blick in seine bedrohlichen Augen sagte ihr das Gegenteil und sie wich weiter zurück. Sie trat in eine Pfütze, die das Blowhole hinterlassen hatte. Hatte die Polizei David gehenlassen? War er geflohen?

„Was machst du hier?"

Sie schaute sich um und überlegte, wie sie entkommen könnte. Der Felsvorsprung reichte nicht sehr weit, bevor er in die tosende Brandung herabfiel. Stahlgraue Wolken verdunkelten den Himmel und der Wind bespritzte ihre Wangen mit der Gischt einer krachenden Welle.

„Nun, ich habe ein Problem, weißt du?", sagte David. „Und ich habe vor, es zu lösen."

Sophie trat zur Seite und drehte sich in einem leichten Kreis, anstatt sich rückwärts an den Rand der Klippe drängen zu lassen. „Und das Problem ist...?"

Davids Gesicht verzog sich zu einem Lächeln. „Du."

Irgendwie fand er das amüsant und sie konnte nicht verstehen, warum. Aber andererseits war David schon immer so gewesen. Er hatte früher Käfern die Beine ausgerissen, um zu sehen, wie sie zappelten. Er hatte Hunde nur zum Spaß getreten. Auf Kaninchen geschossen und sie absichtlich verfehlt, nur um zu sehen, wie sie in Panik gerieten und flohen.

„Ich bin das Problem?" Sie berechnete die Entfernung zu ihrem Wagen, der schien jedoch kilometerweit entfernt zu sein.

„Du bist das Problem und gleichzeitig die Lösung." David lachte, als hätte er das Klügste überhaupt gesagt.

„Das verstehe ich nicht." Sie schob eine Hand in ihre Tasche und drückte blind ein paar Tasten auf ihrem Handy. Sie hoffte, dass es die richtigen waren. Wenn sie irgendwie Chase oder die Polizei erreichen konnte... Verdammt, sie wäre sogar froh, wenn sie mit Mr. Lee Kontakt aufnehmen könnte.

„Nun, das ist genau dein Problem", sagte David. „Du scheinst es einfach nicht zu verstehen."

„Warum erklärst du es mir dann nicht?"

Er rollte mit den Augen. „Ich habe es dir doch schon gesagt. Ich brauche Geld. Du hast Geld. Ganz einfach.“

„Es ist nicht mein Geld.“

„Jetzt, da die alte Fledermaus gestorben ist, ist es das schon.“

„Nenn’ meine Tante nicht so!“

Er seufzte. „Siehst du? Das ist dein Problem. Du entwickelst ständig Gefühle. Für diese alte Dame. Deine blöden Hunde. Den Typ, mit dem du herumhängst.“ Sein Gesicht verfinsterte sich. „Das alles lässt dich das große Ganze aus den Augen verlieren.“

Sie rieb sich die Arme. Dieser Satz stammte direkt aus dem Spielbuch ihres Stiefvaters. Und für ihn war das große Ganze nie etwas Gutes gewesen.

Sie kreiste in die andere Richtung. „Das große Ganze?“

Zisch! Das Blowhole brach erneut aus und das Wasser durchnässte einen der drei Männer, die sie anfunkelten, als wäre es Sophies Schuld gewesen.

„Das große Ganze“, bekräftigte David. „Der Plan deines Vaters. Willst du ihn nicht stolz machen?“

„Stiefvater. Und nein. Ich will mit seinen verrückten Ideen nichts zu tun haben.“

„Seine Ideen waren nicht verrückt. Wir müssen uns verteidigen. Es ist genau, wie Darwin sagte. Fressen oder gefressen werden. Frei leben oder sterben.“

Sophie verzog das Gesicht. „Frei leben oder sterben war John Stark.“

„Wie dem auch sei.“ David zuckte mit den Schultern. „Der Punkt ist der, eine Vision kostet Geld. Und da kommst du ins Spiel.“

Darcy knurrte ein wenig lauter und Sophie fasste sich ein wenig seines Mutes. „Nein, dafür muss man losziehen und sich selbst verdienen, was man braucht.“

Ein Wagen tauchte auf und verschwand um eine Kurve, was Sophies Hoffnungen erst in die Höhe schießen und dann wieder schwinden ließ.

David verzog das Gesicht. „Verdammt noch mal, Sophie. Du könntest die Dinge für dich so viel einfacher machen, weißt du.“

Sie stemmte die Hände an die Hüfte. „Du meinst, ich könnte die Dinge für dich einfacher machen?“

„Du musst mir nur das Geld geben.“

Sophies Kinnlade klappte auf. Sie hatte ihren Verdacht gehabt, aber jetzt war sie sich sicher.

„Du hast es getan. Du hast die Explosion ausgelöst.“ Sie schlug ihre Hand vor den Mund und war immer noch unfähig, diese hässliche Wahrheit vollständig zu akzeptieren. „Du hast auf mich geschossen.“

Und David, der Mistkerl, gackerte wie eine Grinsekatze.

Sophie merkte, dass ihre Hände in einer Mischung aus Angst und Wut zitterten. „Ich verstehe es nicht. Warum hast du nicht einfach gefragt? Warum hast du dir die Mühe gemacht, den Wagen in die Luft zu sprengen? Warum machst du dir die Mühe, auf mich zu schießen?“

Ein hinterhältiges Grinsen huschte über Davids Gesicht. „Das waren nur Botschaften. Um mich klar auszudrücken. Wenn ich gewollt hätte, dass du stirbst, Schätzchen, dann wärst du schon tot.“

Sophie schluckte ein Schluchzen hinunter. Sie durfte keine Angst zeigen. Nicht in Davids Gegenwart.

„Und jetzt, da ich mich klar ausgedrückt habe. . .“, fuhr er fort.

„Klar?“, schrie sie praktisch. „Nichts von dem, was du sagst, ergibt irgendeinen Sinn.“

„Soll ich es für dich buchstabieren? Na schön. Ich will das Geld. Ich wollte dich auch, aber das ist mir jetzt egal.“

Sie schnaubte. Sollte sie sich deswegen etwa schlecht fühlen?

„Und wenn ich dir das Geld nicht gebe?“

Er zuckte mit den Schultern. „Dann gehen wir zu Plan B über. Weißt du, wer der Nächste ist, der das Geld deiner Tante erben wird?“

Sophie traute ihren Ohren nicht. Meinte David das etwa ernst?

„Deine Mutter. Sie ist es. Und im Gegensatz zu dir weiß sie, was schlau ist.“

Sophie wollte schreien. Ihre Mutter tat immer nur, was sicher war. Sie stellte keine Fragen und dachte nicht selbst nach. Sie tat einfach nur, was ihr gesagt wurde.

„Hör dir doch einmal selber zu“, sagte sie und versuchte, an den Jungen zu appellieren, den sie einst kannte.

„Nein, du hörst mir zu. Ich brauche das Geld und du wirst es mir geben.“

Einen Moment lang überlegte sie, ob sie genau das tun sollte. Kein Geldbetrag war es wert, ihr Leben dafür zu riskieren. Aber was, wenn David es benutzen würde, um anderen zu schaden?

„Wofür willst du es haben?“ Sie stemmte die Hände an ihre Hüfte, mehr um ihre eigenen Nerven zu stählen, als um David damit zu beeindrucken.

„Bei manchen Dingen, Schätzchen, ist es besser, sie nicht zu wissen.“

Sophie stampfte mit dem Fuß auf. Sie war vielleicht keine Kriegerin, aber sie war auch kein Schwächling. Zumindest jetzt nicht mehr.

„Nun, ich will es aber wissen. Schließlich bin ich für das Geld zuständig.“

Es fiel ihr schwer, danach nicht zu zittern, denn es fühlte sich seltsam an, einen Befehl zu erteilen, anstatt einen zu empfangen.

David verzog verärgert das Gesicht, aber schließlich antwortete er. „Also gut. Warum zum Teufel nicht?“

Die drei Männer hinter ihm warfen sich besorgte Blicke zu. In der Ferne bewegte sich etwas und Sophies Herz machte einen Sprung. Ein Fahrzeug tauchte auf und hielt langsam am Straßenrand an. Chase’ Pritschenwagen!

Sie riss ihren Blick davon los, bevor David etwas bemerkte. Je länger er redete, desto mehr Zeit hätte Chase, hinunterzuklettern und ihr aus dem Schlamassel zu helfen.

„Zum einen brauchen wir mehr Platz zum Trainieren“, sagte David. „Um uns vorzubereiten. Um unsere nächste Operation von dort aus zu starten.“

Sophie tat ihr Bestes, ihm genau zuzuhören, während Chase – und Dell, Gott segne ihn – sich heimlich den felsigen Pfad vom Straßenrand hinunterschlängelten.

„Einen ungestörten Ort, an dem wir die Verbesserungen vornehmen können, von denen dein Stiefvater geträumt hat." David hob seine Finger zu Gänsefüßchen um *Verbesserungen*.

Ihre Überraschung musste sich gezeigt haben, denn David grinste. „Das stimmt, Schätzchen. Die ultimative Kampfmaschine. Wir werden diesen Traum endlich umsetzen."

Ihre Kinnlade klappte auf, als David seine Bärenklauen-Halskette tätschelte. Meinte er etwa Gestaltwandlung?

„Erinnerst du dich nicht mehr, was mit Mike passiert ist?" Sie sprach mit leiser Stimme.

David zuckte mit den Schultern. „Ich habe einen besseren Weg gefunden."

Sophie warf den anderen Männern einen Blick zu. Hatte David keine Angst, dass sie ihn hören würden?

Er lachte unverhohlen. „Ha. Für diese Jungs ist es kein Geheimnis. Darf ich vorstellen: Lamont, Nelson und Vucovich – oder sollte ich besser sagen, mein Kumpel, der Wolf und seine beiden Freunde, die Bären."

Sophie erstarrte. War das sein Ernst?

Der Mann auf der rechten Seite – Nelson – warf David einen scharfen Blick zu. „Pass auf, was du sagst, Arschloch. Die Chefin wird dir das Fell über die Ohren ziehen, wenn wir die Sache nicht leise durchziehen, so wie sie es angeordnet hat."

Sophie starrte ihn an. Nelsons kräftige, abgerundete Schultern und die dicke Schicht Bartstoppeln erinnerten sie vage an Chase' Bruder Tim. Vucovich sah genauso aus – gebaut wie ein Panzer. Mit ein wenig Fantasie konnte sie sich durchaus vorstellen, dass die beiden sich in Bären verwandeln konnten.

Nein, bitte nicht, wollte sie betteln.

Der andere Mann – Lamont – war schlanker und agiler. Er hatte mittellanges, braunes Haar, das ihm über die Augen fiel. Die Art und Weise, wie er seitliche Blicke in die eine oder andere Richtung warf, erinnerte sie an Aufnahmen, die sie von Wölfen in der Wildnis zu Beginn einer Jagd gesehen hatte. Er hatte eine wachsame, aufmerksame Aura an sich. Ein bisschen wie Chase, um genau zu sein.

Sie wich einen Schritt zurück und starrte die Männer an. Ein Werwolf? Zwei Werbären?

In ihren Gedanken stiegen Bilder von Mikes qualvollem Tod wieder auf und sie zuckte zusammen.

„Es wird nicht funktionieren. Erinnerst du dich an Mike? Die Verwandlung hat ihn getötet. Es ist einfach nicht möglich. Vergiss die Idee, David. Bitte." Ihre Stimme war ein Flüstern und ihre Hände zitterten.

Aber Davids Lächeln wurde noch finsterer. „Ach, ich wusste, dass du dich um mich sorgen würdest. Aber mach dir keine Sorgen. Ich habe jemanden, der mir helfen wird, es richtig zu machen." Er spannte seine Brustmuskeln an, als würde er seinen neuen, kräftigen Körper bereits ausprobieren.

Sophie blickte zu Chase, der schon den halben Weg den Pfad hinuntergekommen war. Dell hatte sich abgesetzt und kam von der rechten Seite. Bald würden sie beide an ihrer Seite sein und…

Ihre Gedanken kamen abrupt zum Stillstand. Wenn Davids Komplizen wirklich Gestaltwandler waren, schwebten Chase und Dell in schrecklicher Gefahr. Nicht einmal ein paar Elitesoldaten einer Spezialeinheit konnten wilde Tiere mit bloßen Händen abwehren.

„Also, ich wette, du überlegst es dir gerade anders", fuhr David fort. Er war genauso arrogant wie immer. „Du willst doch bestimmt lieber auf der Gewinnerseite stehen, oder?" Er grinste und war plötzlich wieder ganz freundlich. „Überlege es dir, Sophie. Wir könnten eine neue Gruppe gründen. Einen Ableger der Seventy-Sixers. Wir könnten diejenigen sein, zu denen alle anderen aufschauen."

Sie ballte die Hände zu Fäusten. David war verrückt, wenn er glaubte, dass sie ihre Meinung ändern würde.

„Die Gewinnerseite?"

„Ja. Meine Seite, Baby. Die Gestaltwandlerseite."

„Und wer genau ist der Feind?"

Sein Blick verdunkelte sich. „Die Regierung. Große Konzerne. Jedes Arschloch, das glaubt, es hätte das Recht, mir zu sagen, was ich zu tun habe."

Zisch! Das Blowhole explodierte und unterstrich Davids Standpunkt.

Darcy knurrte. Coco und Boris drängten sich an ihre Beine. Chase und Dell waren langsamer geworden, um sich unbemerkt anzuschleichen, aber jeden Moment...

„Zeig es ihr, Nelson." David schnippte mit den Fingern.

Nelson warf ihm einen bösen Blick zu. „Ich bin auf Anweisung der Chefin hier, nicht auf deine."

Sophie dachte angestrengt nach, wer diese Chefin sein könnte. Sie hatten die Frau schon einmal erwähnt. Aber wer war sie?

Lamont grinste und begann, seine Krawatte zu lockern. „Was ist denn schon so schlimm daran?"

„Ja", fügte Vucovich hinzu. „Betrachte es als Aufwärmübung für den Hauptauftrag, wegen dem wir hier sind."

Sophie verstand kein Wort. Was genau hatten sie geplant? Und wenn das hier nur zum Aufwärmen war, was war dann der eigentliche Auftrag?

Sie wich zurück, während die Hunde die Männer anknurrten.

„Versucht mal, mich aufzuhalten, ihr kleinen Welpen", höhnte Lamont und zog seine Jacke aus.

Sekunden später knöpfte er sein Hemd auf und fing an, seinen Gürtel zu lockern. Als Vucovich seinem Beispiel folgte, wurde Sophie blass. Gehörte Vergewaltigung etwa zu ihrem Plan?

„Lasst euch nicht ablenken", warnte Nelson.

Aber David stachelte die beiden Männer weiter an. „Kommt schon. Zeigt es ihr. Das wird ein Spaß."

Spaß? Wohl eher ein grausamer Trick.

Der Wind peitschte Sophie immer wieder Haarsträhnen ins Gesicht und sie strich sie zurück, um sich dabei umzusehen. Chase hockte an einem Felsen hinter Lamont und sah finsterer und gefährlicher aus, als sie ihn je gesehen hatte. Dell war nicht weit von Nelson entfernt. Aber war den beiden klar, in welcher Gefahr sie sich befanden?

Chase! wollte sie schreien. *Hilfe. Rette mich. Nein warte –*
lauf weg.

Lamont zog sich die Schuhe aus und schob seine Hose hinunter. „Pass mal auf, Schätzchen. Ich zeige dir das einzig Wahre."

Sie wollte nicht zusehen, aber sie konnte den Blick nicht abwenden, denn Lamont ließ sich auf alle viere fallen und neigte seinen Kopf. Darcy tänzelte zwei Schritte vorwärts, bellte wie wild und sprang dann zurück zu Sophies Beinen.

„Ja, pass auf, kleines Kerlchen", lachte David.

Sie betete, dass sich das alles als schlechter Scherz entpuppen würde, aber Lamont und Vucovich machten Geräusche, die denen ähnelten, die Mike ausgestoßen hatte. Fell brach überall auf ihrer Haut aus und wurde immer dichter. Als Mike versucht hatte, sich zu verwandeln, war das Fell in ungleichmäßigen Büscheln gewachsen und wieder verschwunden. Seine Schmerzensschreie hatten dabei nie aufgehört. Aber Lamont und Vucovich verwandelten sich geschmeidig, fließend und leise. Ihre Ohren verjüngten sich zu Dreiecken und ihre Nasen wurden dunkler. Sie bemerkte kaum, wie sich ihre Gesichter stückchenweise streckten und ihre Gliedmaßen sich veränderten.

In einem Moment war Lamont noch ein Mann – und im nächsten Augenblick schon ein Wolf. Vucovich hatte sich in einen Bären verwandelt. Es war verblüffend und gleichzeitig entsetzlich. Tatsächlich hatte das Ganze jedoch auch etwas Magisches an sich.

Aber dann starrte der Wolf sie direkt an und sie konnte pure Blutlust in seinen Augen sehen.

„Nein", flüsterte sie und wich einen Schritt zur Seite.

Ja, schien der Wolf zu sagen und ließ seine langen, spitzen Reißzähne aufblitzen.

David gluckste wie ein Verrückter. „Schon bald werde ich das auch können. Und dann…"

Er wirbelte herum, als Chase hinter dem Felsen hervortrat. Sophie hätte fast vor Erleichterung aufgeschrien, aber die Angst schnürte ihr die Kehle zu. Was konnte Chase denn schon tun?

Chase drängte sich um den Felsen herum und bahnte sich seinen Weg zu Sophie hinüber.

„Stopp." Er knurrte den Wolf an. „Bleib sofort stehen."

Kapitel 15

Sophie starrte, als Chase die Hände nach vorn ausstreckte, um
zu signalisieren, dass er keinen Kampf wollte. Aber seine Augen
glühten auf eine Weise, die sie noch nie zuvor gesehen hatte und
das Haselnussbraun verwandelte sich zu einem feurigen Ziegel-
rot. Sein Blick war voller Wut, aber auch voll von Bedauern.
Warum?

„Das hier ist unser Territorium und ihr wisst es", bellte
Chase Vucovich und Nelson an. Dann drehte er sich zu David
um. „Du hast keine Ahnung, mit wem du dich hier einlässt." Er
deutete mit dem Daumen in Richtung Straße. „Letzte Chance
zu verschwinden."

David lachte. „Oder was?"

„Oder zu sterben." Chase' Stimme klang bitter und gequält.
Wie die Stimme eines Mannes, der für ein Leben mehr als genug
Tod und Zerstörung gesehen hatte.

„Ach ja? Willst du uns etwa alle ganz allein erledigen?"

„Nein", sagte Chase schlicht, als Dell neben Nelson in Sicht
trat. Verschwunden war der fröhliche Spaßvogel; dieser Dell
war ein wütender Krieger, bereit zum Kampf.

Chase zeigte auf ihn. „Er, ich und meine Brüder. Sie werden
bald hier sein."

Sophies Hoffnung stieg bei dem Gedanken daran, dass alle
herbeieilen würden, um zu helfen. Aber auf der Straße oben
gab es kein Anzeichen von Bewegung und sie fürchtete, dass
sie zu spät kommen könnten.

Lamonts Pfoten plätscherten durch Pfützen, als er einen
Schritt nach vorn machte und Sophie von Chase abschnitt.

„Stopp", rief sie und hoffte, der Wolf würde sie verstehen.
„Das ist doch verrückt."

„Es ist nicht verrückt. Es ist Schicksal", krähte David.

Chase schüttelte den Kopf. „Schicksal? Das ist kein Schicksal."

Sein Blick wanderte zu Sophie und seine Augen glühten sanfter.

Liebe, dachte sie und ihr wurde ganz warm. *Das ist die Farbe der Liebe.*

Dann blickte sie zu Lamont und hinter ihm zu Vucovich. Auch ihre Augen glühten, allerdings in einem mörderischen Farbton. Sophie neigte den Kopf, während sich die verstreuten Gedanken in ihrem Kopf langsam wie Teile eines Puzzles zusammenfügten. Allerdings nicht genug, um ganz ineinanderzugreifen. Sie deuteten nur einen Umriss an.

Was? wollte sie schreien. *Wo ist die Verbindung?*

„Ich habe die Schnauze voll von diesem Arschloch." David schnippte mit den Fingern. „Tötet ihn. Ich kümmere mich um sie."

Sophies Hände zitterten. David meinte es ernst. Genauso wie Lamont, dessen Wolfsaugen so etwas wie *Ich töte ihn mit Vergnügen* signalisierten.

„Chase", warnte sie und wünschte, er würde davonlaufen.

Er drehte sich mit einem Blick zu ihr um, der so gequält und voller Trauer war, dass sie fast angefangen hätte zu weinen.

„Ich liebe dich, Sophie."

Ihr Herz schmerzte. Warum klang das so sehr nach Abschied?

„Ich liebe dich auch", flüsterte sie.

Chase fuhr fort, als hätte er sie nicht gehört. „Bitte hasse mich nicht hierfür."

Wieso sollte sie ihn hassen, weil er ihr zur Hilfe geeilt war? „Ich könnte dich niemals... "

Dann verlor sie jegliche Farbe, denn Chase' Gesicht verzerrte sich und sein Hemd riss über seinem Rücken auf.

„Hasse mich nicht", wiederholte er in einem tieferen, angestrengten Ton.

Sophie schlug sich mit der Hand auf den Mund und unterdrückte einen Schrei. Fell brach überall auf Chase' Haut aus, als er die Fetzen seiner Kleidung abschüttelte. Seine Finger krümmten und verzogen sich und während sein Gesicht noch länger wurde, kamen immer spitzere Zähne zum Vorschein. Seine Ohren wurden nach hinten gezogen und seine Gliedmaßen verbogen sich...

„Nein“, flüsterte Sophie. Es konnte nicht wahr sein.

David gackerte, während Darcy wütend bellte. „Ich schätze, dein Liebhaber hat nie erwähnt, dass er ein Gestaltwandler ist, was?“

Sophie starrte ungläubig. Der sanfte, liebevolle Mann, mit dem sie die Nacht verbracht hatte, hatte sich soeben in einen Wolf verwandelt. In einen, der auf seinen Hinterbeinen balancierte, bevor er sich auf alle viere fallenließ, als wollte er seinen Standpunkt unterstreichen. Mensch. Tier. Gestaltwandler.

„Chase?“, flüsterte sie.

Ein Tier mit kastanienbraunem Fell in der gleichen Farbe von Chase' Haar. Seine Wolfsaugen waren, zumindest für den Moment, in dem sie auf sie gerichtet waren, voller Liebe. Aber dann schwenkte er den Kopf zu Lamont herum und das Glühen wurde wieder tödlich.

Coco wimmerte und Sophie hätte es fast auch getan. Darcy stand vollkommen still und starrte zwischen Chase und dem anderen Wolf hin und her. Fast so, als würde er sich für eine Seite entscheiden. Sophie umklammerte sein Halsband fester. Der kleine Hund war mit ganzem Herzen dabei, aber er gehörte nicht in die Mitte eines Wolfskampfes.

Dann stürzte sich Lamont auf Chase, der sprang, um ihn abzuwehren. Sophie kreischte. Gott, nein.

„Endlich ein bisschen Action“, gackerte David.

Ein *bisschen* Action? Sophie sah nichts als ein verschwommenes Chaos, als die Wölfe aufeinander zusprangen und durch die flachen Pfützen spritzten, die das Blowhole hinterlassen hatte. Sie fuhren ihre Krallen aus und zogen ihre Lippen zurück, um lange weiße Eckzähne zu entblößen. Ihre Körper prallten in der Luft zusammen. Als sie auf die Felsen stürzten, rollten sie sich ab, sprangen auseinander und gingen sich erneut an die Kehlen.

Sophie hatte schon einige Hundekämpfe miterlebt, aber sie konnte die wilde Kraft und Gewalt der Wölfe kaum glauben.

Sie waren viel größer und wesentlich tödlicher als Hunde. Auch viel erfahrener. Jede Bewegung, die diese Wölfe machten, war auf Mord aus und ganz sicher nicht nur zur Show.

Vucovich, der Bär, beobachtete sie genau. Er hielt sich bereit, sich in den Kampf zu stürzen, wenn sich die Gelegenheit ergab.

Nelson fluchte und lockerte seine Krawatte.

„Du brauchst dich nicht einzumischen", warnte Dell und schnitt ihm den Weg zu den anderen ab. „Begrenze die Schäden und verschwinde."

Nelson verdrehte die Augen. „Klar. Sicher doch."

Darcy bellte wild. Sophie packte ihn beim Halsband. Sowohl, um nicht selbst ihren Halt zur Realität zu verlieren, als auch um den Hund vom Kampf abzuhalten.

Der dunkelfarbige Wolf – Chase – wich Lamonts Angriff aus und schlitzte ihm die Schulter auf, die sofort zu bluten begann. Dann hielt Chase sich zurück und wartete, um seinem Feind noch eine Chance zu geben, es sich anders zu überlegen. Aber Lamont schüttelte sich, knurrte und stürmte wieder nach vorn. Er schien auf einen Kampf um Leben und Tod aus zu sein.

„Verdammt", murmelte David zu Nelson. „Ich dachte, Moira hätte gesagt, ihr wärt die besten."

Sophie runzelte die Stirn. Sie konnte sich nicht an eine Moira von zu Hause erinnern. Hatte sich eine neue Frau der Miliz angeschlossen?

„Moira", spie Dell. „Ich hätte es wissen müssen."

„Na los. Hilf ihm", befahl David Nelson.

Der stämmige Mann hatte die Arme fest vor der Brust verschränkt, aber schließlich lenkte er ein. „Das werde ich – aber nur, um die Dinge in die Gänge zu bringen. Verliere bloß nicht aus den Augen, weswegen wir wirklich hier sind."

„Weswegen *ihr* wirklich hier seid", murmelte David leise vor sich hin.

Aber Nelson schien ihn nicht zu hören. Er zog sich das Jackett und seine Krawatte aus und legte beides mit langsamen Bewegungen zur Seite. Es war ein völliger Kontrast zum Wolfskampf, der neben ihm tobte.

Darcy bellte Nelson an. Sophie beobachtete mit krankhafter Faszination, wie Nelson sich in seine Bärengestalt verwandelte, ohne dabei auch nur zu grunzen. Das Fell brach gleichmäßig auf ihm aus und er hielt mühelos sein Gleichgewicht.

Sich zu verwandeln muss nicht grausam sein, hatte David gesagt und vielleicht hatte er recht damit. Nelsons Verwandlung passierte völlig fließend, fast sogar anmutig. Die Art von Prozess, die Sophie sich immer vorgestellt hatte, als sie als Kind naiv davon träumte, eine Gestaltwandlerin zu sein.

Aber sie hatte sich pelzige Kreaturen vorgestellt, die in Wäldern herumtollten – keine wütenden Bestien mit Klauen und zentimeterlangen Reißzähnen. Der Bär stand einen Moment lang da und ließ sich das Fell vom Wind zerzausen. Dann stürmte er auf die kämpfenden Wölfe zu und...

„Letzte Chance", murmelte Dell und versperrte ihm den Weg.

Sophie wollte schreien. War Dell wahnsinnig geworden?

Dann riss sie die Augen weit auf, denn auch Dell begann, sich zu verwandeln. Sie starrte ihn an, als in der Mischung menschlicher und tierischer Gestalt gelbbraune Züge zum Vorschein kamen.

„Was?", keuchte sie.

Sie hatte Dell mit seinem langen, goldenen Haar und dem dichten Bart immer für eine Art Wikinger gehalten. Aber wirklich niemals für einen Löwen.

„Dell?", flüsterte sie schockiert.

Der Löwe schüttelte seine Mähne und brüllte, so dass Coco und Boris zusammenzuckten. Nelson knurrte zurück, aber der Grizzly wagte sich nicht näher. Er stand, von Dell in die Ecke getrieben, einfach nur da und beobachtete den Kampf.

Aber Chase musste sich immer noch allein einem Wolf und einem Bären stellen, ganz zu schweigen von David, der seine Umhängetasche abschnallte und ein Gewehr herauszog. Er schraubte den Kolben und den Lauf zusammen und murmelte die ganze Zeit vor sich hin.

„Wenn du etwas erledigt haben willst, musst du es selbst tun."

Sophies Herz verkrampfte sich. Gott, nein.

Sie blickte zur Straße hinauf und hoffte, Chase' Freunde, die bis unter die Zähne bewaffnet waren, aus einem Auto springen zu sehen. Aber niemand war da. Der Gedanke führte jedoch dazu, dass sich in ihrem Kopf weitere Puzzleteile zusammenfügten. Dell war ein Gestaltwandler, genauso wie Chase. Bedeutete das, dass seine Brüder auch welche waren? Und was war mit Anjali, Hailey und den anderen?

Einen Moment lang fühlte sie sich betrogen oder sogar belogen. Aber das Gefühl verblasste, als sie an jeden Einzelnen dachte. Connor war freundlich und höflich und Tim war immer nett zu ihr gewesen. Dell war witzig und stets gut gelaunt. Sie alle liebten ihre Partnerinnen mit einer anbetenden Hingabe, die nur wenige Männer zeigten, und sie alle waren ihr nach der Explosion am Smoothie-Wagen zu Hilfe geeilt.

Ihr Herz schlug höher. All diese Fremden waren so nett zu ihr gewesen. Es war David, der Junge, mit dem sie aufgewachsen war, dem sie nicht trauen konnte.

Das Medaillon erwärmte sich an ihrer Brust und eine Stimme driftete durch ihren Geist.

Du kannst ihnen vertrauen. Du kannst der Liebe vertrauen.

Sophie schaute Chase an. Es war leicht, den Mann zu lieben. Aber einen Wolf zu lieben?

Etwas ruckelte an ihrer Hand und sie lenkte ihre Aufmerksamkeit zurück zu ihren Füßen. Darcy hatte sich gerade aus ihrer Umklammerung losgerissen.

„Darcy, warte!", schrie sie, aber es war zu spät. Darcy preschte bereits durch eine Pfütze direkt auf den Bären zu, der sich auf Chase stürzen wollte.

Coco und Boris bellten hektisch, als wollten sie sagen, *Du bist doch nur ein kleiner Kerl. Dieser Bär ist riesig,* aber Darcy schien das nicht zu kümmern.

Der Bär – Vucovich – änderte die Richtung und kam direkt auf Darcy zu. Sophie griff nach einem Stein und schleuderte ihn mit aller Kraft. Sie erwartete, dass der Stein ohne viel Wirkung von der Schulter des Bären abprallen würde, aber er landete mit einem dumpfen Schlag und das Tier stolperte rückwärts. Dann starrte der Bär sie mit gefletschten Zähnen an, als wollte er sagen, *Du bist die Nächste, Schätzchen.*

Ihr Puls raste. War sie verrückt geworden, einen Bären derart zu provozieren?

Andererseits war das Darcy dort draußen, ganz zu schweigen von Chase und Dell. Sie alle setzten ihr Leben für sie aufs Spiel.

Darcy sprang an Chase' Seite, nachdem er sich entschieden hatte, welche Fraktion er unterstützen wollte. Es war fast lächerlich, den kleinen Terrier gegen einen Wolf und einen Bären antreten zu sehen, aber Sophies Herz wurde ganz warm. Dieser kleine Hund hatte allen Mut der Welt und er war die treueste Seele, die sie kannte.

Genau wie Chase, sagte diese kleine Stimme.

Hitze strömte durch ihre Brust, während sie auf Chase' dunkelbraunes Fell starrte. Er hatte so viel getan und so wenig von ihr verlangt. Endlich verstand sie, was er ihr hatte sagen wollen, jedoch nicht ganz herausbringen konnte.

Aber heiliger Strohsack. Der Mann, den sie liebte, war ein Wolf?

Vucovich brummte und trat nach vorn, um den nächsten Vorstoß zu wagen. Lamont sprang vor ihm her und Chase wappnete sich für den Angriff. Als die beiden Wölfe aufeinanderprallten, folgte der Bär. Darcy tat es ebenfalls. Er kläffte und biss, um den Bären abzulenken. Der Grizzly schnappte nach Darcy, der gerade noch rechtzeitig zur Seite springen konnte.

Sophie schleuderte einen weiteren Stein auf den Bären. Dieser traf ihn an der Stirn und verursachte ein weiteres wütendes Brüllen. Dann griff sie nach einem weiteren und–

„Würdest du damit aufhören?" David packte ihren Arm.

Sie verdrehte sich und versuchte, sich zu befreien, aber ihre Füße rutschten unter ihr weg.

David fluchte und trat Coco und Boris beiseite. Sie waren keine Krieger wie Darcy, aber sie schnappten nach Davids Knöcheln und beschützten sie, so gut sie nur konnten.

Sophie fand sich inmitten von Chaos wieder. Hunde bellten, Bestien knurrten, Wasser spritzte. Das Blowhole brach mit einer donnernden Explosion aus und durchnässte sie alle. Sophie blinzelte und versuchte, das Gewirr in ihrem Kopf zu ordnen.

Behalte einen klaren Kopf. Die Drill-Sergeant-Stimme ihres Stiefvaters erklang laut und deutlich in ihren Gedanken. Das hatte er während der Übungen immer gesagt, die er sie alle wie unfreiwillige Rekruten in seiner Privatarmee hatte durchlaufen lassen. *Panik ist der Feind.*

Selbst in ihren wildesten Träumen hätte sich Sophie nicht vorstellen können, dass sie diese Lektionen einmal nützlich finden würde. Und schon gar nicht in einer Situation wie dieser. Aber da war sie nun. Am Boden zu Füßen eines Verrückten, während sich nur wenige Meter entfernt wilde Tiere gegenseitig zerfleischten. Sie holte tief Luft und kramte etwas tiefer in den unerwünschten Erinnerungen. David war größer und stärker. Und schlimmer noch, er hatte eine Waffe. Aber auch dafür war sie ausgebildet worden, nicht wahr? Sie trat mit einem Fuß nach vorn, mit dem anderen zurück und stützte sich ab. Mit einer schnellen Drehung und dem Herumreißen einer Schulter zerrte sie Davids Arm nach unten und–

„Hey!", plärrte er, als sie ihn mit einer Judorolle über die Schulter warf und auf den Boden fallen ließ.

Sophie starrte ihn an und war erstaunt, dass es tatsächlich funktioniert hatte.

Das Gewehr fiel scheppernd zur Seite und sie sprang vor, um es aus Davids Reichweite wegzutreten. Als er hinterher stürmte, schoss ihr eine schemenhafte Erinnerung durch den Kopf. Sie war ausgerutscht, aber ehe sie sich versah, streckte sie sich zu einem Fallrückzieher aus, der David den Boden unter den Füßen wegriss. Dann stürmte sie mit Coco und Boris im Schlepptau in Richtung Straße hinauf. Sie war sich nicht sicher, ob sie stolz sein oder ob ihr schlecht werden sollte, dass das ganze paramilitärische Training, zu dem sie gezwungen worden war, noch immer Teil ihrer Seele war. Und dass selbst nach so langer Zeit.

„Du Miststück!" David stürzte ihr hinterher.

Die Hunde brachten ihn zum Stolpern, so dass Sophie noch einen Schritt Vorsprung bekam. Wenn sie nur irgendwie dort hinaufgelangen und in ihr Auto springen könnte…

Keuchend hielt sie kurz inne. Vucovich hatte sich vom Wolfskampf abgewandt und sich ihr in den Weg gestellt. Er forderte sie heraus, näher zu kommen.

„Überlasse sie mir", befahl David und eilte hinter ihr her.

Ein Heulen ertönte von links und Sophie schaute sich um. Einer der Wölfe ragte über dem anderen auf und versenkte seine Zähne in dessen Hals. Sie waren beide völlig blutverschmiert und ihr Herz überschlug sich in Panik. Welcher von ihnen war Chase?

Es dauerte zehn quälende Sekunden, um zu erkennen, welcher Wolf welcher war. Das Tier, das am Boden kämpfte, war Lamont und Chase war der Sieger.

Lamont hörte auf zu zappeln und lag plötzlich regungslos da. Chase hielt ihn noch ein paar Sekunden lang fest, bevor er seinen Griff um den Feind löste. Lamont fiel wie ein Stein zu Boden. Tot?

Tot, schien Darcys hochmütiges Schnaufen zu sagen.

Sophie wurde es übel.

Chase riss seinen Kopf mit einem Ausdruck in den Augen herum, der so voller Bedauern war, dass es ihr das Herz brach.

Vergib mir, flehten diese Augen. *Hasse mich nicht für das, was ich bin. Dafür, was ich tun muss, um dich zu retten.*

Sophie erstarrte. Für einen kurzen Moment war sie konzentrierter als je zuvor.

„Chase", flüsterte sie.

Angst und Überraschung wirbelten an den Rändern ihres Herzens herum, aber Liebe füllte den größten Teil darin aus.

Liebe ist die stärkste Kraft auf Erden, hatte ihre Tante einmal gesagt. *Und wenn man es weiß, weiß man es wirklich.*

Sophie nahm einen tiefen Atemzug und atmete wieder aus. Sie liebte Chase. Spielte es eine Rolle, ob er ein Mann oder ein Wolf war?

Bis zu diesem Zeitpunkt hatte sich Nelson aus dem Kampf herausgehalten. In Schach gehalten von Dell, dem Löwen. Aber dann brummte der Bär und griff Dell an. In der Zwischenzeit bäumte sich der zweite Bär auf seine Hinterpfoten auf und ragte über Chase.

„Das werde ich eines Tages sein", knurrte David, als er Sophie einholte und sie von hinten packte. „Nur noch besser."

Seine Bärenklauenkette grub sich in ihren Rücken und er hielt ihre Handgelenke mit einer Hand fest. Mit der anderen griff er nach ihrer Brust und bedeckte ihr Medaillon.

„Oh ja. Das werde ich auch brauchen", murmelte David.

Sophie versteifte sich. Warum sollte er an ihrem Medaillon interessiert sein?

Instinktiv stampfte sie auf seinen Fuß und riss sich los.

„Verdammt", fluchte David und rannte ihr hinterher.

Mit einem Wolf und einem Bären, die den einen Weg versperrten, und einem Kampf zwischen einem Löwen und einem Bären auf der anderen Seite, hatte Sophie keine andere Wahl, als zum Rand der Klippe zu rennen. Das Blowhole brach aus und durchnässte sie. Ihre Haare klebten nass an ihrem Gesicht und sie stolperte nur wenige Zentimeter vom Rand des Felsens entfernt auf die Knie. Sie spähte über den steilen Abgrund. Sie könnte auf gar keinen Fall springen, um zu entkommen.

„Na, wo willst du jetzt hin?" David grinste und ohrfeigte sie von hinten.

Der Schlag ließ sie zur Seite schwanken. Ihre Schulter prallte gegen einen Felsen und sie schrie auf. Ein Wolf heulte und sie wusste, dass es Chase war. Doch als sie aufblickte, sah sie nur die bullige Gestalt des Grizzlys, der sich vor ihm aufbaute.

„Nein!" Sie kämpfte sich auf die Füße.

Aber sie hatte sich bei ihrem Sturz den Kopf gestoßen und alles vor ihr entfaltete sich in einer langsamen Unschärfe. Coco und Boris wimmerten und bellten. Sie waren wie eine Wolke aus Braun und Weiß neben ihren Füßen. Auch David war da und näherte sich mit etwas, das wie zwei rechte Hände aussah, dem Gewehr.

Beeile dich, flüsterte eine Stimme, als das Medaillon heiß zu glühen begann. *Schlag es weg.*

Sie konzentrierte sich gerade noch rechtzeitig, um zu sehen, wie Vucovich mit riesigen Krallen nach Chase' Schulter schlug. Der Bär holte zum Todesstoß aus, als Chase zu Boden rollte. Aber Darcy – der tapfere, unbeugsame Darcy – stürzte sich vor und versenkte seine Zähne im Hinterbein des Grizzlys. Der Bär brüllte auf, drehte sich und schlug Darcy weg.

„Darcy!", schrie Sophie, als der Hund über die Felsen flog und mit einem Aufprall landete. Er blieb regungslos in einem Häufchen liegen.

„Verdammter Hund", murmelte David, der schließlich nach dem Gewehr griff.

Coco und Boris eilten zu Darcy hinüber. Wut kochte in Sophie hoch – oder war es Hass? Emotionen, die sie so lange verbannt hatte, und die all die Liebe nun beiseiteschoben, die sie im Laufe der letzten Monate so mühsam in sich angehäuft hatte.

Ohne nachzudenken, trat sie David das Gewehr aus der Hand. Es klapperte über die Felsen und stürzte dann über den Klippenrand.

„Du Miststück!", schrie David zu spät.

Sophie sprang auf die Füße und riss die Fäuste hoch. Zum ersten Mal in ihrem Leben verstand sie, warum Hass so mächtig war und warum Männer wie David einen solchen Rausch davon bekamen. Aber etwas erwärmte sich an ihrer Brust. In dem Augenblick, in dem sie das Medaillon berührte, strömte die Liebe zurück in ihr Herz und löschte jeglichen Hass darin aus. Das Medaillon war so heiß, dass sie fast die Hand weggerissen hätte. Aber die Hitze verbrannte sie nicht. Sie strömte einfach in sie und erfüllte sie mit einer anderen Quelle der Macht.

Liebe. Die stärkste Kraft auf Erden, hatte ihre Tante einmal gesagt.

Und wow. Sophie glaubte es. Sie umklammerte das Medaillon ganz fest.

„Wie kannst du es wagen?", brüllte David.

„Wie kannst du es wagen?", schrie sie zurück und versuchte, die Situation einzuschätzen. Chase und Vucovich kämpften eng ineinander verschlungen weiter. Dell und Nelson kämpften in einem weiten Kreis, sprangen aufeinander zu und zogen sich dann wieder zurück. Sie waren gut zwanzig Meter entfernt und der Abstand wurde immer größer. Es blieb also nur David übrig, der…

Sophie schnappte nach Luft, als er ihre Hand zur Seite riss. „Jetzt reicht es mir. Wähle. Leben oder Tod, Sophie. Was soll es sein?"

„Chase", erklärte sie, während sie mit ihm rang. „Ich wähle Chase."

David schnaubte. „Das ist keine Option, Süße. Entweder ich oder gar nichts."

Hitze strömte durch ihre Brust und ein gurgelndes Geräusch stieg hinter David auf. Es signalisierte, dass das Blowhole kurz vor dem Ausbruch stand. Sophies Blick fiel auf das klaffende Loch, das nur wenige Meter entfernt war.

David lachte. „Ich schätze, du wählst den Tod. Zu schade."

Er beugte sich vor und konzentrierte sich auf ihren Hals. Seine Augen leuchteten auf, als ob er sich schon darauf freute, wie gut es sich anfühlen würde, das Leben aus ihr herauszuquetschen. Ihr ersticktes Flehen zu ignorieren und sie langsam sterben zu sehen. Er würde sie ein wenig schütteln und – igitt – ihre Wange küssen, während das Leben aus ihrem Körper entwich. Dann würde er sie mit einer kalten Geste von der Klippe stoßen.

All das spielte sich vor Davids innerem Auge ab. Aber in Sophies Kopf entfaltete sich eine andere Vision. Eine Vision von Chase, der auf sie herabschaute, während sie zusammen im Bett lagen. Von seinem weichen Kuss und seinen sanften Liebkosungen. All die Liebe und die Sehnsucht, die er ihr entgegenbrachte.

Sie biss die Zähne zusammen. David hatte recht. Es ging um Leben oder Tod und sie musste sich entscheiden.

Ihr Blick wanderte von David zum gurgelnden Blowhole.

Warnung. Halten Sie Abstand zum Blowhole. Gefahr, hineingesaugt zu werden und ums Leben zu kommen.

David beugte sich vor, um sie zu erwürgen, und Sophie wich zurück. Sie nutzte die rutschige Oberfläche, um ihn aus dem Gleichgewicht zu bringen. Dann nahm sie all ihre Energie zusammen und gab ihm einen Stoß. Sie stieß ihn *heftig* und mit mehr Kraft, als sie jemals in ihrem Leben angewandt hatte.

David kippte nach hinten und stöhnte überrascht auf. Er schwankte einen Moment lang am Rand des Blowholes und Sophie hielt den Atem an, während er hinunterstarrte. Als er seinen Blick zu Sophie herumriss, stand Mord in seinen Augen geschrieben.

„Das reicht", grunzte David. „Du wirst dir wünschen... "

Seine Worte wurden vom Zischen des Wassers übertönt und Coco – die kleine hilflose Coco – sprang ihm ans Schienbein und riss ihn zurück. Es war nicht viel und David streckte leicht seinen rechten Fuß aus, um sich auf der anderen Seite des Lochs zu fangen. Aber das Gurgeln wurde zu einem Grollen und Davids Blick wandelte sich von Ärger zu Panik.

Wusch! zischte das Blowhole.

David schlug um sich und war von Wasser umgeben, das mit der Kraft eines Feuerlöschschlauchs nach oben schoss. Dann zog sich das Wasser zurück und David versank mit ihm. In einer Sekunde war er noch da gewesen und im nächsten Augenblick hatte ihn das Wasser aus dem Blickfeld gerissen.

„David", sagte Sophie halb flüsternd, halb schreiend.

Coco war vom Ausbruch des Wassers zur Seite geschleudert worden. Als es verebbte, schüttelte sie ihr Fell und spähte hinunter in das Loch.

„Coco!" Sophie gestikulierte wild und der kleine Mischling huschte zurück an ihre Seite.

Sophie starrte auf das Blowhole und suchte dann mit den Augen das Meer ab. Würde David dort hinausgesaugt werden? War es möglich dies zu überleben?

Hinter ihr ertönte ein Brüllen und sie wirbelte herum, um sich dem Kampf der Gestaltwandler zu stellen.

Kapitel 16

Sophie drehte sich gerade noch rechtzeitig um, um zu sehen, wie Chase gegen die Felsen geschleudert wurde. Sein Wolfskörper war zerschunden und auch Vucovich blutete aus mehreren tiefen Wunden. Aber der Grizzly hatte die Oberhand und holte zum Todesstoß aus.

„Nein!"

Sie schnappte sich einen Stein, stürzte nach vorn und schleuderte ihn auf den Bären. Das mächtige Tier drehte sich um und knurrte sie an, während es Chase ignorierte. Also warf sie noch einen Stein und dann noch einen weiteren. Jeder erneute Schlag führte zu einer stärkeren Reaktion des Grizzlys, der zusammenzuckte, sich duckte und brüllte.

Ein kleiner Teil ihres Verstandes registrierte, dass sie nicht in der Lage sein sollte, eine solche Wirkung zu erzielen. Das etwas anderes als reine Panik sie antreiben könnte. Aber jetzt kam der Grizzly direkt auf sie zu. Sie erstarrte und schaute dem Tod ins Auge.

Dann versenkte Darcy – der liebe, kleine Darcy, der wie ein hündischer Napoleon herangehumpelt kam und nicht zu wissen schien, wann er aufhören sollte – seine Zähne in den Hinterläufen des Bären. Die Bestie drehte sich um, um ihn abzuschütteln, und entblößte dabei ihren Hals. Chase kämpfte sich auf die Füße und stürzte sich mit weit aufgerissenem Maul auf ihn.

Die Halskrause des Grizzlys musste unglaublich dick sein, aber sobald der Wolf seine Zähne darin versenkt hatte, ließ er nicht mehr los. Ebenso wenig wie Darcy, der sich festbiss, während der Bär um sich schlug. Zuerst schien die Bestie nur verärgert zu sein. Aber die Reißzähne des Wolfes mussten tiefer dringen, denn die Bewegungen des Bären wurden immer verzweifelter. Mit einem mächtigen Ruck schleuderte er Darcy durch die Luft. Der Jack Russell Terrier prallte gegen einen Felsen und viel schlaff zu Boden.

„Darcy!", schrie Sophie.

Fast wäre sie zu ihm hinübergeeilt, aber dafür blieb keine Zeit. Ohne Darcys Ablenkung konnte sich der Grizzly darauf konzentrieren, Chase mit seinen Krallen zu zerfleischen.

Also beweg dich. Hilf Chase, befahl sie sich selbst.

Sie schrie und winkte und ignorierte den Instinkt, zu fliehen. Wenn Darcy sich einer so großen Bestie entgegenstellen konnte, dann könnte sie sich dazu bringen, das Gleiche zu tun.

Der Bär wirbelte herum und schnappte nach ihr, so dass die Luft vor ihrem Gesicht zischte. Chase hing immer noch an seinem Hals und Blut strömte über ihre Brustkörbe. Sophie wäre fast geflohen, aber sie fand die Kraft, wieder nach vorn zu stürmen und das Tier anzuschreien. Je mehr sich der Bär auf sie konzentrierte, desto mehr Zeit hatte Chase, ihm die Lebenskraft zu rauben.

„Hier drüben", brüllte sie und schnappte sich einen weiteren Stein.

Der Bär blickte auf, als sie den Stein mit einer Kraft und Genauigkeit schleuderte, die sie selbst schockierte. Als sie die Schnauze des Bären traf, heulte das Tier auf und krümmte sich rückwärts.

Coco bellte, als wollte sie Chase anfeuern. *Jetzt! Schnapp ihn dir!*

Der Wolf presste seinen Kiefer noch fester zusammen und der Bär stieß ein letztes, verklingendes Brüllen aus. Dann fiel er in einer seltsamen Zeitlupenbewegung zur Seite, zuckte ein paarmal und wurde schließlich schlaff. Für eine Weile hörte man nur die Wellen, die gegen die Felsen schlugen. Dann ließ der Wolf den Bären los und schwankte davon. Nach drei wackligen Schritten brach er zusammen.

Sophie stolperte rückwärts, landete auf ihrem Hinterteil und saß einfach nur da und starrte. Ihr Herz schlug umso lauter, weil es so still war. Doch als sie nach ihrem Medaillon griff, gelang es ihr, sich aufzurappeln und zu Chase hinüberzueilen. Sie kniete sich über ihn und...

Sie erstarrte und ihre Hände zitterten nur wenige Zentimeter davon entfernt, ihn zu berühren. Das war nicht nur irgendein wildes Tier. Es war ein Werwolf – die Art von Bestie, vor der sie sich so lange gefürchtet hatte.

Nicht nur irgendein Werwolf, erinnerte sie eine Ecke ihres Verstandes. *Es ist Chase.*

Coco tauchte neben ihr auf und schnüffelte misstrauisch.

Sie wirbelte herum, weil Dell und der andere Bär immer noch irgendwo dort draußen waren. Dann atmete sie aus, denn der Löwe jagte Nelson über alle Berge. Nelson hatte sich nie ganz auf den Kampf eingelassen und jetzt schien er den Schaden begrenzen zu wollen.

Sophie drehte sich wie gelähmt zu Chase um. Wie schlimm waren seine Verletzungen?

Langsam streckte sie die Hand aus und berührte die Seite des verwundeten Wolfs. Das Fell war weicher, als sie es sich vorgestellt hatte, und es war leicht, sich daran zu erinnern, wie sie mit den Fingern durch Chase' Haar fuhr.

„Chase...“ Sie kraulte seine Wolfsohren.

Er war es wirklich und er hatte alles für sie riskiert. Aber er lag vollkommen und beängstigend still.

Eine Träne rollte über ihre Wange, gefolgt von einer weiteren. Weitere fielen und schon bald überflutete ein ganzer Strom von Tränen ihr Gesicht, während sie seinen Namen flüsterte.

„Chase...“

Sie wusste nicht, wie lange sie um den Mann, den sie liebte, und um Darcy geweint hatte. Um alles, wie es schien. All die großen Sorgen ihres Lebens stiegen gleichzeitig in ihr auf und sie fühlte sich so verloren.

Dann rieb ein schwieliger Finger über ihre Wange und sie blinzelte. „Chase?“

Der Wolf war verschwunden und an seiner Stelle lag der Mann.

„Sophie“, krächzte er.

Ein Wassertropfen glitt über seine Stirn und sein Haar war nass, genau wie das des Wolfes gewesen war.

Sie hielt den Atem an. War Chase wirklich zurück? Dann starrte sie auf seine Wunden. Seine linke Schulter war aufgerissen und vier parallele Kratzspuren zogen sich über seine Brust. Aber Chase hob seine Hand an ihre Wange und streichelte sie mit dem Daumen.

„Geht es dir gut? Bitte sag mir, dass es dir gut geht", flehte sie.

„Es geht mir gut", röchelte er. „Und es tut mir leid. Es tut mir so leid."

Sie wischte sich die Tränen ab und umarmte ihn so vorsichtig, wie sie nur konnte. „Was tut dir denn leid?"

„Alles."

Sie richtete sich auf. „Du hast mich gerettet. Schon wieder. Ich bin diejenige, der es leidtun sollte. Du hast versucht, es mir zu sagen, nicht wahr?" Ihr Magen krampfte sich zusammen. „Bitte sag mir nicht, dass es um etwas anderes ging. Etwas Größeres als das hier."

Er schüttelte den Kopf. „Nur um den Gestaltwandlerteil. Keine anderen Überraschungen, ich schwöre es." Dann umklammerte er ihre Hand und schaute sie so sorgenvoll an, dass es ihr das Herz brach. „Aber was ist mit... "

Sie schüttelte den Kopf. „Ich liebe dich, Chase. Nichts anderes ist wichtig."

Sicher, sie würde Zeit brauchen, um diese ganze Wolfsgestaltwandlersache zu verdauen. Aber nichts würde ihre Liebe zu ihm erschüttern.

„Nichts", flüsterte sie und umarmte ihn.

Sie hätte für immer dort bleiben und seinem Herzschlag lauschen können. Aber als sie die Augen aufriss, sah sie das Blut auf seiner Brust und die Realität der Situation überkam sie erneut. Sie setzte sich auf und wedelte hilflos mit den Händen herum. Sie starrte auf seine Wunden.

„Oh Gott. Wir müssen die Blutungen stoppen... "

Chase griff nach ihren Händen und beruhigte sie. „Alles wird gut. Wir heilen schnell."

Wir bedeutete *Gestaltwandler*, dachte sie. Aber für sie zählte nichts, außer dass es ihm gut gehen würde.

In der Ferne ertönte Gebrüll und Sophie erschauderte. Ein Teil dieses Geräusches war der Ruf des Sieges und der andere der letzte Aufschrei des Todes.

Sie griff nach Chase' Hand. „War das Dell oder der Bär?"

„Dell", sagte Chase. „Ich meine, er hat den Bären erwischt. Er hat... "

Sophie schloss die Augen und versuchte, sich die Details nicht vorzustellen. Dann riss sie sie plötzlich panisch wieder auf und wirbelte herum.

„Darcy!"

Der Hund lag noch immer dort, wo der Grizzly ihn hingeschleudert hatte und war völlig regungslos. Boris stand neben ihm, schnüffelte in der Luft und hatte Angst, sich ihm zu nähern.

Sophie eilte hinüber. „Darcy... "

Langsam und vorsichtig wiegte sie ihn und die Tränen kehrten zurück, als er nicht reagierte.

„Mein süßer, tapferer Darcy... " Sie wiegte ihn hilflos. Sie konnte durch ihre Tränen kaum noch etwas sehen und die Hitze, die von dem Medaillon ausging, nahm zu. Wie Chase die Energie aufgebracht hatte, hinüberzuhumpeln, wusste sie nicht. Sie wünschte nur, Darcy hätte dieselben Heilkräfte eines Gestaltwandlers. Sein Puls war schwach und sein Körper bewegungslos. Wurde sie Zeugin der letzten Momente von Darcys Leben?

„Sprich mit ihm", flüsterte Chase. „Sag es ihm. "

Ihre Kehle fühlte sich wie zugeschnürt an, aber sie würgte trotzdem ein paar Worte heraus. „Mein tapferer, tapferer Darcy. So ein guter Hund. "

Alle Hoffnung schwand aus ihr. Es konnte nur noch eine Frage der Zeit sein. Sie schloss die Augen und dachte an ‚die Regenbogenbrücke' – das Kindergedicht, das den Hundehimmel in einfachen, aber schönen Worten beschrieb. Normalerweise tröstete der Gedanke sie, aber jetzt half er ihr wenig. Ihre Augen brannten und ihr Herz schmerzte.

„Darcy... ", schluchzte sie und zog ihn an sich.

Etwas streifte Sophies Ellbogen, aber es war ihr egal. Sie reagierte noch nicht einmal, als es ein zweites Mal passierte. Aber beim dritten Mal...

Sie blickte nach unten. Moment. Wedelte er mit dem Schwanz? Sie hielt den Atem an.

Darcy riss die Augen auf und leckte ihre Hand. So schwach, dass es sie erschreckte, aber gleichzeitig keimte Hoffnung in ihr auf.

„Guter Junge, Darcy." Sie streichelte ihn sanft. „Guter Junge."

Hitze pulsierte durch ihren Arm und sie schloss die Augen, um sie in Gedanken zu verfolgen. Es war ihr Medaillon, das nicht nur ihr Kraft gab, sondern sie auch in Darcy strömen ließ. War es nur Liebe, die hier am Werk war, oder etwas mehr?

Darcys Augen schlossen sich wieder, was ihr Angst machte, aber Chase berührte ihren Rücken. „Ein zäher kleiner Kerl. Er wird es schaffen."

„Wie kannst du das wissen?"

Chase biss sich auf die Lippe. „Ähm... Ich weiß es einfach. Halte ihn einfach weiter fest."

Oh ja, und wie sie ihn festhalten würde. Genauso wie sie Chase festhalten würde, wenn sie die Chance dazu bekäme.

„Bist du dir sicher?", quietschte sie.

„Ich bin mir sicher."

Chase' Augen blitzten auf und erinnerten sie an den Wolf. Plötzlich verstand Sophie es. Nicht alle Details vielleicht, aber das Wesentliche. Hunde konnten miteinander kommunizieren, also konnten Wölfe es wahrscheinlich auch.

Coco und Boris näherten sich, um Darcy zu lecken. Sophie streichelte sie und lachte und weinte gleichzeitig. Sie griff nach Chase' Hand und die Wärme des Medaillons breitete sich auch in diese Richtung aus.

Liebe ist die stärkste Kraft auf Erden...

Sophie hatte ganz sicher ihre Momente des Zweifels erlebt. Aber jetzt war sie sich sicher. Liebe konnte wirklich alles besiegen.

Dann hörte sie Schritte über die Felsen kratzen und ihr Herz stockte. Sie schaute auf und hatte Angst, wer es sein könnte.

Aber als die vertrauten Gesichter von Chase' Freunden in Sicht kamen, atmete sie auf. Tim war der Erste, der sich näherte, und Hailey folgte ihm. Anjali war nicht weit dahinter, obwohl sie sich in die andere Richtung umdrehte, um Dell abzufangen, der noch immer in Löwengestalt zurückgehumpelt kam.

„Geht es dir gut, Mann?" Tim sah ernster aus, als sie ihn je gesehen hatte.

Chase nickte langsam.

„Was ist mit Darcy?", fragte Hailey und kam zu Sophie geeilt.

Sophie streichelte sein glattes, feuchtes Fell. „Ich glaube, er wird es schaffen."

Hailey kam näher und schaute zwischen Sophie und Chase hin und her. Dann neigte sie den Kopf und fragte ganz leise: „Und was ist mit dir?"

Sophie biss sich auf die Lippe. *Aufgewühlt* beschrieb noch nicht einmal annähernd, wie sie sich fühlte, besonders bei dem Gedanken, dass Hailey und die anderen wahrscheinlich ebenfalls Gestaltwandler waren. Ihr Herz überschlug sich, als sie ihre Gesichtszüge genauer studierte.

Aber einen Moment später schüttelte sie den Gedanken ab. Gestaltwandler oder nicht, es spielte keine Rolle. Ihre Liebe zu Chase war spürbar und sie hatten ihr ihre Freundlichkeit immer wieder bewiesen.

„Sophie?", fragte Hailey besorgt.

Sophie schaute Darcy und dann Chase an, der ihre Hand drückte. Gott, wie sehr sie ihn liebte.

„Es geht mir gut", flüsterte sie und hielt ihren Blick fest auf Chase gerichtet. „Wirklich gut."

Kapitel 17

Chase wachte langsam auf. Er war immer noch nicht ganz bereit, alles zu glauben. Eine Woche war seit jenem schrecklichen Tag an der Klippe vergangen – dem Tag, an dem er Sophie hätte verlieren können. Es war also sicherlich verständlich, dass er sie die ganze Nacht lang festhalten musste und sie jetzt, da es Morgen war, nicht mehr loslassen wollte, nicht wahr?

„Mmm", seufzte sie und kuschelte sich enger an ihn.

Coco und Boris schmiegten sich ebenfalls an sie und Chase seufzte. Aber verdammt. Er würde mit ein paar Hunden am Fußende des Bettes zurechtkommen.

„Hallöchen, Kumpel." Er griff nach unten, um Darcy zu streicheln, der nicht einmal zuckte. Tatsächlich schien er es sogar zu mögen.

Der kleine Jack Russell hatte die Nacht auf einem Kissen direkt neben der Couch verbracht – dem plüschigsten und größten Kissen, das man finden konnte. Es war riesig und hatte goldene Quasten an den Ecken, was den kleinen Darcy wie einen gottverdammten Maharadscha aussehen ließ. Anjali hatte es nach dem Kampf vorbeigebracht und Sophie hatte die ersten achtundvierzig Stunden danach damit verbracht, sich um ihn und den kleinen Hund zu kümmern.

Chase schaute zum Loft hinauf. Aufgrund seiner Verletzungen war es zunächst nicht infrage gekommen, dort hinaufzuklettern, also hatten sie es sich im Wohnzimmer bequem gemacht. Er hatte sich ziemlich schnell erholt, aber sie schliefen weiterhin auf dem Schlafsofa, um ein Auge auf Darcy zu behalten. Jetzt, da er das Schlimmste überstanden hatte, hoffte Chase, zurück ins Loft ziehen zu können. Die Hunde würden unten bleiben müssen, aber damit konnten sie leben.

Ich bin Alpha unseres kleinen Rudels, erklärte er Darcy. *Aber du bist mein Leutnant und hast hier unten das Sagen. Du bist derjenige, der sicherstellt, dass keine Bösewichte an dir vorbeikommen. Kann ich auf dich zählen?*

Darcy wedelte mit dem Schwanz. *Ja, Sir.*

Chase streichelte Darcys Ohren und achtete darauf, seine Wunden nicht zu berühren. Der kleine Kerl war zu Beginn nur sehr langsam warm mit ihm geworden. Aber seit dem Kampf, in dem sie sich einem gemeinsamen Feind gestellt hatten, um Sophie zu retten, hatte sich alles verändert.

Ohne dich hätte ich es nicht geschafft, Mann, sandte er in die Gedanken des Hundes.

Darcy ließ ein selbstgefälliges kleines Grinsen aufblitzen und schloss die Augen. Es würde noch eine Weile dauern, bis er einen echten Wachhunddienst übernehmen könnte, aber er würde wieder gesund werden.

Und was Sophie betraf…

Sie hat sich selbst gerettet, murmelte eine kleine Stimme in Chase' Kopf.

Er fuhr mit einer Hand über die Seite seiner Gefährtin. So vieles war schiefgelaufen, aber irgendwie war es am Ende doch gut ausgegangen. Am Morgen vor dem Kampf war er zur Polizeiwache geeilt, nur um festzustellen, dass sie den falschen Mann verhaftet hatten. Als er wieder nach Hause kam, war Sophie verschwunden gewesen. Seine Rudelkollegen hatten sich bereitgemacht, die Gestaltwandler-Eindringlinge zu jagen, die Connor und Jenna auf Oahu entkommen waren und sie auf eine falsche Fährte gelockt hatten. So waren nur Chase und Dell übrig geblieben, um zu Sophie zu gelangen, und sie hatten keine andere Wahl gehabt, als es mit den Eindringlingen aufzunehmen, ohne auf Verstärkung zu warten.

Die Erinnerungen waren hässlich, aber Sophie war unglaublich gewesen. Sie hatte einen klaren Kopf bewahrt und mit unglaublicher Härte gekämpft. Sie hatte einen ausgewachsenen Mann in einem Judowurf herumgewirbelt, verdammt noch mal. Und diese Zug-Stoß-Bewegung, mit der sie David zum Blowhole befördert hatte, war auch ziemlich beeindruckend gewesen.

Wo hast du das denn gelernt? hatte er irgendwann in den letzten Tagen gefragt.

Sophie hatte das Gesicht verzogen. *Als Kind musste ich eine Menge Dinge lernen, die ich nie benutzen wollte.*

Sie starrte auf ihr Medaillon hinunter und bewegte die Lippen, als wollte sie etwas hinzufügen, sprach dann aber doch nicht.

Sein Blick fiel auf die Stelle, an der das Medaillon auf ihrer nackten Haut ruhte. Manchmal hatte er gespürt, wie eine Art Kraft daraus hervorströmte. Er war zu dem Schluss gekommen, dass dies ein Nebenprodukt seines verwirrten, verliebten Geistes sein musste. Aber jetzt war er sich nicht mehr so sicher.

Trotzdem war er noch nicht bereit, weitere Fragen zu stellen. Sophie hatte ihm bereits eine Menge verraten und ihm alle Details über die Miliz erzählt, in der sie aufgewachsen war. All die morgendlichen Märsche, das Training und die verrückte Propaganda, die sie hinter sich gelassen hatte.

Meine Tante war in dieser ganzen Zeit mein Lichtblick. Die einzige Stimme, die mich daran erinnerte, dass es Liebe auf der Welt gab und nicht nur Angst und Hass.

Chase hatte ihre Hand geküsst. *Den Teil mit der Liebe hast du auf jeden Fall gelernt.*

Das hatte ihr ein Lächeln entlockt und sie hatten gute zehn Minuten damit verbracht, es zu bekräftigen, indem sie sich umarmten.

Liebe, murmelte sein Wolf.

Chase nickte zustimmend. Die Liebe war wirklich die stärkste Kraft von allen.

Er hatte auch die Gelegenheit gehabt, sich Sophie zu öffnen und ihr von seiner Kindheit zu erzählen. Oder besser gesagt von seiner Welpenzeit, da er in einem Wolfsrudel aufgewachsen war. Er hatte Angst gehabt, dass Sophie dies verschrecken könnte, aber sie war von jedem Detail fasziniert gewesen.

Du meinst, du konntest den Mond anheulen und alles?

Das hatte ihn zum Lachen gebracht und er hatte sie erneut umarmt. Natürlich machte es Sinn, dass eine Frau, die Hunde liebte, es verstehen konnte, aber trotzdem. Er konnte sein Glück kaum fassen.

Wir heulen den Mond nicht an. Wir heulen ihm zu. Eines Tages werde ich es dir zeigen.

Dieser Gedanke schien ihr zu gefallen und es hatte ihn aufgemuntert. Die Details hatten sie jedoch traurig gemacht. Wie zermürbend das Leben in der Wildnis sein konnte und wie schwer es für ihn gewesen war, sich in seinem neuen Leben zurechtzufinden. Wie oft er daran gedacht hatte, der menschlichen Welt den Rücken zuzukehren.

Ich weiß, was du meinst, seufzte sie. *Menschen können manchmal wirklich ätzend sein. Aber es gibt auch Momente von solcher Schönheit.*

Liebe. Schönheit. Sonnenschein. All das war viel leichter zu finden, wenn Sophie in der Nähe war.

Er starrte an die Decke. Noch nie hatte er sich fester in der menschlichen Welt verankert gefühlt. Sein Wunsch, in die Wildnis zurückzukehren, hatte sich komplett aufgelöst.

Zum Schluss war es ihm gelungen, Sophie alles zu erzählen, was er zuvor zurückgehalten hatte. Er erzählte ihr von Gestaltwandlern und Gefährten und darüber wie leicht es ihnen fiel, sich zu verwandeln. Er hatte ihr auch von den verschiedenen Gestaltwandlerspezies erzählt: Wölfe so wie er, Bären wie Tim, Löwen wie Dell und Drachen wie Connor.

Bei der Erwähnung von Drachen war Sophie blass geworden, aber sie war nicht schreiend davongelaufen. Sie hatte nur einmal tief durchgeatmet, genickt und diese Information leise verarbeitet.

„Nette Drachen?“, hatte sie nach einer langen Pause flüsternd gefragt.

Er zog sie fester an sich. „Wirklich nette. Das verspreche ich.“

Danach hatte sie sich sogar noch fester an seine Brust gekuschelt. Aber schließlich hatte sie wieder angefangen, ihn über Wölfe auszufragen. Fragen, die weniger der Angst entsprangen als vielmehr ihrer Neugierde und sogar … etwas Neid?

Ich würde gern so frei herumstreunen, seufzte sie und ließ seine Hoffnungen anschwellen.

Und jetzt…

Chase schaute hinunter, als Sophie sich in seinen Armen streckte und ihn mit ihren leuchtenden, waldgrünen Augen ansah.

„Worüber denkst du nach?", flüsterte sie.

Er küsste sie sanft. „Über dich. Über mich. Wie viel Glück ich habe."

Sie hatten genügend Zeit gehabt, über alles zu sprechen – und nicht nur über die großen Dinge. Sophie hatte ihm auch alle möglichen kleinen Details erzählt, wie ihre Lieblingsfarbe und Lieblingsblumen. Von den Kuscheltieren, die sie früher besessen hatte, und von ihrem ersten Arbeitstag auf der Farm in Vermont. Er erzählte ihr, wie er das obere der Etagenbetten in dem Zimmer bezogen hatte, das er sich als Teenager mit Tim und Connor geteilt hatte, und berichtete von einigen Streichen, die ihm seine Brüder beim Militär gespielt hatten. Es war erstaunlich, wie sehr sich das alles anfühlte, als wäre es schon eine Ewigkeit her. Seitdem waren sie alle erwachsen – und ernster – geworden und hatten ihre Gefährtinnen gefunden. Sie waren sesshaft geworden.

Sein Grinsen wurde breiter. Das traf auf ihn jetzt auch zu.

Sophie berührte seine Wange. „Hast du letzte Nacht besser geschlafen?"

Er nickte entschlossen. Und wie. In den ersten paar Nächten nach dem Kampf hatte er zu starke Schmerzen gehabt, um gut schlafen zu können. Danach war er von Albträumen über Wilderer heimgesucht worden, die sein Rudel zu Hause jagten. Aber wie aus dem Nichts kam die beste Nachricht, die er sich nur hätte wünschen können. Tim war mit einer Gruppe von Bärengestaltwandlern in Arizona befreundet, die ein kleines, ausgefallenes Lokal namens Blue Moon Saloon betrieben. Ein Ableger dieses Clans war nach Montana gezogen und sie waren herbeigeeilt, um nach Chase' Rudel zu sehen. Sie berichteten, dass die Wilderer, die in der Nähe waren, entweder verschwunden waren oder sich unauffällig verhielten. Dennoch hatten Todd Voss und seine gemischte Gruppe von Gestaltwandlern geschworen, in der Nähe zu bleiben und sicherzustellen, dass die Gefahr wirklich vorüber war.

„Tim hat gesagt, wir können auf Todd und seinen Clan zählen. Wenn jemand Ärger erschnüffeln kann, dann sie."

Sophie zeichnete einen trägen Kreis auf seine Brust. „Der Blue Moon Saloon. Das klingt ja wirklich toll. Eines Tages müssen wir da unbedingt mal hin."

Jedes Mal, wenn Sophie *wir* sagte, wurde Chase' Lächeln breiter. Und wenn sie in einem positiven Licht von Gestaltwandlern sprach – besonders von Bärengestaltwandlern, die einen solch negativen Eindruck bei ihr hinterlassen hatten – freute sich seine Seele.

Er küsste ihre Hand. „Vielleicht auf dem Weg nach Montana."

„Irgendwann." Sophie seufzte und spielte abwesend an ihrem Medaillon herum. „Sobald hier alles richtig geregelt ist, nehme ich an."

Sein innerer Wolf wedelte mit dem Schwanz. *Richtig geregelt bedeutet, sobald wir uns verpaart haben.*

Chase biss sich auf die Zunge. Es gab eine Menge Aspekte, wenn es darum ging, Dinge *zu regeln.* Er wollte Sophie nicht drängen. Sie hatte ohnehin schon eine lange Liste.

„Ich muss mit Mr. Lee sprechen." Sophie blickte in die Ferne.

Sie war fest entschlossen, zu ihrer Arbeit bei Sunshine Smoothies zurückzukehren und jetzt, da die Gefahr durch David erloschen war, konnte Chase auch nicht wirklich etwas dagegen einwenden. In Wahrheit gefiel ihm die Vorstellung, dass sie sich in der Nähe des Lucky Devil aufhalten würde. Sie könnten gemeinsam zur Arbeit fahren, sich in den Pausen besuchen...

Er zügelte seine Fantasie, bevor sie mit ihm durchging.

Zuerst müssen wir uns verpaaren, sagte sein Wolf. *Sie für immer zu unserer machen.*

Er wollte es – unbedingt – aber er würde Zeit brauchen, um Sophie die Details der Verpaarung zu erklären. Er nahm an, dass sie mit dem *Für immer*-Teil daran kein Problem haben würde, aber würde ein nettes Mädchen wie sie nicht vor der Idee eines Paarungsbisses zurückschrecken, der beim

Höhepunkt des Sexes zugefügt wurde? Und verdammt. Wie genau würde er das alles formulieren?

Also, wir ziehen uns nackt aus, haben Sex und wenn wir beide kurz davor sind, zu kommen, beiße ich dich...

Er wurde rot, wenn er nur daran dachte, so etwas laut auszusprechen.

„Und es ist höchste Zeit, dass ich mit dem Anwalt meiner Tante spreche", murmelte Sophie mit besorgtem Blick.

Das brachte ihn zum Lächeln. Er liebte so viele Dinge an Sophie und das war eins davon. Sie kannte den Wert von Geld, aber sie machte es nicht zum Mittelpunkt ihrer Welt.

„Dann kann ich nach guten Zwecken suchen, um es zu spenden", fügte sie hinzu und strahlte.

Er gluckste laut. „Und wenn es ganz viel Geld ist?"

„Dann kann ich an mehrere Gruppen spenden. Als Erstes hatte ich zum Beispiel an das Tierheim gedacht..."

Die meisten Menschen würden bei einem solch verrückten Vorschlag mit dem Kopf schütteln, aber Chase fand es großartig. Er hörte ihr eine Weile zu, wie sie laut über verschiedene Ideen nachdachte, und driftete schließlich in eine angenehme Schläfrigkeit ab. Aber dann sagte Sophie noch etwas anderes und er starrte sie an. Oha. Hatte sie gerade das Thema Verpaarung angesprochen oder trieb sein Wolf in seinen Gedanken Unwesen?

„Ähm... Wie bitte?", brachte er hervor.

Sie errötete und schaute nach unten. Sie waren beide nackt, weil sie sich in der vergangenen Nacht geliebt hatten. Süßer, langsamer Sex, von dem Chase den ganzen Tag über hätte träumen können – oder besser noch, ihn noch ein paarmal wiederholen wollte.

Noch viele Male, sagte sein Wolf und wurde wieder ganz verträumt.

Chase blinzelte den Gedanken weg und versuchte, sich auf das zu konzentrieren, was Sophie murmelte. Er neigte den Kopf, verstand aber immer noch nicht, was sie sagte.

Schließlich seufzte sie und schlug ihm spielerisch gegen die Schulter. „Ich sagte Verpaaren. Das steht auch auf meiner Aufgabenliste."

Er riss die Augen weit auf und seine Wangen wurden heiß.

Sein innerer Wolf wurde hellhörig. *Sie sagte, Verpaaren. Also komm schon zur Sache.*

„Du … willst das?“, fragte er. Er hatte etwas Angst, dass er sie irgendwie falsch verstanden haben könnte.

Sie schlang ihre Arme um seinen Hals. „Natürlich will ich das. Ich will dir gehören und ich will, dass du mir gehörst. Für immer.“

Chase umarmte sie fest. Sich mit Sophie zu verpaaren, wäre ein wahrgewordener Traum, aber trotzdem. Hatte er sie richtig verstanden?

„Sich zu verpaaren bedeutet … ähm… Es erfordert… “

„Einen Biss?“, warf Sophie schließlich in einem leisen Flüsterton ein, der schüchtern und lüstern zugleich klang.

Chase’ Kinnlade klappte auf. „Du weißt davon?“

Sie lachte. „Anjali und Hailey waren vor zwei Tagen hier, während du geschlafen hast. Sie haben mir ein paar Dinge erklärt.“

Er schluckte schwer. Wow. Er hatte sich bei den Frauen von Koakea für ihre Hilfe bedanken wollen, aber jetzt war er ihnen noch mehr schuldig.

„Was genau haben sie erklärt?“

Sophie lehnte sich ganz dicht an ihn heran und flüsterte ihm ins Ohr: „Alles.“

Er wusste nicht, ob sie beabsichtigt hatte, mit diesem Wort all das in ihm aufgestaute Verlangen zu wecken, aber sie tat es auf jeden Fall. Zugleich war er völlig sprachlos. Die anderen Frauen hatten Sophie die Verpaarung erklärt? Er hatte die letzten Tage in einem Dämmerzustand zwischen Schlaf und Wachsein verbracht, aber wenn er genauer darüber nachdachte, hatte er tatsächlich eine vage Erinnerung an unanständiges Kichern, das von der Veranda herübergeschwebt war.

„Alles?“ Seine Stimme war tief, heiser und voller Verlangen.

„Alles.“ Sophie streifte mit den Lippen über sein Ohr und sie schmiegte sich näher an ihn. Ihre Hüfte lag direkt neben seiner wachsenden Erektion. „Sie haben mir erzählt, wie gut es sich anfühlt. Und dass ich dich zurückbeißen darf, wenn ich dazu bereit bin, meine ich.“

Sie rieb ihre Nase an ihm und er schmiegte sich hocherfreut über ihre Worte ebenfalls an sie. Er strich mit seinen Händen an ihren Seiten hinunter und neckte den Rand ihrer Brüste.

„Du willst das – den Paarungsbiss?", fragte er ein drittes Mal.

„Ich will es mehr als alles andere." Sophie knabberte an seinem Ohr.

„Du weißt, dass uns das für immer aneinander binden wird. Wirklich für immer – mehr als irgendwelche Gelübde oder Heiratsurkunden es jemals könnten. Wir werden für den Rest unseres Lebens zusammen sein und auch für immer danach."

Sie hob ihre Hände zu seinen Wangen. „Ich will." Dann grinste sie. „Verstehst du? Ich will?"

Er lachte und strich ihr das Haar zurück, hauptsächlich um seine Hände davon abzuhalten, zu weit in Richtung Süden zu wandern.

„Es wird dich auch zu einer Wolfsgestaltwandlerin machen. Haben sie dir das auch erklärt?"

Sophies Kehlkopf wippte, aber sie nickte entschlossen. „Sie haben mir gesagt, dass es für männliche Menschen gefährlich sein kann, zu einem Gestaltwandler zu werden, aber dass es für Frauen ganz einfach ist."

Chase nickte. Der Körper eines Mannes wehrte sich gegen die Verwandlung und nur wenige überlebten den Versuch. Frauen hingegen nahmen die inneren Veränderungen viel natürlicher an.

Sophies Blick schweifte in die Ferne. „Anjali hat mir erzählt, wie toll es sich anfühlt – wie das beste Yoga aller Zeiten mit ganz geschmeidigen Gelenken. Hailey sprach davon, wie stark sie sich fühlt." Sie ließ ein trauriges Lächeln aufblitzen. „Ich schätze, davon könnte ich etwas gebrauchen."

Er schüttelte den Kopf. „Du hast dort draußen am Blowhole bereits bewiesen, wie stark du bist."

Sie spitzte die Lippen und fuhr fort. „Jenna hat mir von all den Eindrücken und Gerüchen erzählt – darin waren sie sich alle einig. Wie gut es sich anfühlt. Wie natürlich. Wie im Einklang mit der Erde zu sein." Dann holte sie tief Luft. „Sie sagten, die Fähigkeit sich zu verwandeln, sei ein Geschenk."

Chase schloss die Augen und dachte darüber nach. Er hatte seine Fähigkeit, sich zu verwandeln, immer für selbstverständlich gehalten. Aber die anderen hatten recht. Es war ein Geschenk. Eines, das er nicht erwarten konnte, mit seiner Gefährtin zu teilen.

Also worauf wartest du noch? knurrte sein Wolf.

Trotzdem zwang Chase sich, noch einmal nachzufragen. „Ist das wirklich alles okay für dich?"

Sie biss sich auf die Lippe. „Ehrlich gesagt, habe ich ein bisschen Angst. Aber ich bin... Nun..." Sie errötete noch stärker. „Ich bin auch neugierig."

Die nächsten paar Sekunden starrten sie sich einfach nur an. Dann küssten sie sich. Leidenschaftlich. Und noch intensiver... Sophie schlang ihr Bein um seins, um ihr Verlangen deutlich zu machen, und als sie seinen Schwanz mit der Hand berührte, heulte er fast auf.

Aber Coco und Boris schauten auf und schnupperten in der lustgeladenen Luft. Chase runzelte die Stirn. Es gab nichts, was er sich mehr wünschte, als Sophie zu seiner Gefährtin zu machen, aber er würde es vorziehen, den intimen Moment nicht mit seinen neuen Freunden zu teilen.

„Warte", flüsterte er und zog Sophie auf die Beine.

Die Hunde stoben auseinander – bis auf Darcy, der mit einem Blick von seinem bequemen Kissen aufschaute, der zu sagen schien, *Was, schon wieder?*

Chase hielt nicht inne, um etwas einzuwenden. Ja, er und Sophie würden noch einmal Liebe machen. Aber es wäre wie nichts, was sie je zuvor erlebt hatten, und das wusste er. Zum Glück waren sie schon nackt, also brauchten sie nur noch ein ruhiges Plätzchen.

„Hier oben." Er steuerte Sophie in Richtung Loft.

Sie unterdrückte ein Kichern. „Gute Idee."

Die Hunde schauten ihnen zu, wie sie die Leiter erklommen, und sahen etwas verloren aus. Aber Chase hatte nicht vor, sich schuldig zu fühlen, weil er für den wichtigsten Moment in seinem Leben etwas Privatsphäre brauchte.

Sophie schien es auch nichts auszumachen. Tatsächlich kletterte sie die steile Treppe schneller hinauf, als er es je zuvor gesehen hatte, und als sie oben ankamen, drehte sie sich zu ihm um.

„Das ist alles neu für mich, aber es fühlt sich an, als hätte ich mein ganzes Leben darauf gewartet", flüsterte sie und hieß ihn in ihren Armen willkommen.

Chase wünschte, er könnte ihr mit einem flotten Spruch antworten, aber er war zu sehr damit beschäftigt, sie zu küssen und auf die Matratze hinabzusenken. Innerhalb von Sekunden waren sie ineinander verschlungen und keuchten vor Verlangen.

„So schön", murmelte Sophie und neigte ihren Kopf zur Seite.

Er stöhnte fast, als er ihren Hals zwickte. Eine unstillbare Sehnsucht baute sich in ihm auf, die ihn fast dazu trieb, fester zuzubeißen. Seine Eckzähne begannen, sich zu verlängern, und Sophie musste es spüren, aber sie protestierte nicht.

„Ja... " Sie krümmte sich unter ihm.

Ihre Brustwarzen wurden hart und ragten unter seinen Fingern in die Höhe und als er hinunterglitt und ihre Weiblichkeit berührte, stöhnte sie auf.

„Mehr... "

Sophie fing an, sich an seiner Hand zu reiben, und er konnte nicht aufhören, ihren Hals näher zu erkunden. Er schnüffelte und knabberte und suchte nach der richtigen Stelle zum Beißen. Die Welt um ihn herum verblasste, bis er nichts als Sophie sehen, riechen und fühlen konnte. Er saugte an der Stelle, wo ihr Puls am dichtesten unter der Oberfläche schlug.

Dort, heulte sein Wolf. *Genau dort.*

Sein ganzes Leben lang hatte er auf eine abstrakte Weise über die Verpaarung nachgedacht und der Biss schien ihm immer der schwierigste, gefährlichste Teil zu sein. Aber jetzt, wo er in diesem Moment angelangt war, leitete ihn sein Instinkt und es fühlte sich ganz einfach an. Er brauchte nichts anderes zu tun, als seine Zähne sanft hineinzubohren und Sophie würde ihm gehören.

„Ja", zischte sie und bäumte sich gegen seinen Körper auf.

Alles fühlte sich perfekt an, bis auf ein kleines Detail, das ihn plagte. Er dachte angestrengt darüber nach, was es sein könnte.

Beiße sie. Fülle sie, rief sein Wolf. *Nimm sie in Besitz.*

Er schloss die Augen und appellierte an seine tiefsten Gestaltwandlerinstinkte. Was fehlte? Was machte er falsch?

„Chase", stöhnte Sophie und wurde um den Finger, den er in sie schob ganz nass. Sie drehte sich leicht und er wusste sofort, was er brauchte.

„Dreh dich", murmelte er und half ihr, sich umzudrehen. „Dreh dich."

Für den kürzesten Augenblick schaute Sophie überrascht auf. Aber dann funkelten ihre Augen, sie rollte sich herum und erhob sich auf Hände und Knie.

Jetzt, knurrte sein Wolf. *Jetzt.*

Er kniete sich hinter sie und packte ihre Hüfte. Er brannte wie Feuer. So geblendet und hungrig wie nie zuvor.

Dann nimm sie, grollte eine tiefe Stimme in seinem Kopf.

Sie hatten kein Kondom, aber sie brauchten auch keins. Nicht, wenn sie Gefährten sein würden.

Sophie blickte mit dunklen, lüsternen Augen über ihre Schulter. *Nimm mich,* schien ihr Körper geradezu zu schreien.

In der Sekunde, in der Chase in sie hineinglitt, explodierte Licht vor seinen Augen.

Ja, keuchte sein Wolf.

„Ja", rief Sophie und stieß nach hinten.

Er zog ihre Hüfte zurück und hielt sie ganz dicht bei sich, um tiefer in sie zu stoßen. Härter. Fast hätte er genau wie die Stimme in seinem Kopf aufgeheult.

Nimm sie. . .

Er kratzte mit den Zähnen über ihren Hals, während er sich in ihr bewegte. Der Sex war hart, rau und wild, aber irgendwie brauchte er es auf diese Weise. Sophie schien es genauso zu gehen, denn sie stemmte sich gegen seine Stöße und drängte zurück, um ihn zu empfangen.

„Chase. . . ", stöhnte sie, als er die richtige Stelle an ihrem Hals anpeilte. Seine Sinne waren geschärft und er konnte schwören, dass er das Blut unter ihrer Haut rauschen hörte. Tatsächlich sogar unter seinen Zähnen, als er sie gegen ihr heißes Fleisch drückte, um sicherzugehen, dass er es richtig machte. Dann stieß er fester zu und trieb Sophie an den Rand der Ekstase. Und als sie aufschrie und sich um ihn zusammenzog –

Jetzt, schrie sein Instinkt.

Er bohrte seine Zähne tief hinein. Eine weiß glühende, sengende Hitze durchzuckte seinen Körper. Sein Schwanz pulsierte und er kam im selben Moment wie sie zum Höhepunkt. Als er seine Zähne noch ein klein wenig tiefer bohrte, stöhnte sie in Ekstase auf.

So schön... Er hätte schwören können, ihre Stimme in seinem Kopf zu hören.

Tiefer, verlangte sein Wolf.

Er versenkte seine Zähne tiefer und umschloss den Bereich mit seinen Lippen. Er hielt sie fest, während ihr Geschmack über seine Zunge wirbelte. Sophie zuckte unter ihm, als die Gestaltwandleressenz durch ihre Adern rauschte.

Ja, schrie sie. *Ja...*

Jeder Muskel in seinem Körper versteifte sich, während er den Biss in die Länge zog. Dann ließ er sie schließlich mit einem Keuchen los. Schwer schnaufend rieb er mit einer Hand über ihren Hals. Kein Tröpfchen Blut befleckte ihre seidige Haut und die Einstichstellen verschlossen sich augenblicklich. Sophie gurrte und murmelte und schien es kaum zu bemerken.

„Oh ja... “ Sie erschauderte in einem Nachbeben und ließ sich dann langsam in seine Arme sinken.

Chase' rasendes Herz wurde allmählich langsamer. In den letzten Wochen hatte er Angst gehabt, Sophie zu nahe zu kommen, weil er befürchtet hatte, dass sein Wolf außer Kontrolle geraten könnte. Aber es stellte sich heraus, dass ein wenig Wildheit genau das gewesen war, was sie brauchten, um echten Frieden zu finden.

Der Weg zum Frieden war jedoch mit Emotionen übersät und sie schienen alle gleichzeitig über ihn hereinzustürzen. Chase hatte noch nie in seinem Leben geweint. Weder in den Momenten seines größten Kummers noch in den besten Augenblicken seines Lebens. Aber jetzt...

Er schluckte den Kloß in seinem Hals hinunter, als ihm ein paar Tränen entglitten. Sein ganzes Leben lang hatte immer etwas gefehlt. In all den Jahren hatte er nie wirklich dazugehört. Aber jetzt war das alles wie weggeschwemmt und er fühlte sich vollkommen, perfekt und sündhaft zufrieden.

„Sophie.“ Er hielt sie eng an sich gedrückt, während er sich völlig erschöpft auf die Matratze sinken ließ.

Er konnte keine anderen Worte als ihren Namen hervorbringen, aber er spürte, wie seine Gedanken in ihren Geist drangen und ihr mitteilten, wie gut er sich fühlte. Fühlte sie sich genauso gut?

„Ja“, flüsterte sie und schmiegte sich in seine Arme. „Ja, das tue ich.“

Kapitel 18

Sophie strich mit den Händen über ihr T-Shirt und prüfte zum dritten Mal, wie sie aussah. Ihr französischer Zopf war hübsch, aber ihre Hände hörten nicht auf, nervös über ihre Kleidung zu huschen. Als sie sich selbst dabei erwischte, wie sie in der Luft schnupperte, kicherte sie.

„Was?", fragte Chase, der an ihre Seite trat. In dem Moment, als er ihre Schulter berührte, beruhigten sich ihre nervösen Nerven.

„Jetzt schau mich mal an, ich schnuppere schon in der Luft herum. Bald werde ich den Mond anheulen."

Sie hatte sich noch nicht verwandelt, aber nachdem Chase sie gebissen hatte, konnte sie eine Veränderung spüren. Das war vor drei Tagen gewesen und das Hochgefühl kribbelte immer noch. Natürlich hatten sie seitdem zu jeder Tages- und Nachtzeit wild gevögelt.

„Mit mir den Mond anheulen", murmelte Chase und sah zufrieden aus.

Der Gedanke ließ ihr Blut rauschen. Aber dann rümpfte sie die Nase und runzelte die Stirn.

„Igitt. Wir riechen nach Sex."

„Wir riechen wie Gefährten", korrigierte Chase sie und schmiegte sich an ihre Schulter.

Das verstärkte den lüsternen Duft in der Luft nur, denn schon die kleinste Berührung ihres Gefährten erregte sie. Es war ein weiterer Nebeneffekt der Veränderungen, die sich in ihr vollzogen – das ständige Verlangen nach ihrem Gefährten. Natürlich war sie von Anfang an wild auf Chase gewesen, aber dieses Bedürfnis hatte sich nur noch verstärkt. Sie hatte keine

Ahnung, wie sie dem Drang, mit ihm ins Bett zu springen, am Anfang hatte widerstehen können.

Aber leider war jetzt nicht die richtige Zeit dafür. Die Sonne senkte sich dem Horizont entgegen und ein weiterer Tag neigte sich dem Ende zu. Ein Tag, den sie gern in den Armen ihres Gefährten ausklingen lassen würde, aber sie mussten zuerst zu einem Treffen gehen.

„Wie dem auch sei", fügte Chase hinzu. „Ich finde, du riechst gut."

„Das denkst *du*. Aber alle anderen... "

Er schüttelte den Kopf. „Hey, wir sind Gestaltwandler. Niemand wird uns verurteilen. Sie freuen sich alle für uns."

Er umarmte sie und sie schloss die Augen in einem weiteren dieser *Kneif mich, ich glaube, ich träume*-Momente, die sie in den letzten Tagen immer wieder erlebt hatte. Dann entzog sie sich ihm, da ihre Hände bereits wieder über Chase' perfektes Hinterteil glitten, was sie nur wieder ablenken würde.

„Okay, also dann. Auf zum Treffen."

„Gut." Chase trat zur Seite und hockte sich neben Darcy. „Bist du bereit, hier zu übernehmen, Leutnant?"

Der Hund wedelte mit dem Schwanz und Sophie strahlte bei dem Anblick. Endlich hatte ihr kleiner Krieger Chase als einen der Guten akzeptiert. Darcy hatte sich genug erholt, um kurze Spaziergänge nach draußen machen zu können, aber die meiste Zeit hatte er auf seinem Kissen gelegen. Sie hatten ihn am Vortag dabei erwischt, wie er es zur Haustür geschleppt hatte – um das Haus besser bewachen zu können, nahm Sophie an. Nicht, dass er schon in der Verfassung gewesen wäre, irgendetwas zu bewachen, aber er würde bald wieder auf den Beinen sein.

„Guter Junge." Sie streichelte ihren tapferen kleinen Darcy. „Wirst du unser Zuhause für uns bewachen?"

Darcy wedelte mit dem Schwanz und sie lächelte. Sie war nicht die Einzige, die ihre neue Unterkunft liebte. Die Hunde hatten sich schnell eingelebt, tobten über den Rasen und erkundeten das Gelände. Aber selbst wenn Darcy vollständig geheilt wäre, hatte Sophie doch das Gefühl, dass er in der Nähe des Hauses bleiben und sein Reich bewachen würde.

Zuhause. Sie seufzte. Es war schon sehr lange her, dass sie einen Ort wirklich so hatte nennen können. Jetzt machte sich ein Gefühl der Zufriedenheit in ihren Knochen breit, wie sie es noch nie erlebt hatte.

„Dein Zuhause ist dort, wo dein Herz schlägt", murmelte sie vor sich hin und wiederholte die Worte ihrer Tante. Dann lächelte sie und erinnerte sich an ihre Pointe. *Und auf Maui zu sein, schadet auch nicht.*

Sie stand auf und schnupperte in der Luft, die durch die Eingangstür hinein wehte. Der Duft von tropischen Blumen, das ferne Heranrauschen der Wellen am Ufer. Der moschusartige Geruch der Wälder weiter oben an den Hängen.

Zuhause, flüsterte eine kratzige Stimme in ihrem Kopf.

Die Stimme ihrer inneren Wölfin wurde immer deutlicher. Es begeisterte und tröstete sie zugleich. Ihr Stiefonkel Mike war auf schreckliche Weise gestorben, weil er sich gegen die Bestie, die in ihm aufgestiegen war, gewehrt hatte. Aber sie hatte das Tier in sich von Anfang an akzeptiert.

Vielleicht hatte Chase recht. Jeder Mensch hatte eine verborgene, animalische Seite, aber sie stand ihrer näher, als es die meisten Menschen taten.

„Also gut. Du hast jetzt das Sagen", sagte Chase zu Darcy. Dann griff er nach Sophies Hand und führte sie in die Richtung des Haupthauses.

Sie ließ Darcy mit einem letzten *Guter Junge* zurück, was seine Brust vor Stolz anschwellen ließ. Auch damit hatte Chase recht gehabt. Für jeden Hund gab es eine Sache, die ihn anspornte, und für Darcy ging es dabei nur darum, sich ihr Lob zu verdienen.

Coco und Boris waren genauso; sie sehnten sich nach Chase' Anerkennung und behandelten ihn wie einen Gott. Insgesamt betrachtet waren sie jedoch einfacher gestrickt und lebenslustigere Seelen als Darcy. Sie liebten es, sich gegenseitig durch das Unterholz zu jagen, während Sophie und Chase spazieren gingen.

Das stürmische Wetter war verschwunden und Maui strahlte wieder so üppig und schön wie immer. Das Licht der untergehenden Sonne glitzerte auf Sophies Medaillon und tauchte die Hänge der Plantage in Gold.

„In Ordnung, Jungs. Beruhigt euch", rief sie, als sie sich dem Haupthaus näherten. Die Hunde taten nichts dergleichen, aber in der Sekunde, in der Chase eine einzige Silbe knurrte, gingen sie wieder bei Fuß.

„Juhu! Sie sind da!" Joey, Cynthias Sohn, stürmte die Verandatreppe hinunter und eilte direkt auf die Hunde zu.

Innerhalb weniger Sekunden jagte er Coco im Kreis und hatte einen Riesenspaß dabei. Keiki, das Kaliko-Kätzchen vom Nachbargrundstück, fauchte Boris von der Treppe aus an. Der Windhund zog den Schwanz zwischen den Beinen ein und versteckte sich hinter Chase.

Chase lachte leise und flüsterte dem Hund zu: „Kein Grund, sich zu schämen, Kumpel. Diese Katze hat das Herz eines Tigers."

Keiki streckte ihre Nase in die Höhe und wandte sich den Erwachsenen auf der Veranda zu. Ihr Blick sagte, *Wem soll ich als Nächstes erlauben, mich zu streicheln?* Sie entschied sich für Dell und fing an, unter seiner Hand zu schnurren.

„Komm schon, Boris", quietschte Joey. „Wir spielen Fangen!"

„Joey, Schätzchen, sei nicht zu wild", rief Cynthia.

Sophie lächelte. Wenn ihr jemals jemand versucht hätte zu erklären, dass der Junge, der mit ihren Hunden spielte, ein Drachengestaltwandler war, hätte sie es niemals geglaubt. Jetzt wusste sie genug über Gestaltwandler, um nicht beunruhigt zu sein. Zum einen würde sich Joey erst verwandeln, wenn er das Teenageralter erreichte und zum anderen war er wirklich lieb. Sie hatte keinen Zweifel daran, dass Drachen wild und grimmig sein konnten, aber Cynthia war bisher immer nur unglaublich freundlich und zuvorkommend gewesen.

Sie hat eine Schwäche für Chase, hatte Anjali erklärt.

Ja, hatte Dell hinzugefügt. *Ihre einzige Schwäche.*

Hailey hatte darüber gelacht. *Alle haben eine Schwäche für Chase.*

Es war offensichtlich, als Sophie und Chase Hand in Hand die Treppe erklommen. Alle winkten und riefen ihnen herzlich zu.

„Chase! Sophie!"

„So schön, euch zu sehen!"

„Ja – endlich." Dell zwinkerte, während er mit dem Arm seiner kleinen Tochter winkte.

Sophie errötete. Ja, sie hatten den größten Teil der letzten drei Tage damit verbracht, in Chase' Scheune Liebe zu machen. Aber genau wie Chase versprochen hatte, zog sie niemand deswegen auf. Sie waren alle überaus glücklich für sie. Glücklich – und sie durchlebten ihre eigenen ersten gemeinsamen Tage erneut, vermutete Sophie, als die Paare sich wissende Blicke zuwarfen.

Chase wurde von den Jungs auf die Schultern geklopft, während Sophie von den Frauen umarmt wurde. Es fühlte sich so an, als käme sie nach langer Abwesenheit zu einer warmen, liebevollen Familie nach Hause zurück. Sie war richtig gerührt, bis Chase ihr einen Arm um die Schulter legte und ihr ein *Habe ich dir doch gesagt*-Grinsen schenkte.

Sophie drückte eine Hand auf ihr Medaillon. Koakea war so voll von Liebe. Kein Wunder, dass sie sich so zu Hause fühlte.

Trotzdem spürte sie etwas Besonderes, das sie mit den anderen Frauen dort verband. Ein schwaches Gefühl, das sie nicht genau einordnen konnte. Etwas, das über die Tatsache hinausging, dass sie alle ähnliche Kämpfe durchgestanden hatten, um die für sie bestimmten Gefährten zu finden. Sophie schaute sich um und fragte sich, woran das liegen könnte.

Sie drehte sich um und sah, dass Cynthia sie beobachtete – nein, Moment. Sie starrte auf ihr Medaillon? Einen Sekundenbruchteil später riss Cynthia ihren Blick wieder weg. Sophie spitzte die Lippen. War es ein besorgter Blick gewesen oder bildete sie sich das nur ein?

„Nun dann, lassen Sie uns anfangen", verkündete Cynthia.

Alle begaben sich an ihre Plätze um den Tisch herum. Ein Gefühl angespannter Erwartung erfüllte die Luft, das wenig mit den Getränken und Vorspeisen zu tun hatte, die aufgetischt worden waren.

„Ja", stimmte Connor, Chase' ältester Bruder, zu. „Es ist an der Zeit, anzufangen."

Sophie schaute sich in der Runde um. Es war jetzt alles
so offensichtlich – die Familienbande, die subtile Gestaltwand-
lerhierarchie. Connor und Cynthia waren Co-Alphas ihres Rudels. Alle anderen hatten ihre eigenen speziellen Rollen und
unterstützten ihre Anführer, wobei sie alle für das gemeinsame
Wohl an einem Strang zogen. In mancher Hinsicht ähnelte es
dem Clan, den Sophies Stiefvater zu erschaffen versucht hatte, allerdings mit einem großen Unterschied. Dies hier war eine
Gemeinschaft, die auf Liebe und Vertrauen basierte, und das
zeigte sich deutlich.

Ihr Medaillon erwärmte sich und sie konnte erneut Cynthias
Blick auf sich spüren. Aber Keiki lenkte ihre Aufmerksamkeit
ab, als sie anmutig auf dem Geländer balancierte und dabei unter pinkfarbenen Bougainvilleen hindurchstreifte, die so hoch
wie das Dach wuchsen.

„Können wir jetzt auf die beiden anstoßen?", fragte Dell.

„Noch nicht", sagte Cynthia.

„Ach kommen Sie schon, Cynth."

„Cynthia", seufzte sie.

Aber Dell sprach weiter, als hätte er sie nicht gehört. „Wir
warten schon seit Ewigkeiten darauf, dass die beiden zusam-
menkommen. Etwa seit..." Er schaute auf die Uhr an der
Wand. „Sagen wir mal, ein paar Jahre schon."

„Sechs Monate." Tim rollte seine kräftigen Bärenschultern.

Sophie war noch nicht sehr geschickt darin, Chase' Gedanken zu lesen, aber in diesem Moment konnte sie sie laut und
deutlich hören.

Sechs Monate, eine Woche, zwei Tage und neun Stunden.

Ihr Herz schlug ein wenig schneller, als sie sich daran erinnerte, wie lange sie sich nacheinander gesehnt hatten.

Anjali stupste Dell an. „Würdest du sie mal in Ruhe lassen?
Manche Dinge brauchen Zeit."

Dell stieß einen übertriebenen Seufzer aus. „Manche Dinge
brauchen *ewig*. Wie dieser Typ hier." Er klopfte Chase auf
die Schulter. „Und das Abendessen. Wann können wir endlich
essen? Quinn und ich haben eine Ewigkeit damit verbracht,
dieses ganze tolle Essen zu zaubern, und jetzt sitzen wir hier

nur rum. Nicht wahr, meine Süße?" Er kitzelte das Baby auf seinem Schoß.

Sophie wurde es ganz warm ums Herz. Das war etwas, das sie an Chase' Familie liebte – den Humor. Das Geben und Nehmen. Die Liebe, die durch jedes Wort, jeden Blick und jede Geste hindurchschien.

Baby Quinn zappelte und zeigte auf Joey und die Hunde. „Wa wa."

„Ja, das sind Wauwaus", sagte Dell in Babysprache und stand auf. „Ruft mich, wenn ihr zu dem Teil mit dem Essen kommt, Leute. Quinn und ich werden ein bisschen Spaß haben."

Und los ging es. Er stürmte zum Rasen hinüber wie ein übergroßes Kind. Anjali schaute ihm mit funkelnden Augen zu und Sophie konnte nicht anders, als sich zu wünschen, dass sie das eines Tages sein würde – wie sie ihrem eigenen Gefährten dabei zusah, der liebevoll mit ihren eigenen Kindern spielte.

Sie warf Chase einen Blick zu und wurde rot. Alles zu seiner Zeit, nicht wahr?

„Es ist definitiv angebracht, anzustoßen." Cynthia lächelte. „Aber vorher müssen wir noch ein paar Dinge besprechen."

„Richtig", stimmte Connor zu. „Nur um sicherzugehen, dass wir alle auf dem gleichen Stand sind, wenn es um diesen Fall geht. Zum Beispiel in Bezug auf David."

Sophie runzelte die Stirn und blickte auf ihre Hände hinunter. Davids Leiche war nach einer umfangreichen Suche an der Küste aufgetaucht und die Polizei hatte den Tod als Unfall erklärt. Sophie wusste nicht, was Connor und die anderen mit den Leichen der Gestaltwandler gemacht hatten, und es war ihr auch egal. Sie wollte in die Zukunft blicken und nicht in die Vergangenheit.

„Es tut mir leid, dass ich es erwähnen muss", fügte Connor schnell hinzu. „Aber wir haben Beweise gefunden, dass David mit einer... ähm..."

„Mit einer Bekannten von uns in Verbindung stehen könnte", fügte Cynthia hinzu, als er nach Worten suchte.

Connor nickte. „Und dem müssen wir nachgehen."

Sophie nickte mit dem Kopf. Sie verdankte diesen Gestaltwandlern ihr Leben. Sie würde ihnen alles sagen, was sie wissen wollten. Also erzählte sie ihnen alles von Anfang an – warum sie ihre Heimat verlassen hatte und wie David ihr gefolgt war, zuerst von Maine nach Vermont und schließlich nach Maui.

„Als er hier aufgetaucht ist, dachte ich zuerst, er wäre hinter mir her", sagte sie. „Aber dann fing er an, nach dem Geld meiner Tante zu fragen…"

Als sie verstummte, meldete sich Hailey mit gedämpfter Stimme zu Wort. „Camille Carmichael. Ihre Landschaftsfotografie ist einfach umwerfend. Ich hätte sie gern kennengelernt."

Ein Kloß schnürte Sophie die Kehle zu. Ihre Tante hätte Hailey auch gemocht.

Anjali schaute grimmig. „Ich kann nicht glauben, dass jemand ein Mädchen, mit dem er zusammen aufgewachsen ist, für Geld ermorden wollen würde."

Sophie verzog das Gesicht. Sie konnte es auch nicht glauben.

„Hör mal, ich frage das nur ungern", fuhr Connor fort. „Aber um wie viel ging es denn?"

Chase hob eine Hand, als hätte sein Bruder eine imaginäre Grenze überschritten, aber Cynthia sprach zuerst.

„Bitte versuchen Sie, uns zu verstehen. Wir wissen, dass David das Geld verwenden wollte, um die Aktivitäten der Miliz zu erweitern. Was wir zu verstehen versuchen, ist, ob noch mehr als das auf dem Spiel stand."

Sophie fummelte an der Tischdecke herum. Sie konnte sich kaum etwas Schlimmeres vorstellen als das, was David ausgeheckt hatte. Steckte hinter den Anschlägen auf ihr Leben wirklich noch ein anderes Motiv?

„Zweieinhalb Millionen Dollar", flüsterte sie und schaute Chase an.

Ja, sie hatte es endlich getan. Ein paar Tage zuvor hatte sie sich mit dem Anwalt ihrer Tante getroffen und die Details über das ihr anvertraute Geld erfahren. Zweieinhalb Millionen Dollar waren mehr, als sie jemals selbst hätte brauchen können, aber weder Connor noch Cynthia schauten sonderlich beeindruckt.

„Das ist alles?", fragte Connor fordernd.

Sophie blinzelte. „Wie bitte?“

Chase knurrte leise vor sich hin. „Ja. Wie bitte?“

Connor riss die Hände hoch. „Es tut mir leid. So habe ich es nicht gemeint. Aber…“

Tim unterbrach ihn. „Ich würde sagen, dass es eine Menge Geld ist. Genug, um ein ganzes Wolfsrudel zu retten.“

Sophie strahlte. Der letzte Wunsch ihrer Tante war es gewesen, dass Sophie einen guten Zweck finden sollte, in den sie das Geld investieren konnte. Und dank Chase und Tim hatte Sophie genau das getan.

Hailey tätschelte Tims breiten Rücken und strahlte vor Stolz. „Ich freue mich so, dass das geklappt hat.“

Sophie war der gleichen Meinung. Sie war bestürzt gewesen, als sie von der Gefahr für Chase’ Rudel zu Hause gehört hatte. Aber Tims Bärengestaltwandlerfreunde hatten sich mit guten – und schlechten – Nachrichten zurückgemeldet. Die schlechte Nachricht war, dass sich das natürliche Territorium des Wolfsrudels über ein riesiges Stück Privatbesitz erstreckte, das zum Verkauf stand. Schlimmer noch, Davids Milizkumpanen waren in der Gegend gewesen und hatten nach einem abgelegenen Grundstück gesucht, auf dem sie eine neue Basis errichten konnten. Sie hatten nebenbei zum Spaß gewildert. Das machte Sophie krank, aber die gute Nachricht war, dass das Land zum Verkauf stand und das Geld ihrer Tante gerade ausreichte, um das Geschäft zu besiegeln.

„Haben die Anwälte den Papierkrieg erledigt?“, fragte Jenna.

Sophie schüttelte den Kopf. „Das wird eine Weile dauern, aber es sieht alles gut aus.“

Chase nahm ihre Hand zwischen seine und ließ sie wissen, wie viel es ihm bedeutete. Tim warf Sophie ebenfalls einen dankbaren Blick zu. Das Land würde in einem Treuhandfonds verwaltet werden und Tims Bärengestaltwandlerfreunde hatten sich gern dazu bereit erklärt, zusätzlich zu ihrem eigenen Grund und Boden ein Auge darauf zu behalten.

„Eine Win-Win-Situation für alle.“ Haileys Stimme war von Stolz erfüllt.

„Niemand kann ihnen jetzt etwas tun." Sophie küsste Chase' Hand.

„Niemand." Seine Augen strahlten mit Dankbarkeit.

Sophie schloss die Augen. Sie hatte nie Geld für sich selbst gewollt und sie war sich sicher, dass ihre Tante die Idee geliebt hätte. Ihre Tante hatte ihr auch ihre Hütte vermacht und das bedeutete Sophie mehr als alles Geld der Welt. Sie wäre ein großartiger Ort, den sie und Chase an den Wochenenden nutzen könnten oder wenn sie einmal in der Nähe der Stadt übernachten wollten. Ihr primäres Zuhause würde jedoch Chase' Scheune sein.

Für immer, brummte ihre innere Wölfin glücklich.

Die Meeresbrise wehte über die Veranda und wirbelte die Tischdecke auf, aber niemand griff nach dem Essen auf dem Tisch. Dell kam mit Quinn zurück und selbst er sagte kein Wort.

Schließlich sprach Connor ernst weiter. „Wir versuchen immer noch, eine Sache zu klären. Die Gestaltwandler, die aufgetaucht sind, um David zu helfen... "

Sophies Stimmung kippte wieder. Davids Besessenheit mit Gestaltwandlern war ihm zum Verhängnis geworden. Genauso wie ihrem Stiefvater und ihrem Stiefonkel vor ihm.

Tim schaute grimmig. „Irgendetwas sagt mir, dass du auch diesbezüglich eine Theorie hast."

Connor warf Cynthia einen Blick zu, die ihm mit einem Nicken signalisierte, dass er fortfahren sollte.

„Wir haben mehr als eine Theorie. Chase hat gesagt, dass sie Moira erwähnt haben, und unsere Quellen haben gerade neue Informationen geliefert."

Alle beugten sich vor, aber Sophie lehnte sich zurück. Chase hatte ihr von Moira erzählt – eine verbitterte, hinterhältige Drachengestaltwandlerin und Todfeindin der Gestaltwandler von Koakea und Koa Point.

Hailey und Anjali tauschten besorgte Blicke aus. Chase, Tim und Dell sahen geradezu mörderisch aus. Cynthia saß ganz still da. Ihr Gesicht wirkte wie eine versteinerte Maske.

„Moira ist in die Sache verwickelt? Warum? Wie?", fragte Dell.

Tim runzelte die Stirn. „Hinter was ist Moira denn jetzt her?“

„Hinter was ist Moira denn immer her?“, sagte Connor verbittert. „Uns. Ärger. Das fasst es in etwa zusammen.“

„Aber was hat das mit David zu tun?“, fragte Chase.

„Ja“, erwiderte auch Tim. „Zwei Millionen sind für Moira doch nur Kleingeld. Warum sollte sie sich für ihn interessieren?“

Connor kratzte sich am Kinn. „Das habe ich mich auch gefragt. Es macht Sinn, dass David mit seinem Interesse an Gestaltwandlern Moiras Aufmerksamkeit erregt hat, aber was wäre für sie dabei drin?“

„Für sie muss immer etwas drin sein“, murmelte Cynthia.

Sophie versuchte, sie nicht anzustarren. Wie lange kannten Cynthia und Moira sich tatsächlich schon?

„Soweit wir informiert sind, haben Moira und David einen Deal miteinander geschlossen“, erklärte Connor. „Moira hat David versprochen, ihm zu helfen, selbst ein Gestaltwandler zu werden–“

Sophie konnte sich nicht verkneifen, einen Kommentar einzuwerfen. „Ich dachte, ihr hättet gesagt, dass das bei Männern nicht funktioniert.“

Cynthia verzog das Gesicht. „Das tut es nur selten, aber das würde Moira nicht davon abhalten, ein weiteres falsches Versprechen zu geben.“

Sophie schloss die Augen. Es war schon schlimm genug gewesen, sich mit David herumschlagen zu müssen, aber Moira klang noch viel gefährlicher.

„Ich verstehe es nicht“, warf Anjali ein. „Moira ist reich. Sie umgibt sich mit den besten Gestaltwandler-Bodyguards und baut ihr Geschäftsimperium aus. Wofür könnte sie David gebrauchen?“

Connor sprach nur zwei Worte aus und alle wurden mucksmäuschenstill. „Für uns.“

Sophie schaute sich unter den Anwesenden um, die sich dort auf der Veranda versammelt hatten. Jeder für sich war ein mächtiger Gestaltwandler und doch sahen sie alle besorgt aus.

„Was meinst du mit *uns*?“, fragte Tim.

„David war Moiras Mittel, um an Sophie heranzukommen, und Sophie war Moiras Mittel, um an uns heranzukommen.“

Sophies Kinnlade klappte auf und alles Blut wich aus ihren Wangen. Sie würde lieber sterben, als Chase' Familie in Schwierigkeiten zu bringen. Was hatte sie denn getan?

„Aber... Aber... “, stammelte sie und fühlte sich schlecht.

„Es ist nicht Ihre Schuld“, versicherte Cynthia ihr. „Es ist typisch Moira.“

„Vor über einem Jahr kam Moira hierher, um zu versuchen, Silas zu töten.“ Connor zeigte mit dem Daumen nach Norden und zum benachbarten Anwesen hinüber, auf dem Silas lebte.

Sophies Gedanken überschlugen sich. Silas war der Besitzer beider Anwesen und ein Drachengestaltwandler. Soviel hatte Chase ihr erklärt, als er das örtliche Wer ist Wer der Gestaltwandler durchgegangen war.

„Silas und seine Gefährtin Cassandra konnten den Angriff abwehren“, berichtete Connor. „Aber Moira hat uns seitdem im Auge behalten. Sie sucht nach einer Möglichkeit, uns anzugreifen – oder zumindest zu stören.“

Tim rieb sich das Kinn. „Also muss sie von Chase und Sophie gewusst haben.“

Sophies Wangen färbten sich purpurrot. Hatte die ganze Welt ihre aufblühende Romanze mitverfolgt?

Connor warf ihr einen entschuldigenden Blick zu. „Hey, wir haben euch beiden die Daumen gedrückt. Aber Moira hätte es als eine Gelegenheit angesehen. Du weißt schon, sich das schwächste Glied zu schnappen.“

Chase knurrte. „Schwächste Glied?“

„Wir haben kein schwaches Glied“, grunzte Tim.

„Schon gar nicht Sophie“, erwiderte Jenna schnippisch.

Connor riss die Hände hoch. „Das würde Moira denken, nicht ich. Sie hat sich wahrscheinlich gedacht, dass ein Angriff auf Sophie Chase' Aufmerksamkeit erregen würde. Theoretisch könnte das unsere Verteidigung schwächen... “

Chase knurrte. „Das würde es nicht.“

Connor verzog das Gesicht. „Ich sagte *theoretisch*, alles klar? Und hey. Ich gebe zu, dass ich ein wenig abgelenkt war, als meine Gefährtin in Gefahr schwebte."

Dell rollte mit den Augen. „Ein *wenig* abgelenkt?"

Connor warf ihm einen dieser warnenden Alphablicke zu, die Sophie langsam zu verstehen begann. „Wie auch immer, darum geht es im Kern. David war nur eine weitere Marionette in einem von Moiras Spielchen. Sie hatte nicht die Absicht, ihm dabei zu helfen, selbst ein Gestaltwandler zu werden."

Es drehte Sophie den Magen um. Sie war vielleicht mit dem Wunsch von Zuhause weggegangen, David nie wiederzusehen, aber sie hätte ihm niemals den Tod gewünscht.

Dell lehnte sich zurück und schüttelte den Kopf. „Das ist so beschissen, dass es perfekt zu Moira passt." Anjali warf ihm einen scharfen Blick zu und er hielt Baby Quinns Ohren schnell zu. „Tut mir leid, mein Schatz. Aber es ist wahr."

„Es ist wahr", seufzte Anjali.

Sie alle waren eine Zeit lang still und dachten über die Neuigkeiten nach. Sophie atmete mehrmals tief durch und fand Trost in Chase' stetiger Anwesenheit. Er schrieb es dem Schicksal zu, dass es sie zusammengeführt hatte und sie glaubte daran. Aber Junge. Das Schicksal hatte wirklich eine Art, einem das Leben aufzuwühlen.

Chase schüttelte den Kopf, als er ihre Gedanken las. *Davids Tod ist nicht deine Schuld,* flüsterte er in ihren Kopf. *Außerdem habe ich das Gefühl, dass das nicht nur Schicksal war. Manchmal treffen Menschen schlechte Entscheidungen und das Schicksal lässt sie dann einfach bekommen, was sie verdient haben.*

Sophie berührte ihr Medaillon. Sie hatte schon so oft gespürt, dass es sie leitete. War das Schicksal oder war es etwas anderes? Sie ließ ihren Blick zu der Palmenreihe wandern, die sich unten am Ufer wiegte, und dann über das glitzernde Meer hinaus.

„Es ist wahr", sagte Cynthia und Sophie erwartete, dass sie das Thema wechseln würde. Aber Cynthias Gesichtsausdruck blieb ernst und ihr Blick wanderte direkt zu Sophies Medaillon.

„Aber ich frage mich, ob Moira noch einen anderen Preis im Visier hatte.“

Fünf Sekunden verstrichen und dann noch weitere fünf. Sophie verspürte den Drang, ihr Medaillon zu verstecken, aber sie zwang sich, stattdessen die Hand darauf zu legen.

„Das hier?“, fragte sie mit zitternder Stimme.

Cynthia nickte. „Genau das.“

„Aber es ist doch nur ein Medaillon“, protestierte Sophie.

Cynthia zog eine Augenbraue hoch. „Ist es das?“

Kapitel 19

Sophie schaute sich überrascht um. Chase sah so aus, als wollte er Cynthia anknurren, aber sein Gesicht zeigte auch tiefe Besorgnis.

„Was meinen Sie damit?" Sophie drehte das herzförmige Medaillon ein paarmal hin und her, um zu zeigen, wie gewöhnlich es war. Als sentimentales Andenken an ihre Tante war das Medaillon für sie von unschätzbarem Wert, aber in jeder anderen Hinsicht war es kaum etwas Besonderes.

Abgesehen von der Meeresbrise, die durch die Bougainvilleen auf der Veranda rauschte, bewegte sich nichts. Niemand sagte ein Wort. Schließlich war es Cynthia, die mit einem Kinnnicken auf das Medaillon deutete und sprach.

„Ich vermute, dass Moira wollte, dass David es für sie beschafft. Darf ich fragen, was sich darin befindet?"

Sophie öffnete den Verschluss, um zu zeigen, wie harmlos der Inhalt war. „Es ist nichts, wirklich. Nur das hier."

Sie lachte, als sie es sagte und erstarrte dann. Warum starrten alle darauf?

„Oha", murmelte Connor verblüfft.

„Wow." Hailey zog die Augenbrauen hoch.

„Heiiiilige Scheiiiße", sagte Dell und zog die Silben lang.

Sophie drehte sich zu Chase um, aber auch seine Kinnlade stand offen.

Was war so besonders an einer einzelnen Perle? Sophie runzelte die Stirn und beeilte sich, zu erklären: „Sie ist nicht wertvoll oder so." Sie zeigte auf die kleine weiße Kugel, die in ein winziges Stück Seide gebettet war. „Zumindest nicht, was den Geldwert angeht."

Ihre Worte stießen auf taube Ohren und alle gafften weiter.

„Woher haben Sie die?" Cynthias Stimme klang angespannt.

Sophie öffnete und schloss das Medaillon ein paarmal in dem aussichtslosen Kampf, alle davon zu überzeugen, dass es nichts Besonderes war. Oder war es das tatsächlich?

Sie musterte es genau. Es gab keine Inschrift, nur die Perle, aber ihre Tante hatte immer eine besondere Affinität zu dem Medaillon gehabt. So wie sie darüber gesprochen hatte, hätte es genauso gut ein heiliges Relikt sein können.

Vertraue darauf. Vertraue dir selbst. Es wird dir helfen, Liebe zu finden.

Ein kleiner Schauer lief Sophie über den Rücken, aber sie schüttelte ihn ab. Ihre Tante hatte an eine Menge verrückte Dinge geglaubt. Das hieß aber nicht, dass sie alle wahr waren, nicht wahr?

„Meine Tante hat es mir geschenkt", sagte sie und fasste damit so vieles in wenigen Worten zusammen. Ihre Tante hatte zu der Zeit im Sterben gelegen, aber sie schien in Frieden zu sein. So tief saß ihr Vertrauen in die Liebe und die Schönheit des Universums.

„Und wo hatte Ihre Tante es her?", fragte Cynthia mit kaum verhohlener Dringlichkeit.

„Von ihrem Partner – dem Mann, in den sie sich verliebt hatte und für den sie vor Jahren nach Maui gezogen war. Lionel Mahelona."

„Der Künstler?", rief Hailey.

Sophie nickte. „Lionel war Maler und meine Tante war Fotografin. Sie wollte eigentlich nur kurz nach Maui kommen, um Landschaften zu fotografieren, aber dann lernte sie Lionel kennen und ist nie wieder gegangen."

„Das klingt nach einer ziemlichen Liebesgeschichte", murmelte Hailey.

Sophie nickte. „Das war es auch. Sie haben nie einen Tag getrennt verbracht. Als Lionel vor zwei Jahren starb, sagte meine Tante, dass auch ein Teil von ihr gestorben sei." Dann atmete sie tief ein und holte etwas weiter aus. „Keiner von beiden hatte wirklich viel Erfolg, bevor sie sich kennenlernten. Aber als sie zusammenkamen, ging es mit ihren beiden Karrieren steil bergauf.“ Sie lächelte schwach. „Geld und Aufmerksam-keit waren ihnen jedoch nicht wichtig. Alles, was meine Tante wirklich schätzte, war Liebe. Sie sagte, sie und Lionel seien Seelenverwandte.“

„Schicksal“, flüsterte Hailey und schaute Tim tief in die Augen.

Sophie drehte das Medaillon um. Sie war so beschäftigt ge-wesen, dass sie weder dem Medaillon noch der Perle viel Be-achtung geschenkt hatte.

„Glauben Sie, dass es irgendwie von Bedeutung ist?“, fragte sie Cynthia.

Cynthia presste die Lippen zusammen und Sophie hatte den deutlichen Eindruck, dass sie eine große Untertreibung ausge-sprochen hatte.

„Ja“, flüsterte Cynthia. „Das glaube ich.“

Sophie war sich nicht sicher, was sie als Nächstes erwarten sollte, aber als Cynthia sich an die anderen Frauen wandte, war sie wirklich verwirrt.

„Zeigen Sie es ihr“, forderte Cynthia die anderen auf. „Bit-te.“

Sophie sah sich um. Was sollten sie ihr zeigen?

Jenna schaute Connor an und griff dann in ihre Tasche. Sophies Kinnlade klappte auf, als Jenna eine wunderschöne schwarze Perle mit einem goldenen Schimmer herauszog. Hai-ley tat es ihr gleich, indem sie selbst eine rosafarbene Perle präsentierte. Dann zog Anjali eine Halskette unter ihrer Bluse hervor, an der eine braune Perle hing.

Sophie starrte die drei Perlen an und dann auf die in ihrer eigenen Hand. Die anderen hatten exotische Farben, während ihre eigene einen reinen eierschalenweißen Farbton hatte.

Normalerweise sah sie stumpf aus und hatte eine matte Oberfläche. Aber jetzt strahlte ihre Perle. Sie glühte regelrecht von innen heraus.

„Eine der Perlen des Verlangens“, flüsterte Anjali.

Die Perlen des was? Sophie verschluckte sich fast an ihrem eigenen Atem.

Die anderen Perlen glühten ebenfalls – so als würde Sonnen-licht von einer zur anderen funkeln. Sie zwinkerten sich praktisch zu, aber sie befanden sich im Schatten der Veranda, es konnte also nicht die Sonne sein.

„Wow“, hauchte Jenna. „Noch eine.“

Chase sah absolut sprachlos aus.

„Noch eine?“, stammelte Sophie.

„Noch eine der Perlen des Verlangens“, sagte Cynthia.

Chase drückte ihre Hand, um ihr zu versichern, dass das nichts Schlimmes war.

„Es ist eine Legende“, sagte er so heiser, wie er in den ersten Tagen nach dem Kampf gewesen war.

„Nicht nur irgendeine Legende“, sagte Anjali entschlossen.

Sophie starrte Anjalis Perle an. Sie war sprachlos.

„Wird sie warm?“, fragte Jenna.

Gerade als Sophie ihre Kinnlade wieder geschlossen hatte, klappte sie erneut auf.

„Nun, ja. Aber das ist nur…“

Jennas Blick sagte, dass es nicht *nur* irgendetwas war.

„Muntert sie dich auf, wenn du dich schlecht fühlst?“, fragte Hailey. „Ich weiß, das klingt total verrückt, aber ich meine es ernst. Meine tut es. Jedes Mal, wenn ich mich allein gefühlt habe…“

Sie verschränkte ihre Finger mit denen von Tim und warf ihm einen dankbaren Blick zu, der sagte, dass diese Zeiten längst vorbei waren.

„Gibt sie dir Kraft?“, fragte Anjali.

Sophie berührte die Perle mit einem Finger. „Allein sie bei mir zu haben, lässt mich manchmal … mutiger fühlen, als ich es sonst wäre.“ Sie schaute auf und war sich sicher, dass sie sie dafür verspotten würden. Aber jede der Frauen nickte, als ob sie genau wüssten, was Sophie damit meinte. Langsam fuhr sie fort. „Und in dem Kampf…“

Sie verstummte. Das musste doch ihre Einbildung sein, die ihre Erinnerungen verzerrte, nicht wahr? Aber diese Steine, die sie geschleudert hatte, hatten den Grizzly nicht nur leicht verärgert – sie hatten dem Biest wirklich zugesetzt. Und die Art, wie sie David in diesem entscheidenden Moment schubsen konnte…

„Sophie ist kein Schwächling." Chase legte ihr einen Arm um die Schultern.

Sie hätte ihn dafür küssen können, dass er so viel Vertrauen in sie hatte – mehr, als sie jemals in sich selbst hatte. Aber je mehr sie darüber nachdachte, desto deutlicher spürte sie, dass noch etwas anderes im Spiel war.

Anjali lächelte. „Natürlich ist Sophie kein Schwächling. Aber selbst die besten von uns können in den schlimmsten Momenten ein wenig Antrieb gebrauchen."

Sie sprach, als wüsste sie genau, wie es sich anfühlt, dem Tod ins Auge zu sehen und zu überleben. Sophie nickte. „Genauso war es. Genauso, wie du es beschreibst."

„Es ist nicht nur eine Legende." Jenna nickte entschlossen.

Sophie nahm das Medaillon in die eine und die Perle in die andere Hand und spitzte die Lippen. „Wow."

„Kannst du es fühlen?" Anjalis Augen strahlten.

Sophie hob die Hand, in der sie die Perle hielt. „Ich dachte immer, es wäre nur das Medaillon, das meine Körperwärme reflektiert. Ich hätte nie gedacht, dass es die Perle ist." Dann schaute sie auf. „Was besagt die Legende?"

Cynthia stand wortlos auf und ging ins Haus, während die anderen Frauen sich gegenseitig ansahen und überlegten, wer zuerst sprechen sollte.

„Nanalani", flüsterte Chase in die Stille, die weiter anhielt.

Sophie neigte den Kopf und schaute ihn an. Nana-was?

Jenna nickte und übernahm das Wort. „Es ist eine hawaiianische Legende – von Nanalani, der Tochter des Haikönigs."

Sophie stockte der Atem in der Kehle. Sie hatte sich gerade erst an den Gedanken an Wolfs-, Bären- und Löwengestaltwandler gewöhnt. Drachen waren ihr immer noch ein wenig unheimlich, aber Himmel – Haie gab es auch noch?

Cynthia kehrte mit einem schweren, in Leder gebundenen Buch zurück, das Jahrhunderte alt aussah und Connor schaffte ein wenig Platz auf dem Tisch.

„Soviel zum Thema Abendessen", seufzte Dell.

Anjali brachte ihn mit einem strengen Blick zum Schweigen.

Cynthia blätterte ein paar Seiten durch und drehte das Buch dann um, damit Sophie es sehen konnte. Der größte Teil der Seite war mit geschwungener, dekorativer Schrift gefüllt, aber weiter unten war eine Szene auf einer tropischen Insel abgebildet.

„Ist das Maui?" Sophie musterte den Wasserfall, die zerklüfteten Berge und die goldenen Sandstreifen.

Cynthia nickte. „Wir denken schon. Irgendwo auf Hawaii, soviel ist sicher."

Sophie beugte sich vor, um sich den Rest genauer anzusehen. Eine Frau stand hüfttief im Ozean und war ganz unbeeindruckt von dem Hai, der in ihrer Nähe kreiste. Ihr Fokus lag ganz auf der Muschel, die sie in den Händen hielt – eine Muschel, die mit Perlen gefüllt war.

„Nanalani hatte Angst, dass ihre Haiseite zum Vorschein kommen und ihre menschlichen Freunde verletzen könnte", erklärte Jenna. „Also hielt sie sich von ihnen fern und verbannte sich selbst in eine Höhle."

Sophies Herz schmerzte. Ja, damit konnte sie sich identifizieren. Jahrelang hatte sie Angst gehabt, irgendjemandem zu nahe zu kommen. Ihre verrückte Familie hatte sie bedroht; was wäre, wenn sie ihren Freunden etwas tun würden?

Jenna zeigte auf eine Stelle im Text. „*In ihrer Einsamkeit und ihrem Kummer rief sie schließlich den Geist des Meeres herbei. Gemeinsam verzauberten sie ihre Perlen – die Perlen des Verlangens. Ihre Schätze erlaubten ihr, gefahrlos als Frau zu wandeln und einen Mann zu lieben, den sie aus der Ferne bewundert hatte. Im Laufe der Jahre hatte Nanalani viele Liebhaber, obwohl sie nie ihren Gefährten fand.*" Jenna schaute mit glänzenden Augen auf. „Jetzt kommt der wichtigste Teil. Bist du bereit?"

Sophie war sich nicht sicher, ob sie bereit war, aber als Chase nach ihrer Hand griff, nickte sie. Mit ihm an ihrer Seite konnte sie so ziemlich alles bewältigen.

Jenna bewegte ihren Finger entlang des nächsten Textabschnitts. „*Die Zeit verging und als ihre Liebhaber gestorben waren, warf Nanalani ihre Perlen zurück ins Meer, eine nach der anderen. ‚Jetzt bin ich wieder allein', seufzte sie dem Gott des Meeres zu. ‚Ich gebe dir meine Perlen. Nicht, um sie zu behalten, sondern um sie für einen anderen würdigen Liebenden aufzubewahren, der ihre Kraft eines Tages brauchen wird.'"* Jenna schaute auf und zeigte auf Sophie. „Das bist du."

Sophie riss die Augen weit auf. „Ich?"

„Das waren wir alle einmal", sagte Anjali.

Als Anjali Dell mit einem Blick ansah, der so voller Liebe war, hätte Sophie seufzen können. Aber Chase schaute sie mit genau demselben Ausdruck an und es war als würde ihre Seele fliegen. Jahrelang hatte sie befürchtet, Liebe sei etwas, das sie immer nur als Außenstehende miterleben würde. Aber jetzt war sie endlich selbst an der Reihe.

Die Liebe wird nie, wirklich niemals vergehen, flüsterte eine kleine Stimme in ihrem Kopf.

Chase nickte und küsste ihre Hände. Hatte er das auch gehört?

Sophie schloss ihre Augen einen Moment zu spät, um die Träne aufzuhalten, die über ihre Wange rollte. Sie wischte sie weg und fühlte sich dumm. Aber ein verstohlener Blick zeigte ihr, dass auch die anderen ein paar Tränen in den Augen hatten – sogar die großen, harten Jungs. Connor schaute Jenna an, als würde er gleich ein Gedicht aufsagen wollen, obwohl er nicht gerade der poetische Typ war. Tim starrte Hailey an, als wäre sie seine Sonne, sein Mond – sein ganzes Universum. Dell zog Anjali ganz nah zu sich heran und bildete mit ihr einen kleinen Kreis um Baby Quinn. Und Cynthia...

Sophie biss sich auf die Lippe, denn Cynthia blickte allein auf das Meer hinaus. Sie war wie ein einsamer Fels in einem Meer von Glück. Eine karge Insel für sich.

Sophie verschränkte die Hände in ihrem Schoß und lehnte sich an Chase. Sie war noch nie in ihrem Leben so glücklich gewesen, aber Schuldgefühle nagten an ihr. Hatte Cynthia nicht das Gleiche verdient?

Dann sah Sophie, wie Hailey erst Jenna und dann Anjali anschaute, die beide kaum merklich nickten. Sie waren innerhalb eines Wimpernschlags von *verrückt vor Liebe* zu *fest entschlossen* übergegangen und Sophie fragte sich, warum. Dann wurde es ihr bewusst. Diese Frauen hatten sich alle die größte Mühe gegeben, ihr zu helfen, mit Chase zusammenzukommen. Würden sie als Nächstes probieren, Cynthia zu verkuppeln?

Sophie begegnete Haileys Blick und tat ihr Bestes, um ihr zu vermitteln, *Was auch immer ihr plant, ich bin dabei.*

„Und Sie haben gesagt, Ihre Tante hat die Perle von ihrem Partner bekommen?", fragte Cynthia wieder ganz geschäftlich.

Sophie rieb sich die Wangen und versuchte, ihre Gedanken zu ordnen. „Ja. Von Lionel."

„Einem Einheimischen der Inseln?" Cynthia beugte sich weiter vor.

„Ja. Seine Wurzeln auf Maui reichen weit zurück und seine Neffen und Nichten haben seine Bilder und sein Atelier geerbt." Dann schnappte sie nach Luft. „Moment. Lionel hat Perlen gemalt. Nun, er malte viele Inselmotive. Aber er hat in jedem Gemälde eine Perle versteckt, wenn er Liebe darstellen wollte."

„Hat er die Legende jemals erwähnt?", fragte Cynthia.

Sophie schüttelte den Kopf. „Nein, aber er hat gesagt, dass es ein paar Dinge gibt, die nur Einheimische der Inseln wissen sollten. Er war aber immer sehr nett diesbezüglich." Ihre Gedanken versanken in Erinnerungen. Wann immer sie als Kind zu Besuch gewesen war, war Lionel zwar freundlich, aber mit seiner Kunst beschäftigt gewesen. Und ihre Tante hatte mit ihr meistens über kindgerechte Dinge gesprochen.

Sie schloss die Augen und bedauerte den Verlust dieser beiden besonderen Menschen. Es tat weh. „Es war wirklich wahre Liebe", flüsterte sie zu niemand Bestimmtem. Dann schaute sie Chase an und griff nach seinen Händen.

Wahre Liebe, sagte er. *Schicksal.*

Sie lehnte ihren Kopf an seinen. Ihre Tante hatte oft gesagt, dass sie überhaupt nichts bedauerte, und Sophie konnte sich damit identifizieren. Egal, ob sie noch zehn, zwanzig oder fünfzig Jahre mit Chase verbringen würde, sie würde jeden Moment der Liebe, die sie teilten, genießen.

Die Perlen funkelten sich am Tisch gegenseitig an. Cynthia trug eine Perlenhalskette und für den Bruchteil einer Sekunde dachte Sophie, dass auch eine von ihnen funkelte.

„Ist das eine der Perlen des Verlangens?", wagte sie zu fragen.

Cynthia presste die Lippen zusammen und berührte ihre Halskette. „Ich befürchte, nur die ganz normale Art. Ein Geschenk meiner Mutter.“

„Oh“, sagte Sophie und kam sich dumm vor. Aber die in der Mitte hatte wirklich funkelnd ausgesehen. Sie schaute auf das Buch und war bereit, das Thema zu wechseln. „Es gibt also fünf, ja?“

Jenna nickte. „Anscheinend. Und zwischen uns haben wir bereits vier.“

Sophie schaute sich um. Jede Perle passte zu einer auf dem Bild. Damit blieb eine bläuliche Perle übrig, wenn das Bild im Buch stimmte.

„Würde Moira es nicht lieben, eine davon in die Finger zu bekommen?“, überlegte Dell laut. Dann klopfte er Chase auf den Rücken. „Gute Arbeit, sie von ihr fernzuhalten. Du auch, Sophie. Gut gemacht.“

Chase sah aus, als würde er lieber nicht darüber nachdenken, aber Sophie konnte sich nicht verkneifen zu fragen: „Was würde Moira tun, wenn sie eine hätte?“

Niemand schien übereifrig, ihr zu antworten. Schließlich sprach Connor mit einem Knurren. „Das ist es, worüber wir uns Sorgen machen. Moira könnte versuchen, die Macht der Perlen zu missbrauchen.“

„Aber Verlangen...“ Sophie errötete, als ihr leidenschaftliche Bilder durch den Kopf schossen.

Jenna ließ ein kurzes Lächeln aufblitzen. „Es kann das bedeuten, sicher. Aber man kann Verlangen nach vielen Dingen haben.“

„Es gibt zum Beispiel Habgier.“ Connor runzelte die Stirn. „Verlangen nach Macht.“

Sophies Hand hätte vielleicht gezittert, wenn Chase nicht bei ihr gewesen wäre. Sie wollte sich nicht ausmalen, was eine rachsüchtige Drachengestaltwandlerdame in ihrem Streben nach Macht tun könnte.

„Aber es gibt auch gutes Verlangen“, betonte Dell. „Wie Liebe und Lust. Nicht wahr, Schatz?“

Anjali warf ihm einen tadelnden Blick zu. „Lass es uns Leidenschaft nennen, ja?“

Dell grinste verrucht. „Leidenschaft. Das gefällt mir.“

„Hingabe.“ Hailey sah Tim in die Augen.

Sehnsucht, flüsterte Chase in Sophies Gedanken.

Sie schluckte ihren Kummer hinunter. Das alles lag in der Vergangenheit. Jetzt fühlte sie nur noch Liebe.

„Freude“, erwiderte sie.

„Unsterbliche Liebe“, flüsterte Cynthia und starrte auf das Sonnenlicht, das über dem Pazifik glitzerte. Sophie folgte ihrem Blick. All diese Weite. All diese Leere.

Dann schüttelte sie den Kopf und korrigierte sich. Die Welt war voller Liebe und Schönheit und eines Tages würde sie Cynthia helfen, das auch zu sehen.

„Dann gibt es noch diesen Teil.“ Jenna deutete erneut auf das Buch. „*Und so gingen die Perlen des Verlangens – eine für jede Art von Verlangen, das der Menschheit bekannt ist – schließlich verloren. Die Legende behauptet, dass sie noch immer unter der Oberfläche des Meeres schlummern und nur darauf warten, wieder erweckt zu werden, um erneut große Taten der Liebe zu inspirieren.*“

„Amen“, sagte Dell. „Hoffen wir, dass die Liebe am Ende siegt.“

Sophie hoffte es jedenfalls. Und wenn es eine Möglichkeit gab, ihren Freunden zu helfen, die letzte Perle zu finden, würde sie es tun.

„Sie wissen, was eine weiße Perle bedeutet, oder?“, fragte Cynthia mit einem Lächeln.

Sophie schaute auf und war froh, zu einem leichteren Thema zurückzukehren. „Um ehrlich zu sein, weiß ich nicht viel über Perlen.“

Cynthias Lächeln wurde breiter. „Vielleicht hat sie sich deshalb für Sie entschieden. Weiß steht für Unschuld. Schönheit. Reinheit.“

Alle nickten, als würden sie zustimmen, und Sophie war zutiefst gerührt. Meinten sie wirklich sie?

Chase küsste sie. *Ja. Das tun sie.*

„Und für Neuanfänge“, fügte Cynthia hinzu. „Ich würde sagen, Ihre Perle hat die richtige Person gefunden, finden Sie nicht auch?“

Sophie nickte und konnte vor Emotionen kaum sprechen. Jetzt wusste sie, warum sie sich den anderen Frauen so nah und an diesem Ort so zu Hause fühlte. Die Perle hatte sie zu einem perfekten Zuhause geführt.

Unser Zuhause, hallte Chase' Stimme in ihrem Kopf wider.

Dell klopfte auf den Tisch und erregte damit die Aufmerksamkeit aller. „Ich würde sagen, dass wir jetzt anstoßen können – endlich. Seid ihr bereit, Leute?"

Alle griffen nach ihren Gläsern und grinsten.

„Beeile dich, mein Schatz", rief Cynthia Joey zu, der herbeigeeilt kam und sich mit einem mit Saft gefüllten Star Wars-Glas an ihre Seite stellte.

„Juhu, ein Trinkspruch", jubelte er.

Cynthia hob ihr Glas. „Auf Neuanfänge."

„Auf Chase und Sophie." Anjali grinste.

„Auf die Liebe", flüsterte Chase und hob sein Glas ebenfalls.

Sophie beeilte sich, es ihnen gleichzutun, und alle stießen miteinander an.

„Auf uns." Dell löste eine zweite Runde des Anstoßens aus. „Ich meine, auf uns alle. Ich muss sagen, wir sind ein ziemlich gutes Team."

„Das sind wir allerdings", stimmte Connor zu und alle jubelten.

Sophie konnte während der nächsten Stunde nicht aufhören zu lächeln, als die Trinksprüche in angeregtes Geplauder übergingen. Schließlich schmatzten alle glücklich und ließen sich das Essen schmecken. Ihr erstes Abendessen als Teil der Koakea-Familie und es fühlte sich unvergesslich an. Die Sterne kamen langsam zum Vorschein und schallendes Gelächter untermalte das Zirpen der Grillen, das die Nacht erfüllte. In nicht allzu weiter Ferne rauschte der Ozean über die Küstenlinie und die Hunde schnüffelten zufrieden auf dem Gelände herum. Joey wurde langsam zu groß, um sich auf Cynthias Schoß zu kuscheln, aber er tat es trotzdem. Und Baby Quinn gähnte in den Armen ihres Vaters.

Sophie kuschelte sich enger an Chase und sog das alles in sich auf. Zuhause. Liebe. Schönheit. Wie hatte sie nur so viel Glück gehabt?

Schicksal, brummte ihre innere Wölfin.

Sie seufzte. Sie hätte für immer dortbleiben können, wäre da nicht eine Sache gewesen. Die Wölfin in ihr begann, auf und ab zu pirschen, und war trotz allem unruhig.

Was? wollte Sophie wissen. *Was könntest du noch wollen?*

Meinen Gefährten, antwortete sie mit einem lustvollen Knurren. *Ich will meinen Gefährten.*

Und einfach so wandelte sich das träge Gefühl der Zufriedenheit, in das Sophie versunken war, zu einem brennenden Bedürfnis. Sie schmiegte sich an Chase, der seine Hände unter der Tischdecke versteckt über ihre Beine gleiten ließ. Offensichtlich hatte sein Wolf auf die gleiche Weise mit ihm gesprochen.

Sie rieb ihr Bein an seinem und fragte sich, ob sie einen unauffälligen Abgang machen könnten. Glücklicherweise löste Dell dieses Problem für sie.

„Nun", verkündete er und stand so schnell auf, dass sein Stuhl quietschte. „Ich glaube, Quinn braucht ein Fläschchen."

„Sie schläft", stellte Cynthia trocken fest.

Anjali sprang ebenfalls auf und klebte praktisch an Dells Seite. „Er meint eine frische Windel."

„Quinn braucht definitiv eine frische Windel." Dell ließ seine Hand an Anjalis Hüfte entlanggleiten.

Jenna stand als Nächste auf und ihr Gesicht war gerötet. „Ja, wir müssen auch gehen. Ihr wisst schon, um... ähm... "

„Um die Umgebung zu prüfen", fügte Connor hinzu.

Sein Blick schweifte über seine Gefährtin und deutete an, welche Umgebung er zu überprüfen gedachte.

„Genau." Jennas Augen glühten mit Lust.

Hailey täuschte ein Gähnen vor und Tim half ihr auf die Beine, als hätte er es überhaupt nicht eilig. Seine Stimme klang allerdings ein wenig angestrengt. „Nun, wir werden dann mal ins Bett gehen."

„Jede Wette." Cynthia seufzte.

„Ist es Zeit für eine Geschichte, Mommy?" Joey drehte sich auf ihrem Schoß zu ihr um.

„Ich denke schon, mein Schatz."

Chase stand auf und hielt Sophie dabei ganz nah bei sich, so dass sie jeden seiner harten Muskeln spüren konnte. „Möchten Sie, dass wir aufräumen?", fragte er mit einer Stimme, die darauf zu hoffen schien, dass die Antwort *Nein* lauten würde.

„Das machen wir morgen", sagte Cynthia und winkte träge mit einer Hand ab.

„Wow", rief Dell. „Haben Sie das wirklich gerade gesagt, Cynth?"

„Gute Nacht, Mr. O'Roarke", befahl sie.

Sophie lächelte. Trotz all der Sticheleien schimmerte die Liebe in diesem Rudel durch. Und alle Arten, von brüderlicher Liebe über hart verdienten Respekt, bis hin zur Liebe zwischen hingebungsvollen Paaren.

Vergiss die Lust nicht, flüsterte Chase ihr ins Ohr, als er sich zügig auf die Treppe zubewegte.

Sophie kicherte. Soviel zum Thema, einen schüchternen, zurückhaltenden Gefährten zu haben.

„Ich kann nicht anders." Er strich mit einer Hand über ihren Hintern. „Nicht in deiner Nähe." Dann stürmten Boris und Coco herbei und brachten ihn fast zu Fall. Chase seufzte. „Ihr schon wieder."

Sophie lachte, drängte sich näher an Chase' Ohr und drückte ihm ihre Brust entgegen, damit er nicht vergaß, wo sie gerade gewesen waren.

Diese Gefahr besteht nicht, gluckste ihre Wölfin und brachte sie dazu, über die harte Stelle seiner Jeans zu reiben.

„Gut, dass wir dieses Loft haben." Sie sandte ihm lustvolle Bilder in den Kopf, während sie nach Hause liefen.

Dann kam ihr plötzlich ein Gedanke und sie warf ihm einen Seitenblick zu. „Warte mal. Du hast gesagt, du hast das Loft schon vor Monaten gebaut. Hast du jemals geahnt, wie praktisch es sein würde?"

Chase grinste und blieb stehen, um sie auf die Lippen zu küssen. Ein langer, leidenschaftlicher Kuss, der ihr eine ausführliche Fortsetzung versprach, sobald sie im Bett waren.

„Wie ich schon sagte." Er lächelte. „Es war Schicksal."

Epilog

Zwei Wochen später...

Chase schlenderte zum Strand und schnupperte in der Brise. Die Erde war kühl unter seinen Pfoten und der Duft von *Pikake* stieg ihm in die Nase. Das Mondlicht warf tanzende Schatten, während sich die Palmen in der Meeresbrise wiegten.

„So viele Sterne...", murmelte Sophie, als sie weitergingen. „Es ist wunderschön."

Er nickte und grinste zu ihr auf. Weit nach oben, denn er war auf allen Vieren in seiner Wolfsgestalt unterwegs, während Sophie neben ihm herging. Sie spazierten den langen Abhang von der umgebauten Scheune hinunter und vorbei an dem Gemüsegarten, den er und Sophie begonnen hatten, anzulegen. Dann noch an Dells Haus am Bach vorbei, in dem alle fest zu schlafen schienen. Die ganze Welt schien zu schlummern, so dass er und Sophie Maui ganz für sich allein genießen konnten.

Seit dem Paarungsbiss waren zwei Wochen vergangen und Sophie hatte sich zwar noch nicht verwandelt, jedoch viele Wolfsträume gehabt. Gute Träume, Gott sei Dank, aus denen sie mit weiten, faszinierten Augen aufgewacht war.

„Ich habe es gespürt! Ich bin auf allen vieren gerannt!", hatte sie einmal atemlos und aufgeregt verkündet.

Auch er war begeistert, während er miterlebte, wie sie sich auf ihre tierische Seite einließ.

Ein anderes Mal hatte sie davon geträumt, zu bellen, und ein weiteres Mal davon, mit den Pfoten zu graben.

Er hatte gelacht. „Wonach hast du denn gegraben?"

Sie hatte nur mit den Schultern gezuckt. „Ich weiß es nicht. Du weißt doch, wie Träume sind. Alles scheint wichtig zu sein, wenn man träumt, auch wenn es nichts ist. Aber es hat so viel Spaß gemacht! All der fliegende Dreck. Jetzt weiß ich, warum Boris das immer macht."

Darüber hatten sie sehr gelacht und am nächsten Tag war Chase selbst hinausgegangen, um ein wenig zu graben, so wie er es als Welpe immer getan hatte. Mit den Vorderpfoten als Schaufeln und den Hinterbeinen gerade weit genug auseinander, um den Dreck hindurchzuschleudern. Er hatte sich vorgenommen, ihr eines Tages beizubringen, wie schön es ist, im flachen Wasser zu graben, denn das Planschen dabei machte sogar noch mehr Spaß.

Er hatte den gesamten nächsten Tag grinsend verbracht, so gut hatte er sich gefühlt. Jahrelang hatte er seine Wolfsseite sorgfältig vor der Menschheit verborgen. Es war seltsam befreiend, die Freude an allem mit Sophie teilen zu können – vom Nervenkitzel bis hin zu den schrulligen kleinen Sachen, die er vorher nie zu schätzen gewusst hatte. Wie, sich mit dem Hinterfuß an einem Ohr zu kratzen. Sich dreimal im Kreis zu drehen, bevor man sich zum Schlafen zusammenrollte. Und das Beste von allem, sich so richtig tief mit dem Kopf nach unten und dem Hinterteil nach oben zu dehnen, bevor man seinen Tag begann.

„Kein Wunder, dass man es den herabschauenden Hund nennt." Sophie hatte gelacht, als sie ihn dabei beobachtete.

Die meiste Zeit seines Lebens, hatte er nie richtig dazugehört. Weder in seinem Wolfsrudel noch in der Menschenwelt. Ein unfreiwilliger Rebell, wie seine Brüder einst gescherzt hatten. Aber jetzt fühlte er sich absolut und rundum zufrieden mit sich selbst. Wahrhaft friedlich.

Und Sophie war trotz der Veränderungen, die in ihr vorgingen, Gott sei Dank, immer noch dieselbe. Sie schien aufgeregt – sogar begierig – darauf zu sein, sich zu verwandeln, und sie hörte ihre innere Wölfin immer deutlicher. Sie hatte sogar ein paar unanständige Wolfsträume gehabt, wie sie zugab und dabei tiefrot wurde.

Die gute Art, hoffe ich? hatte er gefragt.

Sie hatte schnell genickt. *Unglaublich. Ich kann es kaum erwarten.*

Ehrlich gesagt, konnte er es auch nicht erwarten, dass sie sich verwandelte. Aber andererseits war er ziemlich zufrieden, so wie die Dinge waren. Er lebte sich in das neue Leben mit seiner Gefährtin ein und genoss nächtliche Spaziergänge wie diesen – vor allem, wenn Sophies Hand leicht auf seinem Rücken ruhte, während sie an seiner Seite entlangspazierte.

„Hör mal." Sie deutete nach links.

Ihre Sinne wurden immer schärfer, vor allem, wenn es um Gerüche und Geräusche ging.

Gut gemacht, rief er in ihre Gedanken, als Buzz – ihr neuester Hund – aus dem Unterholz hervorgesaust kam.

Sophie hatte den abgemagerten Streuner nach einem Regenschauer zitternd unter einer Parkbank entdeckt. Weder die Polizei noch das Tierheim hatte eine übereinstimmende Meldung in Bezug auf einen vermissten Hund gehabt, also hatten sie den Mischling aufgenommen, der teils Corgi, teils Terrier und teils irgendetwas Unbekanntes war.

„Deine Familie wächst schnell", hatte Dell kommentiert.

Chase hatte nicht geantwortet, um nicht zu viel zu verraten. Er hoffte, eines Tages ganz viele Kinder mit Sophie zu bekommen, aber im Moment… Nun, Hunde machten auch Spaß. Sein eigenes kleines Rudel. Und Sophie hatte recht – je mehr Liebe sie teilten, desto mehr Freude erfüllte ihre Tage. Was eigentlich nicht möglich sein sollte, aber er lernte, dass das Glück keine Grenzen kannte. Buzz demonstrierte dies hervorragend, indem er drei hyperaktive Kreise um sie herumflitzte und dann wieder davonpreschte. Der Mischling musste die meiste Zeit des Tages im Haus eingesperrt gewesen sein, bevor sein Besitzer ihn ausgesetzt hatte. Das war zumindest das, was sie aus den zerstreuten Erinnerungen, die dem Hund durch den Kopf gingen, herauslesen konnten. In letzter Zeit hatte Buzz jedoch nur Gutes zu berichten.

Wau, wau, wau, kläffte er den anderen Hunden zu. *Dort drüben liegt stinkende Bärenkacke!*

Und *zisch!* Alle vier Hunde rasten los, um das genauer zu untersuchen, während sie Chase und Sophie allein zurückließen.

Sogar Darcy huschte ihnen hinterher und vertraute Chase sein nettes Frauchen an. Sophie und Chase gingen weiter in Richtung Strand und als sie um die letzte Ecke des gewundenen Pfades bogen, seufzte Sophie bei der Aussicht.

„Wunderschön."

Chase wedelte so heftig mit dem Schwanz, dass er gegen ihre Beine peitschte, aber das schien sie nicht zu stören. Es war wirklich wunderschön. Der Vollmond war fast untergegangen und es verblieben nur noch wenige Stunden bis zum Sonnenaufgang. Sie waren so früh wach, weil Sophie zu unruhig zum Schlafen gewesen war.

„Solche Dinge habe ich mein ganzes Leben lang verpasst", flüsterte sie und blickte zum Himmel voller Sterne hinauf, die alle fröhlich funkelten.

Chase ging mit ihr bis zum Ufer und peitschte zustimmend mit dem Schwanz. Die meisten Menschen hielten sich an normale Tageszeiten und das war eine Schande. Wie viele Mondauf- und untergänge hatte der Durchschnittsmensch in seinem Leben gesehen? Wie viele Sternschnuppen?

Sophie setzte sich in den Sand, und er ließ sich neben ihr nieder und wärmte sie mit seinem riesigen Wolfskörper von der Seite. Sie schlang einen Arm um seinen Rücken und streichelte geistesabwesend seine Ohren. Er brummte vor Vergnügen, während sie zur Milchstraße hinaufschauten.

„Eines Tages, wenn ich mich verwandeln kann...", murmelte sie.

Chase schmiegte sich an sie und versuchte, wehmütig zu wirken, obwohl er sich insgeheim über ihre Ungeduld freute.

Nimm dir alle Zeit, die du brauchst, sagte er. *Ich werde dich auf jeden Fall lieben, selbst wenn du dich nie verwandeln würdest – aber ich weiß, dass es ganz bald passieren wird,* beeilte er sich, hinzuzufügen, als sie ihm einen besorgten Blick zuwarf.

„Ich fühle mich bereit." Sie seufzte, nahm eine Handvoll Sand und ließ die Körner langsam wie in einer Sanduhr zwischen ihren Fingern hinunterrieseln. „Aber irgendwie passiert nichts."

Er wusste nicht, was er sagen sollte, da er selbst noch nie in dieser Situation gewesen war. Aber er kuschelte sich ausgiebig an sie und das schien zu helfen. Dann warf er den Kopf zurück und stieß einen langen, verzerrten Ruf aus, um seine Stimme aufzuwärmen.

Sophie lächelte neben ihm. „Ich liebe es so, dir beim Singen zuzuhören.“

Dann saß sie schweigend da, so als würde sie der Aufführung eines berühmten Orchesters beiwohnen. Und in gewisser Weise passte das auch. Das Plätschern des Wassers am Ufer erzeugte einen gleichmäßigen Hintergrundton und die zirpenden Grillen spielten eine schnelle Melodie. Palmwedel rauschten wie ganz viele Streichinstrumente und nur eines fehlte. Der Ruf eines Wolfes.

Chase schloss die Augen, holte tief Luft und heulte, wobei er den Ton so lange hielt, wie er nur konnte. *Aruuuuu...*

Der Klang, der in seiner Brust widerhallte, fühlte sich gut an, also machte er es noch einmal. Er achtete darauf, dass die Töne lang und bedächtig waren, genauso, wie man es ihm als Welpe beigebracht hatte. Damals war er neidisch gewesen, wie die ältesten und erfahrensten Wölfe ihr Heulen in die Länge ziehen konnten, so dass man ihr Echo zwischen den Hügeln hörte. Jetzt war er selbst ziemlich gut darin, wenn auch noch nicht ganz so gut wie sie.

Er verschluckte einen Ton und lächelte vor sich hin. Eines Tages würde auch er ein alter, ergrauter Wolf sein, der auf so viele Erinnerungen zurückblicken konnte – vor allem auf gute.

Dann setzte er einen neuen Ton an und es war der bisher beste – schön, rund und vollmundig, wenn man einen Ton so nennen konnte. Je länger er heulte, desto zufriedener fühlte er sich, und er konnte spüren, dass Sophie ebenfalls zufrieden seufzte.

Als sie ihn das erste Mal heulen hörte, waren ihr Tränen in die Augen gestiegen. „Es klingt so traurig.“

Er hatte sich in seine menschliche Gestalt zurückverwandelt, um es zu erklären. „Das Heulen der Wölfe ist wie eine Ballade – es hat immer etwas Trauriges an sich.

Aber das ist nur der Anfang. Danach singt man über all die schönen Dinge."

„Wie was?", hatte sie gefragt und war wie immer begierig darauf gewesen, etwas zu lernen.

„Wie über dich."

Das hatte sie zum Lächeln gebracht und ihn ebenfalls.

Seitdem waren sie regelmäßig gemeinsam zum Heulen hinausgegangen, einfach aus Spaß an der Freude. Genau wie in diesem Moment – in welchem er das Ende eines weiteren großartigen Tages mit Sophie feierte und gleichzeitig den Beginn eines neuen, dem noch so viele weitere folgen würden.

Die Klippen, an denen Connor und Jenna ihre Drachenhöhle hatten, erhoben sich direkt südlich des Strandes. Sie schirmten den größten Teil der Geräusche ab, so dass er nicht befürchten musste, dass die Nachbarn etwas mitbekommen würden. Und außerdem wären ihre nächsten Nachbarn die Gestaltwandler von Koa Point, die ihren eigenen Beitrag mit Heulen, Jaulen und Katzenrufen leisteten.

Also sang er weiter und weiter und war glücklicher als je zuvor. Er träumte von dem Tag, an dem Sophie mit ihm singen konnte. Er kniff seine Augen noch fester zu und stellte sich vor, wie ihre Stimme klingen würde. Höher als seine, aber sanfter, nahm er an. Ganz ähnlich wie das Summen, das sie in diesem Moment von sich gab. Seine Fantasie griff das Summen auf und steigerte es, bis es zu einem vollen Heulen wurde.

Aruuuuu, würde er singen.

Aruuuuu, würde sie antworten.

Wenn er es sich fest genug vorstellte, konnte er hören, wie sich ihre Stimmen vermischten und über den Ozean hinausgetragen wurden. Ihr Gesang würde sich mit dem Mondlicht, den tanzenden Wellen und den Sternen vereinen und der Szene eine ganz neue Dimension von Schönheit verleihen.

Einer nach dem anderen trotteten die Hunde herbei und setzten sich um ihn und Sophie herum. Chase hörte nicht auf zu heulen, um sie anzusehen, aber er konnte spüren, wie sie sich um ihre Positionen balgten und schließlich niederließen. Es ging mit dem gelegentlichen Grunzen und Drängeln einher, aber er ignorierte das alles und heulte weiter. Wenn ein Wolf heulte,

heulte er mit seinem Geist, seinem Körper und seiner Seele, so dass es schwer war, sich nicht von dem Klang mitreißen zu lassen. Und zwar so schwer, dass seine Fantasie immer mehr mit ihm durchging. Er stellte sich vor, wie Sophies Stimme sich zu seiner gesellte, erst leise und dann immer lauter. So nah und so deutlich, dass sie ihm fast real erschien.

Er riss die Augen auf und drehte den Kopf herum. Sein Heulen war verklungen, aber eine andere Stimme ertönte noch immer über dem Meer.

Sophies Stimme. Sophies Heulen.

Er blinzelte ein paarmal, um sicherzugehen, dass er nicht träumte. Hatte Sophie sich tatsächlich in ihre Wolfsgestalt verwandelt?

Und dort saß sie mit ihren ordentlich aufgereihten Vorderpfoten vor ihrem schlanken, hündischen Körper und hatte die zierliche Schnauze nach oben gestreckt.

Er hielt den Atem an. Sie war die wunderschönste Wölfin, die er je gesehen hatte. Ihr Heulen war himmlisch, mit den gleichen weichen, klaren Silben, die sie beim Sprechen formulierte. Ihr Fell hatte die gleiche glänzende, kastanienbraune Farbe wie ihr Haar – so unverwechselbar, dass er sie mit einem einzigen Blick aus einer Menge hätte herauspicken können.

Aber... aber... Er stotterte.

Aber was? schien Darcy zu sagen. *Mein nettes Frauchen kann alles.*

Sophie hielt ihren letzten Ton und ließ ihn leise ausklingen. Sie hörte zu, wie der Klang vom Winde verweht wurde. Dann öffnete sie ihre Augen und enthüllte das herrliche Waldgrün, als sie ihn anschaute.

Wow. Ihr Murmeln erklang in seinem Kopf. *Du hast recht. Das fühlt sich so gut an.* Sie hob eine Pfote und starrte darauf. *Und, oh mein Gott. Schau mich einmal an. Ich bin tatsächlich ein Wolf.*

Er nickte eifrig. *Das bist du. Und du hast es ganz allein geschafft.*

Sie drehte sich mal in die eine, mal in die andere Richtung und betrachtete ihren neuen Körper. *In einem Augenblick habe ich gesummt und mir gewünscht, ich könnte mit dir einstim-*

men und im nächsten Augenblick habe ich schon geheult. Es ist einfach passiert. Sie sah völlig verblüfft aus. *Es hat nicht einmal wehgetan.*

Es gab so vieles, was er sagen, fragen und tun wollte. Aber für all das wäre später noch Zeit. Der Mond senkte sich langsam dem Horizont entgegen und seine Wolfsinstinkte waren stärker als der Impuls, sie auszufragen. Also hob er langsam sein Kinn und beobachtete, ob Sophie dasselbe tat. Als sie es tat, schloss er die Augen, holte tief Luft und heulte erneut. Ein Heulen, so glücklich und stolz, wie er es noch nie hervorgebracht hatte.

Aruuuuu…

Sophie musste keine paar Takte warten, um selbst in das Lied einzufallen. Ihre Stimme fügte sich einfach neben seiner ein und gemeinsam sangen sie den Sternen ein Ständchen. Ihre Stimmen hoben, senkten und hoben sich wieder, wobei ihre süße Altstimme eine Oktave über der seinen lag. Chase' Herz klopfte so laut und gleichmäßig wie ein Metronom. Und wenn er sich wirklich darauf konzentrierte, konnte er auch Sophies Herz schlagen spüren. Er lehnte sich sanft an ihre Seite und fühlte sich ausgeglichener als je zuvor.

Einer nach dem anderen stimmten auch die Hunde mit ein – manche mehr und manche weniger melodisch. Trotzdem klang es großartig. Genau wie früher im Wolfsrudel seiner Mutter, wo sich immer alle versammelt und gemeinsam geheult hatten. Eine große glückliche Familie, auch wenn sie eine bunt zusammengewürfelte Familie waren.

Chase hatte gesehen, wie Menschen in die Kirche gingen, sich an den Händen hielten und *Amen* sagten. Das Heulen war in gewisser Weise so ähnlich. Ein Hochgesang auf das Leben, die Liebe und die Werte. Eine Zeit, um die Magie des Universums zu bestaunen. Eine Möglichkeit, die gegenseitigen Bindungen zu verstärken.

Also heulte er sich die Seele aus dem Leib, bis er heiser wurde. Und selbst dann sang er noch weiter, weil er den Gedanken, aufzuhören, nicht ertragen konnte. Sophie sang aus vollem Herzen und ließ sich von ihrem Instinkt leiten, während sie ein Duett trällerten.

Es war wunderschön. Perfekt. Zeitlos. Vielleicht der schönste Moment seines ganzen Lebens, auch wenn er wusste, dass sich Ärger in der Gestaltwandlerwelt zusammenbraute. Moira war immer noch dort draußen und die Gerüchte über den mysteriösen Drachentöter hielten sich hartnäckig. Früher oder später würde seine Seifenblase neugefundener Glückseligkeit zerplatzen und er würde sich wieder der Außenwelt stellen müssen. Aber im Moment...

Chase heulte weiter. Er war der glücklichste Wolf, den es je gegeben hatte. Der Mond berührte den Horizont und sank immer tiefer, bis nur noch der obere Rand als helles Leuchten zu sehen war. Nach einem tiefen Einatmen heulten er und Sophie ein weiteres Mal – ein langer, tiefer Ton. Sie ließen ihn davonschweben, wie es ein Kind mit einer Seifenblase tun würde, die vom Wind weggeweht wurde. Dann lehnten sie sich aneinander und lauschten, wie ihr Gesang über den Ozean getragen wurde und schließlich verklang. Aber es verschwand nicht, sondern wurde nur zu einem Teil all der anderen Geräusche dort draußen.

Magie, flüsterte Sophie in seine Gedanken. *Wir haben etwas Magisches vollbracht.*

Chase drehte sich um und schmiegte sich an ihren Hals. *Das stimmt allerdings.*

Sie seufzte und klang traurig, heiterte dann jedoch auf. *Können wir das morgen Abend wieder machen?*

Er lachte und kuschelte sich enger an sie. *Wir können dies für immer tun, meine Gefährtin.*

Sneak Peek: REBELLENHERZ

Rebellenherz (die Vorgeschichte zu *Alpharebell*)

Diese kurze Vorgeschichte enthüllt Cynthias Vergangenheit und bildet die Grundlage für ihre zweite Chance auf die Liebe, eine Geschichte, die in *Alpharebell* (Aloha Shifters: Perlen des Verlangens, Buch 6) erzählt wird. Sie spielt ein Jahrzehnt bevor sie nach vielen grausamen Wendungen des Schicksals nach Maui flieht.

Großstadtmädchen trifft auf draufgängerischen Biker – auf Gestaltwandlerart!

Cynthia hatte für das Wochenende nichts als eine kurze Flucht vom College aufs Land geplant, wo ihr innerer Drache seine Flügel ausstrecken könnte. Sie hatte ganz sicher nicht damit gerechnet, dass ein attraktiver, mysteriöser Wolfsgestaltwandler auftauchen und ihr Herz im Sturm erobern würde. Cynthia wurde schon immer mehr von der Pflicht als vom Verlangen angetrieben. Doch plötzlich ertappt sie sich dabei, leichtsinnige, unverantwortliche Entscheidungen zu treffen, und sich selbst zu sagen, *Nur dieses eine Mal...*

Es folgt eine Nacht knisternder Leidenschaft, aber eine Frage bleibt. Ist Cal derjenige, der sie dazu bringt, ihre Vorsicht in den Wind zu schlagen – oder ist es das Schicksal?

Weitere Titel von Anna Lowe

Aloha Shifters - Perlen des Verlangens

Drachenrebell (Buch 1)

Bärenrebell (Buch 2)

Löwenrebell (Buch 3)

Wolfsrebell (Buch 4)

Rebellenherz (Buch 5)

Alpharebell (Buch 6)

Aloha Shifters - Juwelen des Herzens

Der Ruf des Drachen (Buch 1)

Der Ruf des Wolfes (Buch 2)

Der Ruf des Bären (Buch 3)

Der Ruf des Tigers (Buch 4)

Die Verlockung des Drachen (Buch 5)

Der Ruf des Fuchses (Buch 6)

Töchter des Feuers - Billionaires & Bodyguards

Töchter des Feuers: Paris (Buch 1)

Töchter des Feuers: London (Buch 2)

Töchter des Feuers: Rom (Buch 3)

Töchter des Feuers: Portugal (Buch 4)

Töchter des Feuers: Irland (Buch 5)

Töchter des Feuers: Schottland (Buch 6)

Töchter des Feuers: Venedig (Buch 7)

Töchter des Feuers: Griechenland (Buch 8)

Töchter des Feuers: Schweiz (Buch 9)

The Wolves of Twin Moon Ranch

Desert Hunt (die Vorgeschichte)

Desert Moon (Buch 1)

Desert Blood (Buch 2)

Desert Fate (Buch 3)

Desert Heart (Buch 4)

Desert Rose (Buch 5)

Desert Roots (Buch 6)

Desert Yule (eine Kurzgeschichte)

Desert Wolf: Complete Collection (vier Kurzgeschichten)

Sasquatch Surprise (ein Ableger der Twin Moon Story)

Blue Moon Saloon

Perfection (die Vorgeschichte in Kurzform)

Damnation (Buch 1)

Temptation (Buch 2)

Redemption (Buch 3)

Salvation (Buch 4)

Deception (Buch 5)

Celebration (ein Festtagsschmaus)

Shifters in Vegas

Paranormal romance with a zany twist. Im englischen Original bei Amazon erhältlich.

Gambling on Trouble

Gambling on Her Dragon

Gambling on Her Bear

Serendipity Adventure Romance

Im englischen Original bei Amazon erhältlich.

Off the Charts

Uncharted

Entangled

Windswept

Adrift

Travel Romance

Über Anna Lowe

USA Today und Amazon Bestseller Autorin Anna Lowe schreibt fesselnde Romane mit tatkräftigen Heldinnen und unwiderstehlichen Helden in exotischen Umgebung, mit jeder Menge Zündstoff für scharfe Romantik.

Sie liebt Hunde, Sport und Reisen, die auch die Inspiration für Ihre Bücher liefern. Wenn Anna nicht gerade in die Arbeit an ihrem nächsten Buch vertieft ist, kannst Du Sie am Wochenende beim Wandern in den Bergen antreffen. Egal wo und wie – sie wird den Tag mit einem leckeren Stück Zartbitterschokolade ausklingen lassen.

Einfach mal vorbeischauen, auf **www.annalowe.de**.

www.ingramcontent.com/pod-product-compliance
Lightning Source LLC
Chambersburg PA
CBHW060927190726
48286CB00002B/661